KB252829

마쓰다 도키코와 조선

마쓰다 도키코와 조선

마쓰다 도키코와 조선

김정훈 지음

범우사

일제강점기 이데올로기 구도와 계층의 서사를 탈피한 작가 마쓰다 도키코(도키코라는 필명은 직장에 들어가도 해고만 당하므로 붙여진 이름). 그녀는 일본 저항문학의 거목 고바야시 다키지(小林多喜二)와 같은 고향 출신으로 두 살 연하였다.

다키지를 흠모하면서 그와 마찬가지로 반전 평화의 길을 걸었던 도키코를 우리네 시선으로 살펴보는 것은 어떠한 의미를 지닐까?

자주 거론되는 저명한 작가를 되풀이하며 비평하는 글에 익숙한 우리에게 도키코는 생소하게 느껴질지 모른다. 하지만 다른 작가에게서는 찾아볼 수 없을 정도로 조선·조선인에 대한 그녀만의 독특한 휴머니즘이 압권이다.

빈한한 광산마을에서 중노동에 시달리는 광부들의 일상을 지켜보면서 자란 도키코의 시선은 일찍이도 조선인 노동자와 일본인 노동자는 매한가지라는 인식을 보이는 것이었기에 눈길을 끈다.

갖은 고난 속에서도 따뜻한 마음을 잃지 않았던 광산노동자 출신 어머니에게서 물려받은 품성과 극한의 환경에서 발버둥 치는 조선인, 일본인 광부들을 목격한 체험에 근거하는 까닭에 값지게 느껴진다.

이런 소재를 작품에 잘 녹여 내었기에 제1회 다키키·유리코(多喜二·百合子)상과 다무라 준코(田村俊子)상을 수상하는 등 문학적 업적을 평가받았다.

한편 우리네 처지에서 보건대 도키코의 활동은 괄목할 만한 역사적 성과를 동반한 것이었다.

해방 전 하나오카 지역의 한·중·일 노동자연대에 대해서는 이미 밝혀진 바 있다. 그런 역사를 이어받아 도키코는 해방 후 일본 동북부 지방에서 조선인 김일수와 함께 한·중·일 노동자연대 활동을 주도하고 몸소 실천했다.

도키코와 김일수의 활약으로 하나오카 사건 피해 문제에 동아시아 3국 시민이 일본 현지에서뿐만 아니라 중국까지 방문하면서 연대 활동을 펼쳤다. 그리고 일본제국주의 만행을 중국 시민에게 고발하고 그들에게 사죄의 마음을 전했다.

이러한 실천 활동이 문학작품에도 잘 녹아들어 있다. 도키코는 일본제국주의의 횡포가 극심했던 1930년대부터 시, 소설, 르포, 에세이에 이르기까지 장르 불문하고 조선·조선인을 소재로 삼은 글을 연이어 발표했다.

따라서 도키코의 조선·조선인과 관련한 작품과 활동은 물론, 김일수와의 관계 등도 그 내막과 배경 등을 총체적으로 다루어야 함을 깨닫지 않을 수 없었다.

마침 올해가 마쓰다 도키코 사후 20년에 해당하는 해이다. 또한 그녀는 나나쓰다테 사건을 접한 후 현장을 방문하고 진상규명 활동을 전개, 조선인 희생자에 대해 성찰의 마음을 표하고 만년에도 〈어느 갱도〉라는 작품을 통해 조선인의 넋을 위로했는데, 사건 80주년의 해이기도 하다.

그 의미를 살려 지난 3년 동안 광주의 일간지에 집필한 글을 모으고 국내와 일본에서 활동한 내용을 엮어《마쓰다 도키코와 조선》이라는 제목으로 선을 보이게 되었다.

그러므로 이 책은 도키코 생애와 문학 활동을 정리한 평론이자 일본 작가와 조선인 징용자 출신이 선두에 서서 이끈 "조선인과 중국인, 일본인이 일체가 된 거대한 운동"(이우봉), "전후사에 획을 긋는 한·중·일 인민의 투쟁"(이국소)에 대한 기록물이기도 하다. 이즈음 출판에 이른 것을 다행스럽게 생각한다.

부록[강연록]에는 본문과 겹치는 내용이 있으나(문어체로 통일) 알리고 강조하는 뜻에서 그대로 게재했다.

2008년 광주를 방문해 마쓰다 도키코와 하나오카 사건을 소개한 일본 민족예술연구소 차타니 주로크(茶谷十六) 전 소장과는 여전히 연락을 주고받고 있다. 이번에도 흔쾌히 출간지원에 앞장섰다. 진심으로 사의를 표한다.

줄곧 신세를 져왔던 '마쓰다 도키코 회'에서도 사와다 아키코(澤田章子), 에자키 준(江崎淳) 문예평론가 등을 통해 지원에 협력을 아끼지 않았다. 고마움을 전한다.

그리고 '하나오카 이야기전'(다수의 판화작품과 시작품)을 통해 하나오카 사건을 국내에 알린 광주시립미술관 하정웅(河正雄) 명예 관장께 감사드린다.

마쓰다 도키코의《하나오카 사건 회고문》에 깊은 공감을 표한 문

병란 선생님(시인), 도키코의 활동을 평가한 이명한 소설가의 혜안에
도 고개 숙인다.

도키코를 만난 후로 근로정신대 할머니 문제에 관심을 두게 되었
는데, 한·일연대의 틀 속에서 근로정신대 피해 문제 해결에 앞장서 온
나고야 지원회와 근로정신대 시민모임 분들의 호의도 잊을 수 없다.

'탈아입구'라는 구호가 아직도 동아시아 한쪽을 파고들어 공동체
의 틀을 흔들어대는 상황이다. 문학과 실천으로 해방 전후, 한·중·일
시민연대를 이루어낸 예는 두고두고 좋은 본보기가 되리라 믿는다.

한 회씩 호흡을 가다듬으며 무리 없이 읽을 수 있도록 구성했다.
아무쪼록 독자 여러분의 질정을 기대한다.

2024년 4월
지은이 김정훈

차례

제 1 부

아키타의 광산에서
실천문학 속으로

마쓰다 도키코는 하나오카(花岡) 사건을 어떻게 보았나(1)

평생을 조선인 징용 피해와 중국인 노동자 피해의 진실규명에 천착한 일본 작가 마쓰다 도키코(松田解子, 1905~2004). 한일 과거청산 문제가 미해결 상태인 현실에서 마쓰다의 생애와 문학을 고찰해 보는 것은 여러 모로 의의가 있으리라 여겨진다.

우선 일제강점기 말 조선인과 중국인의 피해에 관한 한 상징적 의미를 지니는 하나오카 사건을 마쓰다 도키코가 어떻게 보았는지 그 관련성에 대해 살펴보기로 하자.

조선인 징용자에게도 동정의 시선을 보내

태평양전쟁 말기, 일본제국주의는 군수물자 조달과 노동력 보충을 위해 다수의 조선인과 중국인을 일본의 광산과 노동 현장에 강제로 동원했다. 일본 동북지역 아키타(秋田)현 하나오카 광산에서도 수

많은 조선인과 중국인이 기아와 중노동에 시달리며 군수물자 조달을 위해 동, 아연 등을 캐는 일에 내몰리고 있었다.

마쓰다 도키코는 이국 노동자들이 자신의 고장에서 강제노역을 강요당하다가 그렇게 무참히 희생되리라고는 생각지도 못했다. 하나오카 사건이 일본 신문이나 잡지에 등장한 것은 1940년대 말이다. 마쓰다 도키코는 〈하나오카 광산의 참극—중국인 강제연행의 기록〉이라는 글에서 하나오카 사건을 알게 된 시기를 '1948년인가 49년'이라고 명시했다. 그리고 다음과 같이 토로했다.

"나 자신이 아키타현 광산 출신이기 때문일지 모르지만, 아무튼 신문에서 전쟁 중에 일본에 강제연행되어 하나오카 광산에 투입된 중국인 포로가 패전 직전에 폭동을 일으켰고 수백 명이 학살당했으며 그 유골이 지금도 하나오카의 땅에 방치되어 있다는 사실을 알았을 때, 지금부터라면 너무 늦었다는 자책이 없지도 않지만 이를 철저히 추구할 의무를 느낌과 동시에 '분명히 그 이전에 일본인이나 <u>조선인 노동자도 전시체제인 만큼 노동 강화로 희생된 게 아닐까</u>', 광산지대에서는 평화로울 때도 부상자나 사망자가 끊임없이 발생했으므로 그러한 생각이 강하게 들었다."(나카무라 신타로(中村新太郎) 편집, 《다큐멘타리 쇼와50년사 4권》, 汐文社, 1975년, 밑줄은 필자)

자신이 자란 환경과 배경을 공유하는 대상에 대한 애정이 깊었기에 마쓰다 도키코의 이국 노동자에 대한 동정과 배려의 마음을 읽을 수 있다. 그런데 놓치고 싶지 않은 것은, 중국인 포로 대량 학살 사건이 일어나기 전에 일본인 노동자는 물론, '조선인 노동자도 희생된 게 아닐까' 하고 의문을 품는 그녀의 날카로운 시선이다.

그것은 '어째서 광산노동자는 이처럼 빈곤의 악순환과 끊임없는 노역을 감내해야 하는가?' '도대체 무엇을 위한 노동이란 말인가'라는 물음의 대상이 신분을 초월해 당시 일본 내지까지 끌려온 피지배 민족인 조선인에게도 예외가 아니었음을 의미한다. 광산의 딸로 성장하며 광산노동자들의 일상을 주

98세 때 잡지에 게재된 마쓰다 도키코

시해 온 그녀에게는 고정적 관념에서 벗어나 노동자의 자유를 억압하고 그들을 학대하는 것에 대한 무의식적인 저항이 내재하여 있었으리라.

한편 그와 같은 저항의식은 국민국가 형성과정과 제국주의 전쟁에 대한 혹독한 비판과 성찰을 내포하고 있기에 주시하지 않을 수 없다. '무엇 때문에 조선인 징용자들과 중국인 포로들이 하나오카 광산까지 끌려와야 했으며, 무엇 때문에 일본군과 악랄한 자본계급은 그들의 인권과 자유를 박탈하고 폭력과 린치를 일삼았는가?'

마쓰다 도키코는 일본의 지배 욕망과 전쟁 폐해가 부른 이러한

비극을 한시도 잊지 않았음이 틀림없다. 마쓰다 도키코가 하나오카 사건을 '철저히 추구할 의무를 느낀' 근거 또한 여기에 있다.

하나오카 사건을 규명해야 한다는 마쓰다 도키코의 의무감은 문필활동과 직접적인 조사를 통해 구체적으로 묘사된다. 르포 소설《땅밑의 사람들》과 〈뼈〉, 르포《하나오카 사건 회고문》, 〈유골을 보내며〉, 그리고 보고문 〈하나오카 광산을 찾아서〉 등을 통해 하나오카 사건의 진상이 세상에 알려진다. 사건의 배경과 일본제국주의 만행이 철저히 드러나는 것이다.

현지 탐방 조사에 나서

마쓰다 도키코가 처음으로 하나오카 사건 현지 탐방 조사에 나선 것은 1950년 가을이었다. 전국금속광산 노동조합 제14회 임시대회 방청 이후의 일이다. 그때의 기억을 마쓰다 도키코는 "어째서 내 마음에 그 일이 푹 꽂혔던 것일까? 그것은 내가 아키타현 아라카와(荒川) 광산에서 태어났고 그게 미쓰비시의 광산이었는데, 어릴 적 광산에서 광부가 얼마나 지독한 생활을 했는지 직접 보고 들었기 때문이다"(〈하나오카와 나〉,《하나오카 사건 40주년 기념집회의 기록》, 1985년 6월)고 더듬은 적이 있다.

현지 탐방 조사에 나서 그녀가 헬멧을 쓰고 갱내에 들어선 심경이 어떠한 것이었는지 짐작하기 어렵지 않다. 자신의 체험과 기억이 눈앞에 생생하게 펼쳐진 순간이었을 것이다. 광산사무소에서 타이피스트로 근무하면서 노동자들의 육체적 고통과 비참한 일상을 목격한 마쓰다 도키코에게 갱내로 발을 들여놓는 것은 자신의 과거를 회상하는 일이기도 했기 때문이다.

그런데 역시 간과할 수 없는 것은 이 하나오카 광산 현지 탐방에 앞서서 사건을 세밀히 검증하는 마쓰다 도키코의 진지한 태도이다. 바로 그 전국금속광산 노동조합의 임시대회에 참가해 하나오카 지역에서 온 대표 두 사람에게 사건 전모를 확인하는 일을 잊지 않았다.

즉 "중국인 포로의 문제가 일어나기 전에 일본인이나 <u>조선인 노동자에게 무슨 일이 일어나지 않았나요?</u> 노동 강화로 사고가 발생해 사람이 크게 다쳤거나 목숨을 잃은 사고 말이에요"(밑줄은 필자)라고 질문해 "역시 일어났죠. 중국인 포로가 하나오카에 오기 2개월 전에 나나쓰다테(七ツ館)라는 갱내에서 일본인 11명과 조선인 11명이 죽임을 당했어요"(〈하나오카와 나〉)라는 답변을 듣는 것이다.

마쓰다 도키코는 하나오카 사건을 접해 중국인뿐만 아니라 조선인도 피해를 보았을 가능성을 예측했는데, 그 예측이 적중한 것이다. 마쓰다 도키코는 대표 두 사람을 자기 집에 데리고 가서 그들에게 나나쓰다테 사건이 발생하게 된 경위와 배경을 캐물었다.

마쓰다 도키코는 하나오카
사건을 어떻게 보았나(2)

나나쓰다테 사건 발생 배경을 캐물어

마쓰다 도키코가 중국인 포로의 하나오카 지역 유입 전에 조선인과 일본인의 희생 가능성에 대해 의문을 품는 것은 중요한 의미를 지닌다. 그다지 사건이 알려지지 않은 1950년 8월(하나오카 사건 현장 첫 방문을 앞두고) 그녀가 그 정도로 지역에서 일어난 당시의 일과 노동 강화에 촉각을 곤두세우고 있었던 근거이기 때문이다.

하나오카 지역에서 온 대표 중 한 사람은 실은 나나쓰다테 사건(1944년 5월 29일)으로 동생을 잃은 다바타 이치조(田畑市蔵) 씨였다. 사건 발생 배경에 대해 이보다 생생하게 증언할 수 있는 이는 없었으리라.

"낙반—강의 함몰이었죠. 전쟁 말기였기에 마구 파대어 나나쓰다테 갱도 위(광상의 상부에 해당하는 지표)를 흐르던 하나오카 강의 밑바닥을 꿰뚫었어요. 암반과 강물이 한꺼번에 쏟아져 그래서 죽었어요. 저의 남동생도 죽었죠.”(《하나오카와 나》)

그의 증언에 근거해 마쓰다 도키코는 “전시증산을 위한, 너무나도 안전을 무시한 난굴(亂屈)로 인해 결국 갱도 바로 위를 흐르고 있던 하나오카 강의 밑바닥이 허물어져 한순간에 강 전체가 갱내로 함몰되었다”(《하나오카 사건 회고문》)고 언급한 바 있다. 그리고 함몰 후, 한일 노동자가 합세해 함몰된 갱도로 들어가 흙탕물을 헤치고 암반까지 파내어 조선인을 1명 구출했으나, 갱도 안에서 강철 끝이나 해머로 살려달라고 두드리며 신호를 보내는데도 회사는 차질을 우려해 갱내 폐쇄 작업을 명령한 사실도 적시했다.

전쟁을 위해 증산만을 강요한 일본제국주의와 추종기업 동화광업(도와홀딩스)의 소행이었다. 동화광업은 국책회사 제국광업개발 주식회사의 지배하에서 당시 군수 대신 도조 히데키(東條英機), 군수 차관 기시 노부스케(岸信介), 제국광업개발 주식회사 사장(동화광업 회장) 수가 레노스케(菅礼之助)의 명령만을 좇는 기업이었으니 오로지 전쟁 수행을 위해 혈안이 되어 있었던 셈이다.

나나쓰다테 갱도 붕괴가 하나오카 사건으로 이어져

도쿄의 교바시(京橋)공회당에서 전국금속광산 노동조합의 대회가 열린 것은 1950년 8월 30일~31일. 이들에게 증언을 들은 뒤 마쓰다 도키코는 하나오카 사건 현지 조사에 나섰던 것인데, 그때까지는 1944년 5월 29일에 조선인 11명과 일본인 11명이 목숨을 잃은 그 나나쓰다테 사건이 도화선이 되어 중국인 포로 대량 학살(하나오카 사건)

이 벌어진 사실에 대해서는 알지 못했다.

즉 그 사건 때문에 허물어진 하나오카 강의 수로 변경 공사를 위해 다수의 중국인이 투입돼 결국 하나오카 사건을 불러오는 과정에 대해서는 숙지하지 못한 상태였다. 그러나 안광을 번뜩이며 예리하게 파고드는 마쓰다 도키코의 시선에 혀를 내두르지 않을 수 없다.

"파묻힌 건 23명이었는데 우리가 회사와 싸워 구출작업을 해서 한 사람 구해낸 게 조선인 노동자였죠. ……나머지 22명도 최선을 다해 구하고 싶었는데 아무리 애썼지만 불가능했어요. 그뿐만 아니라 회사는 '전시(戰時)'라는 구실을 내세워 파묻힌 22명의 유골도 발굴하지 않은 채… 내 남동생 아직 나나쓰다테에 묻혀있는 상태입니다."

이렇게 생생한 목소리로 마쓰다에게 들려준 광산 지주공(支柱工) 다바타 씨는 이후 상당 기간 나나쓰다테 사건 희생자의 유족대표로 활약하며 희생자 유체 발굴과 정당한 보상을 위해 투쟁했다. 하지만 회사 측의 완고한 태도로 유체 발굴조차 이루어지지 않았다.

마쓰다 도키코의 가슴은 불처럼 뜨거워졌다. 사건을 규명해 그 실체를 만천하에 알려야 한다는 소명 의식이 그의 전신을 휘감았다. 마쓰다는 밤중에 두 사람을 집으로 불러 나나쓰다테 사건이 발발할 당시의 노동 강화 상황, 중국인 포로가 유입되기까지의 경과를 캐물었다. 그들의 증언은 마쓰다의 현지 탐방 조사를 재촉한 결정적인 요인이 되었다.

나나쓰다테 사건 70주년을 돌이키며

돌이켜보면 필자가 연구에 본격적으로 돌입하게 된 근본적 이유도 하나오카 사건 속 중국인 희생보다도 그 사건의 토대가 된 조선인 징용자의 희생에 의문과 호기심을 품은 곳에 있었다.

2009년에 처음으로 한일 공동으로 추모식이 열려 현지를 탐방하고 관련 심포지엄에 참석한 후(2010년 8월 16일자 주간지 《문화저널21》에 그 내용 게재), 다시 아키타 오다테시(하나오카 지역)를 방문한 것은 5년 후인 2014년 5월이었다. 나나쓰다테 사건 70주년 추도식 참가와 심포지엄 보고의 목적만은 아니었다.

실은 회사 측에서 노천채굴 방식으로 개발해 현장을 훼손했거니와 기념비를 세우기는커녕 조혼비(위령비)의 희생자 이름도 창씨개명 상태이다. 다시 한 번 두 눈으로 조선인 희생자들이 파묻힌 터를 확인하고 가능한 일을 찾기 위함이기도 했다.

마침 조선인 희생자 최태식 씨의 유족인 최광순 할머니와 동행하는 만큼 그 의미가 얼마나 각별했겠는가. 또 70년 만에 나나쓰다테 사건으로 희생된 일본인 유족과도 만나는 그야말로 역사적인 순간을 앞두고 있었다.

오다테시 신쇼지(信正寺) 경내 나나쓰다테 조혼비 앞에서 5월 29일 오후에 열린 추

나나쓰다테 조혼비에 새겨진 아버지 이름을 손으로 더듬으며 오열하는 최광순 할머니

도식에서 행사집행위원장 차타니 주로크 씨는 조혼비 앞에 한국식으로 무릎을 꿇고 참배했다. 일본 측 아키타현 지사와 오다테 시장의 메시지, 한국 측 센다이(仙台) 한국총영사의 메시지도 식장에 마이크를 통해 울려 퍼졌다. 식이 진행되는 동안 최광순 할머니는 조혼비에 새겨진 아버지의 이름을 손으로 어루만지며 오열했다.

그 순간 동병상련의 아픔을 지닌 우리 고장 광주의 근로정신대 할머니 모습이 불현듯 떠올랐다. 징용피해자 유족의 설움이기에 최 할머니의 눈물은 미쓰비시중공업 나고야항공기제작소로 끌려가 임금 한 푼 받지 못한 채 불법 노역에 시달리다가 귀국해 일본에 다녀왔다는 이유로 손가락질당하며 회한의 세월을 보내야 했던 근로정신대 양금덕 할머니의 눈물과 다를 바 없었다. 또한 근로정신대 여동생을 도난카이 지진으로 잃고 피눈물을 삼키며 여동생의 영혼을 위로하기 위해 투쟁해 온 고 김중곤 어르신의 한스러운 눈물과도 별반 다르지 않은 것이었다.

5월 29일 추도식이 열리기 전에 최광순 할머니는 아버지(최태식)가 목숨을 잃은 현장을 70년 만에 처음으로 방문했다. 할머니는 녹음이 우거진 곳에서 유원지로 변해버린 현장의 풀을 어루만졌다. 그리고 지하 50미터의 갱도에서 일했을 아버지의 모습을 그리며 "아버지 딸이 왔어요. 젊은 나이에 이곳에서 얼마나 고생하셨어요"라고 말하며 울먹였다.

마쓰다 도키코 사후 10년 후의 일이었지만, 마쓰다가 현장에 있었다면 이 조선인 희생자 유족의 눈물을 어떻게 받아들였을까. 마쓰다는 하나오카 사건의 근본 원인은 '일본의 천황제와 독점 지배', 그리

고 '침략적인 군국주의'에 있다고 지적했다(《하나오카 사건 회고문》). 이
들 지배계급에 대한 분노와 이국 희생자들에 대한 성찰의 마음으로
함께 눈물을 흘리지 않았을까.

　마쓰다 도키코는 "이 나나쓰다테 함몰로 인해 빚어진 지역 광부
의 희생이야말로 중국 포로들을 이 광산으로 끌어들이는 진짜 동인
(動因)이었다"(《하나오카 광산을 찾아서》)고 주장한 바 있다. 조선인과 일
본인의 희생을 일찍이 예견한 뒤 줄곧 나나쓰다테 사건의 연장선에서
하나오카 사건을 본 마쓰다 도키코의 통찰력이 엿보이는 주장이다.

마쓰다 도키코는 조선인을 어떻게 그렸나 (1)

국경과 신분을 초월한 시점을 견지해

마쓰다 도키코 정도로 일제강점기의 조선인 징용자를 주시한 작가는 그다지 없을 것이다. 그가 조선인 징용자를 주의 깊게 관찰하며 조선인의 내면 그리기에 충실했다는 얘기다.

아키타현 지사가 후생성에 보고한 바(1946년)에 따르면 아키타현 전역의 사업장에서는 6천859명의 조선인이 명부에 이름을 새겼다. 그중 도와(同和)광업 하나오카 광업소 1천978명, 가지마구미 하나오카출장소 130명, 총 2천108명의 조선인이 명부에 본적과 생년월일 등을 수록했다고 한다(차타니 주로크, 〈나나쓰다테 갱 함몰 재해 보고서〉, 한일민족문제연구 26권, 2014년). 그러므로 마쓰다는 여러 경로를 통해 조선인들의 일상에 대한 소식을 접했다.

더욱이 조선인 징용이 본격화하기 전부터 고임금 일자리를 찾아 하나오카 광산에 발을 들인 뒤 힘겹게 생활하는 조선인을 보며 성장한 마쓰다이기에 그들의 희로애락의 사연을 충분히 이해하고 있었으리라.

그럼, 마쓰다는 조선인을 어떻게 그렸는지, 그 특징을 살펴보기로 하자. 무엇보다 마쓰다는 하나오카 지역에서 노동하는 조선인 광부를 국경과 신분을 초월해 일본인 노동자와 동등한 시점에서 바라보았다.

당시 식민지에서 온 조선인을 보는 눈은 어땠을까? 마쓰다는 나나쓰다테 사건, 나아가 하나오카 사건의 배경과 내막을 실감 나게 묘사한 《땅밑의 사람들》의 도입부에, 조선인에 대한 관심을 거둘 것을 외동딸 도쿠코에게 강요하는 어머니를 등장시킨다.

그녀의 어머니는 "너, 엉덩이 흔들며 붙어다니는 건 아니겠지?(중략) 하여간에 임 씨는 조선인이다. 그렇지 않아도 경계들이 그들을 적색분자라고 말하는 터에, 조선인과 실수라도 해봐라. 출세에 평생 방해가 되니까"라고 딸에게 엄중히 경고한다.

이는 광산의 세계에서도 당시 조선인과의 이성 교제를 금기시한 사회적 분위기를 잘 반영한 내용이다. 광산노동자인 딸의 거동을 그녀의 신상에 드리워질지도 모르는 불행의 씨앗으로 여기는 그녀 어머니의 걱정스러운 눈빛을 읽을 수 있다.

하지만 광산에서 만난 임 씨에게 반해버린 그녀의 심경을 마쓰다는 "임 씨를 만나야 한다. 그렇게 생각하자 마음의 불안이나 슬픔과는 별도로 도쿠코의 가슴이 뛰었다. 임 씨……"라고 묘사했다. 일제강점기에 국경과 신분을 초월한 조선인과 일본인 남녀의 사랑을 사회적 통념에 맞서는 형태로 담담히 그려내는 것이다.

그러고 보면 하하키기 호세이(莫木蓬生)라는 작가에게도 콜로리얼리즘의 경계를 뛰어넘는 시도가 있었음을 상기한다. 그 또한 1992년에 발표한《해협》(신초샤)을 통해 식민지 시절의 조선인과 일본인 남녀의 사랑을 아름다운 해변의 배경과 함께 순수한 인간애 장면으로 승화시켰다.

일제강점기의 조선인 징용자들을 학대한 야마모토 산지가 4선 연임을 노리며 시장 선거에 출마하기 위해 징용 피해자들의 묘비가 있는 폐석 더미를 없애고 기업을 유치하려 한다는 소식(역사 지우기)을 듣고 47년 만에 해협을 건너는 주인공 하시근.

그는 일본인 여성(사토 치즈)과의 밀애로 낳은 아들(사토 도키로)에게 도움을 청해 야마모토 산지의 부정에 맞선다. 스토리는 국경과 신분을 초월한 사랑이 공고한 콜로리얼리즘의 구도를 어떻게 타파하는지를 잘 보여준다. 이 작품으로 호세이는 1993년 요시카와 에이지상을 수상했다. 출간 이후 책이 쇄를 거듭하며 일본에서 읽히고 있는 점을 감안하면 지금의 한일관계에 비추어 아니리니한 현상이라는 해석도 나올 법하다.

국경과 신분을 초월한 한일 남녀의 사랑이라는 점에서 보면 마쓰다와 하하키기가 그린 내용에서 공통분모를 찾을 수도 있다. 허나 마쓰다의 시점은 성큼 한발 더 나아간다. "일본인과 조선인은 노동자인 한, 광부인 한 생사를 같이한다", "일본인도 조선인도 중국인도 미국인도 노동자인 한……"하고 역설하니 말이다. 성별과 나이를 뛰어넘어 자본 권력에 맞서 계급의 연대를 강조한 곳에서 마쓰다의 의도를 확인할 수 있다.

투쟁하는 조선인의 모습을 리얼하게 그려

두 번째 특징으로 마쓰다 도키코가 일본제국주의와 그 하수인에게 저항하며 투쟁하는 조선인의 모습을 리얼하게 그린 점을 거론할 수 있다. 그런데 그 투쟁 또한 그녀의 대표작 중 하나인《땅밑의 사람들》에서는 한일 노동자가 연대하는 모습으로 그려지기에 더욱 눈길을 끈다.

회사(도와광업) 측에서 증산 작업의 차질을 우려해 한일 노동자의 구출작업을 중지하고 나나쓰다테 갱도 폐쇄 작업을 하려는 것을 알아차린 한일 노동자들은 회사에 증오심을 불태우며 대들 수단을 마련했다. 그 수단은 일본인 노동자 사다키치에 의해 "당신들은 무작정 이 갱을 폐쇄할 셈이지만 부모, 형제와 자식을 묻은 우리에겐 여기가 어떤 곳인지 그 마음을 알고서 그런 겁니까?"라는 격렬한 항의로 표현된다.

하지만 항의가 받아들여지지 않자, 한일 노동자는 경계(감시자)의 눈을 피해 등과 팔꿈치로 툭 치며 '소통 행위'를 시도한다. 그리고 사다키치는 회사 측의 하수인인 니무라의 숨통을 조르며 제압한다.

그러한 투쟁 양상은 한 클럽의 방에서 제국주의 하수인들이 피로연을 즐기고 있을 때 더욱 격렬해진다. 가지마구미(가지마건설)의 고노 소장과 이세 하나오카 경찰서장, 광산장 이와부치를 비롯해 과장들이 참석한 자리였다.

그 자리를 향한 조선인들의 투쟁 수단은 다름 아닌 돌팔매. 그 돌팔매가 나나쓰다테 희생자들에 대한 복수임은 말할 나위도 없다.

마쓰다는 그 장면을 "클럽 담에 돌멩이가 후드득 튀는 소리가 났다"고 표현한다. 그리고 그 소리를 들은 이와부치 광산장이 "돌멩이를 꽉 쥐고 어둠 속에서 둔한 호흡을 가쁘게 쉬며 시선을 모아 던지는 광부들"의 모습을 떠올리는 장면을 새긴다. 일부러 주석을 달아 "이 지역에는 원한을 갖거나 저주하는 상대에게 직접 복수하는 대신 한밤을 틈타 상대의 집에 돌멩이를 던지는 관습이 있었다"라고 설명하는 일도 잊지 않았다.

《땅밑의 사람들》이 소설이라고는 하나 현장 조사와 현지인의 증언, 그리고 역사적 사실에 근거해 쓰인 만큼 그 설명으로 보아 그러한 관습이 있었을 터이다. 하지만 당시 조선인들이 언제 어디서 어떤 식으로 돌팔매질하면서 투쟁했는지에 대해 상세히 밝혀진 바는 없다.

나나쓰다테 사건의 조선인 희생자 조혼비가 있는 신쇼지 전경

조선인들이 하나오카 지역에서 돌팔매로 회사 측에 저항했는지 사실 여부를 조사해볼 여지가 있는 대목이다.

《땅밑의 사람들》에서 조선인들의 투쟁이 빛을 발하는 클라이맥스는 신년 배급 술을 빼돌린 회사 측 하수인들에게 복수하는 장면이다. 일본인 노동자와 함께 조선인들이 합숙소로 쳐들어가 일본인 하수인 20여 명을 직접 제압하기 때문이다.

마쓰다는 그 장면을 "객실로 뛰어든 일본인 노동자와 조선인 노동자들은 마침내 경계 대부분을 앞쪽 출구와 뒤쪽 출구에서 한 사람도 남기지 않고 눈 위로 팽개쳤다. 술 냄새를 풍기고 숨을 몰아쉬며 저항하는 후지타니와 다구치와 그 외의 사람을 임 씨와 사다키치, 하시모토와 정 씨 등 30명 정도의 일본, 조선 노동자가 제압했다"고 썼다.

실제로 투쟁한 기록도 새롭게 밝혀져

실제로 조선인 투쟁실태를 조사한 이우봉(李又鳳)의 기록(《흔적은 사라지지 않는다—조선침략과 강제연행사》, 나카도오리 워드프로세서실 1991)에 따르면 1943년에 전국적으로 324건으로, 1만6,493명이 투쟁에 참여했다고 한다. 전쟁 말기인 44년에는 1월~11월에 303건, 1만5,230명이 동참했다고 하니 투쟁의 격렬함을 알 수 있다. 이우봉은 조선인들이 도망, 태만, 폭동 등의 대중적 투쟁을 전개한 배경이 무엇인지를 물으며 강제노동, 강제연행이라는 가혹한 조건에서 민족적, 계급적 의식에 눈떠 심각하게 고민한 점과 민족해방운동이 고양된 점을 지적했다. 하나오카 지역도 예외는 아니었다.

태평양전쟁 말기 실제로 조선인들이 당시 투쟁한 상황에 대해서 마쓰다 도키코는 하나오카 사건 현장 탐방보고서 《하나오카 사건 회고문》에 '조선인의 경우—일본인 경계를 적발—'이라는 소제목을 달아 기록했다.

"밥은 일일이 저울에 달아 그릇에 담았다. 된장국에다 단무지가 나왔고 된장국은 내용물이 거의 파였다. 물을 많이 넣으니, 저울에 단 밥은 무거워졌으며 그만큼 쌀의 양이 줄어서 '물을 넣지 말라'고 항의했다. 또한 배급 술을 속여 다른 곳에서 진탕 마시고 소란 떠는 경계들을 모두가 적발한 적도 있었다."

이 증언으로 보아 작가가 《땅밑의 사람들》에 픽션적 요소를 가미했다고 하더라도 조선인들이 배급 술을 빼돌린 일본인을 적발한 것은 팩트임이 분명하다. 1951년 조각가와 시인 등이 현지인들의 증언을 얻어 완성한 시와 판화(하나오카 이야기)에도 한일 노동자가 연대하고 조선인들이 투쟁한 내용이 등장한다(〈韓日 노동자 생매장 사건 한일연대, 시·판화로 밝혀져〉, 광주매일신문, 2019년 5월 30일자 참조).

그러므로 1955년 1월 11일 도와광업의 모리타 도라오 상무와 하타자와 교이치 총무부장이 외무성을 방문해 제시한 〈나나쓰다테 갱 함몰 재해 보고서〉를 외무성 아시아국 제5과에서 정리한 내용(하나오카 광산 조선인 사건에 관한 자료 제공의 건)에 주목할 필요가 있다.

거기에는 "최근 하나오카 거주 조선인 25명이 본 건에 대해 이의를 제기, 회사에 자신들의 고용을 요구하고, 현재의 임금에 준해 수정해서 당시 임금을 치르라는 등의 무법적인 요구를 하고 있다", "최근 지역 경찰에게서 연락받은 사항인데, 웬 조선인 단체가 본 건에 대해 1월 중 외무성, 한국대표부 등에 진정할 계획이라는 정보가 있다"는 문구가 있다(차타니 씨 제공).

이는 10여 년 이후(1955년)에도 사건이 미해결 상태였음을 시사한다. 회사 측의 부당한 대우도 여전해서 조선인들이 회사 측에 임금 문제와 나나쓰다테 사건에 대해 투쟁의 고삐를 늦추지 않았다는 증거다.

마쓰다 도키코는 《땅밑의 사람들》(1953년)을 세카이(세계)문화사에서 간행한 후에도 유체 발굴 문제 등 미해결 현안을 염두에 두고 1972년에 《하나오카 사건 회고문》을 《일중우호신문》에 연재했다. 그 후에도 줄곧 사건의 진상규명에 매진했다. 또한 모든 이에게 전쟁과 과거의 불행을 반복하지 말 것을 강력히 호소했다.

피해자에 대한 진심 어린 사과와 자성, 기념비 설치, 불행을 되풀이하지 않기 위한 역사교육의 실천이 중요한데 그게 이루어지지 않고 있다고 생각했기 때문이다. 마쓰다의 평화정신과 자성이 한일관계에 여전히 유효한 메시지가 되는 것도 그 때문이다.

마쓰다 도키코는 조선인을 어떻게 그렸나⑵

조선인의 내면을 치밀히 그려

마쓰다 도키코가 국경과 신분을 초월한 시점에서 조선인을 그린 점과 투쟁하는 조선인의 모습을 사실적으로 그린 점에 대해선 이미 언급했다. 마쓰다 도키코는 조선인을 어떻게 그렸는지, 세 번째 특징을 살펴보자. 일본인 작가 중 조선인을 누구보다 충분히 이해하고 있었으며 조선인의 내면을 치밀히 그린 점을 들 수 있겠다.

예컨대 마쓰다는 《땅밑의 사람들》에서 도쿠코가 사랑한 임 씨의 고향을 전라남도 곡성군 오곡면(梧谷面)으로 설정했다. 당시 조선인의 증언과 조선 현지 사정에 대한 이해 없이는 그려낼 수 없는 부분이다.

오곡면은 공교롭게도 필자가 재직하는 전남과학대학교와 가까운 곳에 있다. 그러고 보면 나나쓰다테 사건의 유일한 생존자로 등장하는 강 씨(실존 인물인 경북 청원군 출신 박 씨의 모델)도 그 오곡면에서 끌러온 징용자였다. 과연 마쓰다 도키코는 전라남도 곡성군 오곡면에 대해 어떤 경로를 통해 알고 있었을까? 그리고 오곡면 출신 조선인에게 어떤 증언이라도 들은 것일까?

마쓰다는 오곡면의 풍경을 다음과 같이 그렸다.

오곡면에는 강 씨의 양친이 있었다. 강 씨의 형들은 만주국에서 개척민이 되어 있었지만, 양친은 일본에서 말하는 시골뜨기 농민이었다. 재배한 쌀의 반 이상을 지주가 가져갔고, 그나마도 공출로 빼앗겼다. 공출을 재촉할 때는 일본인 면 직원이 부추기면 농민 한둘은 물어뜯어 죽일 수 있는 셰퍼드를 앞세웠다. 봄에는 물을 머금은 소나무 줄기 내피를, 여름에는 쑥을, 가을에는 칡넝쿨을 끌어안고 굶주림을 피했다. 면의 각 농부 집에는 식용수를 위한 우물조차 없었다. (《땅밑의 사람들》에서)

이 장면을 묘사할 당시의 마쓰다는 누군가(아마 조선인)에게서 들은 전라남도 곡성군 오곡면의 상황을 되새기며 눈감은 채 그 풍경을 상상하지 않았을까? 조선인 징용자의 심부까지 꿰뚫을 정도로 그들에게 동정과 이해를 보인 마쓰다. 그는 조선인의 고통스러운 심적 상태와 빈곤한 일상을 충분히 그려낼 만큼의 정보를 얻고 있었음이 틀림없다. 리얼한 표현은 조선인 징용자의 생생한 증언을 어떤 형식으로든 여러 번 접했을 작가의 체험을 상기시킨다.

곡성군은 전라남도 동북부에 있는 고장으로 전라북도 남원시, 순창군과 인접해 있다. 예부터 전 지역에 준봉이 솟아 있었으므로 하나오카의 풍경과는 정취가 다를지도 모른다. 하지만 평화를 소중히 여기며 열심히 일하면서 생활하는 데에 나름 행복을 느끼는 농민들이 소박한 일상을 영위하는 농촌지역이다.

하지만 일본제국주의는 평화로운 조선 남부의 오곡면 주민에게 '공출'을 강요했거니와 임 씨나 강 씨와 같은 청년을 하나오카 광산으로 강제연행해 노동력을 착취했다. 조선인 징용자의 고통과 애환, 나아가 작품 속에 그들의 운명적인 이별을 그려내는 마쓰다의 필치는 조선인 징용자의 시점을 그대로 대변했다.

마쓰다는 그 조선인 징용자의 시점을 통해서 철저히 조선인의 내면을 들여다본다.

열차 안과 열차 밖에서 세 사람은 모국어로 짧게 이별의 인사말을 나누었다. 그리고 굳게 악수했다. 이때만은 강 씨의 창백한 얼굴에 생생하게 혈기가 비쳤다. 그리고 강 씨는 두 사람에게 요코다 사다키치에게 전할 말을 부탁했다. 그 당시 누구보다 먼저 동굴에 뛰어들어 자신을 구출해준 지주공, 그 일본인 광부(강 씨는 그 사내가 요코타 사다키치라는 사실도 임 씨와 정 씨에게 전해 듣고 비로소 마음에 새겼다)에게 고맙다는 말 한마디 못 하고 떠나는 자신의 마음을 아무쪼록 두 사람을 통해 전하니 용서해 주도록.

임 씨나 정 씨 그리고 강 씨에게 일본은 조국의 주권을 강탈한 가해 당사자였다. 임 씨는 그 가해 당사자, 즉 "일본제국주의—일제라 불리는 대상, 그 '일제'에 대한 보복이야말로 자신들 조선인 노동자의 임무라는 사실을 정 씨에게 듣고 비로소 깨달았다"고 말한다. 즉 응징하기 위해 맞서야 할 대상이었다. 하지만 작가의 시선은 가해자=일

조선인들이 강제노역에 시달리던 곳(현 오다테시)

본, 피해자=조선의 구도, 나아가 조선인 징용자가 일본제국주의를 증오하며 거기에 대항한다는 단순한 해석에 머무르지 않는다.

그곳에는 인간을 동물처럼 혹사하는 무자비한 권력에 맞서는 빈민층의 피와 눈물이 녹아 있다. 또한 극단적 상황에서 동료인 노동자를 구한 뒤 서로 얼싸안는 감동과 격정의 모습이 교차한다. 사다키치의 도움으로 살아난 강 씨는 도저히 일상에 적응할 수 없어 오곡면으로 귀향하는데 일본인 동료들에 대한 고마움을 잊을 수가 없다.

자유와 권리를 박탈당한 채 하나오카 광산에서 일본제국주의 강화정책에 혹사당할 수밖에 없었던 과거의 시간을 회상하면 그에게 일본에 대한 증오가 어떠한 것이었는지 설명할 필요조차 없다. 하지만 강 씨는 눈물을 흘릴 정도로 아름다운 마음, 인간의 진정한 모습이 어떤 것인가를 일본인 동료들과의 교류를 통해 절실히 맛본다.

"여러분, 고마워요. 여러분, 고마워요"라고 되풀이하는 강 씨. 하지만 "강 씨가 마지막으로 분명히 표현할 수 있었던 말은 그 한마디뿐이었다"고 일부러 덧붙이는 작가의 의도. 거기에서 구체적인 언설로 표현하지 않더라도 느낄 수 있는 조선인 징용자와 일본인 노동자의 교감, 조선인 등장인물의 내면을 치밀히 그려내는 일본인 작가 마쓰다 도키코의 따뜻한 시선이 읽힌다.

1975년에야 실상이 알려져

1970년대 중반까지는 일본 동북지역의 조선인 징용 실상에 대해서 그다지 알려지지 않은 상태였다. 일본 지식인과 재일조선인이 합동으로 '동북지방 강제연행 진상조사단'을 꾸려 아키타현 북부 광산지대의 현지 조사에 임한 것은 1975년. 이때 하나오카 광산에서 노동하던 조선인 34명이 증언을 해 언론(아사히신문 아키타판) 등을 통해 그 실상이 알려지게 되었다(노조에 겐지, 《아키타의 조선인 강제연행》, 1999).

노조에에 따르면 '모집'이라는 구실 하에 조선인 징용자 1진이 이 지역에 끌려온 것은 1942년 7월. 그 조선인들이 도착하기 전에 회사에서는 "조선인이라고 부르지 말고 반도인(半島人)으로 부르도록"이라는 내용의 전단을 사택마다 뿌렸다고 하니(같은 책), 조선인에 대한 대우가 어떤 것이었는지 익히 짐작하고도 남는다.

같은 해 2진으로 끌려온 김종렬(金鐘烈) 씨는 26세 당시 밭일을 하고 있었다. 면사무소에서 부르더니 "일본의 하나오카로 가라"고 해서 임금 등 조건을 물어볼 여유도 없이 면에서 군으로 이동해야 했다. 그리고 동료 100여 명과 함께 가족의 환송이 금지된 상태에서 일본으로 끌려왔다. 하나오카에 도착할 때까지 죄인 취급을 받았다고 증언했다(같은 책).

오곡면에서 끌려온 임 씨와 강 씨의 징용 과정도 다를 바 없었을 것이다. 노조에는 4천500명의 조선인이 하나오카 광산에서 노동에 내몰리고 있었는데, 조선인의 묘지도 없었으며 화장한 흔적도 없었다는 지적을 했다(조선인 증언).

마쓰다의 작품 속에는 지역주민이 우연히 땅속의 유골을 발굴하는 예가 있었다는 내용이 여러 차례 나온다. 위의 사실을 뒷받침하는 기록임이 틀림없다. 하나오카 광산에서 조선인 100여 명이 사망했다고 하는 증언이 있음에도 자료나 흔적이 없다고 하니(노조에 겐지), 땅을 헤치면 우연히 발견되는 유골을 잡초가 빨아들이며 자라고 있다는 마쓰다의 표현(〈하나오카 광산을 찾아서〉)처럼 비극적이다. 1950년 가장 먼저 현지 조사에 나선 마쓰다 도키코가 얼마나 선견적인 태도를 보였는지를 가늠해 볼 수 있는 대목이다.

유골 발굴에도 조선인이 앞장서

네 번째 특징으로 중국인 희생자 유골 발굴에도 조선인이 앞장섰다는 점을 거론할 수 있다. 하나오카 광산 현지 탐방과 희생자 유골 수습에 빠뜨릴 수 없는 실제 인물이 조선인 김일수(金一秀). 경상도 출신인 그는 하나오카 광산으로 끌려와 일본인 여성과 결혼해 애를 낳고 세대를 이룬 조선인 징용자였다.

그가 당시 희생당한 중국인 포로의 유족대표를 맡았으니 아이러니한 일이다. 한수산 《군함도》의 결말에는 원폭 피해를 본 희생자의 사체를 조선인이 수습하는 장면이 휴머니즘의 시점에서 그려진다(실제 사건을 형상화).

징용 피해자인 입장임에도 김일수 등의 조선인이 유골 수습에 앞장섰음은 물론 마쓰다 도키코의 현지 안내를 담당했으므로 닮은 사례이다. 조선인들은 시대와 계급을 초월해 휴머니즘의 상징이 되어 그들의 참모습을 보여준 것이다.

마쓰다 도키코에게 김일수는 조선인 징용자와 중국인 피해의 실상을 전한 길라잡이였던 셈이다. 마쓰다 도키코는 김 씨가 안내한 조선인 희생자 11명이 묻힌 곳에 도달해 김 씨에게 "연중 공양의 꽃이 피어오르고 있죠"라는 말을 듣고 "나는 그렇게 말하는 김 씨에게 대답할 말도 없어서 깊게 고개를 끄덕였다"(《하나오카 사건 회고문》)고 적었다.

일본인들이 앞장서야 할 조선인과 중국인 희생자의 사체 수습 작업의 선두에 선 김일수. 그가 없었다면 마쓰다 도키코는 조선인을 제대로 그릴 수 없었을 것이다.

마쓰다 도키코와 김일수(1)

1950년 마쓰다 도키코를 하나오카 사건 현장에 안내한 김일수. 조선인 징용자였던 그가 놀랍게도 중국인 포로의 유족대표를 맡아 유골 발굴에 앞장선 사실은 앞서 거론했다. 그런데 김일수가 더구나 조선인, 일본인, 중국인 노동자들의 연대의 끈을 잇는 임무를 수행했으니 주목하지 않을 수 없다.

해방 전 하나오카 사건을 앞두고 한·중·일 노동자들이 연대한 내용에 대해선 국내에 알려졌다(필자의 글 등을 통해). 허나 그 뜻과 의의를 살려 해방 직후에도 조선인들이 선두에 서서 이국 노동자 피해에 대한 진상규명과 지원활동을 3국 노동자들의 연대로 추진한 것에 관해서는 소개되지 않았다. 김일수가 그 활동의 중심 역할을 한 것으로 드러났다.

필자는 최근 1947년 설립된 하나오카 자유노조의 서기장이었던 이우봉의 증언록 《재일 1세가 증언한다》('재일 1세가 증언한다'출판회, 2002)을 입수해 관련 내용을 확인할 수 있었다.

해방 직후 일본제국주의의 핍박 속에서도 하나오카 지역 노동운동가 지도자로 거듭난 조선인 김일수. 그는 일본인들의 지역 대표를 설득해 지역 노동자들이 중국인 피해자들의 유골 발굴 작업에 착수하는 계기를 마련했다.

또한 조선인과 중국인 노동자, 그리고 일본인 노동자의 신뢰를 얻어 마쓰다 도키코와 손잡고 조선인 피해자 진상규명은 물론, 중국인 피해자의 유골을 수습해 유골 본국송환 운동을 전개했다.

김일수, 그가 조선인인데도 불구하고 하나오카 지역의 한·중·일 노동자 연대의 중심 역할을 한 역사를 소개한다.

김일수, 모든 이에게 신뢰받아

우선 김일수가 어떤 인물이었는지 살펴보자. 마쓰다 도키코는 르포 《하나오카 사건 회고문》에 현장 방문 당시(1950년)의 상황을 기록했다. 길일수에 대해선 "이날(조사)의 선두에 선 사람은 전쟁 중에 조국에서 강제연행돼 갖은 고난을 극복하고 지금은 광산지 내의 가미야마(神山)라는 부락에서 일본인 부인, 어린애와 함께 세대를 이루고 있는 김일수 씨"라고 언급했다.

김일수의 고향은 경상북도 동곡면(桐谷面). 일본으로 끌려온 이유는 문자 그대로 강제노역이며 강제연행이었다. 마쓰다는 그 방법에 대해 "우선 연행용 군 트럭을 면(촌)의 변두리에 세워둔 채, 함께 탄 일본인 경관과 면사무소 직원, 혹은 면장이 마을로 들어가 예의도 갖

추지 않고 사내의 일손이 있는 집 문을 두들긴다. 그 뒤 열쇠를 두들
겨 부수고 신발을 신은 채 방으로 들어간다. 그리고 고함을 쳐서 수갑
을 채웠으며 그래도 듣지 않으면 어디선가 권총을 지닌 군사경찰이
뛰쳐나와 불문곡직하고 마을 변두리의 트럭으로 연행해 실었다"고
기록했다(《하나오카 사건 회고문》).

이우봉(같은 책)에 따르면 김일수는 3형제 중 장남이었다. 조선에
서 이발소에서 일하다가 차남과 함께 일본으로 끌려왔다. 이 과정을
마쓰다 도키코는 "자물쇠를 채운 집이므로 놈들이 부수는 건 일도 아
니죠. 오전 2시경……어머니가 울며 부탁하는데도 강제로 연행했어
요"라고 새겼다.

그런데도 김일수의 막내도 징용 피해자의 길을 걸을 수밖에 없었
다니 얼마나 비극이었겠는가. 김일수는 처음에 조반(常磐)탄광에서
노역에 시달리다가 몇 년 뒤 자유노동자가 되었다. 그 뒤 형제 2명과
함께 하나오카로 들어와 결혼해 세대를 꾸렸다.

눈여겨볼 대목은 김일수가 마쓰다 도키코를 안내했을 당시(1950
년) 이미 입산해 유골 수습을 진행하고 있던 중국인들도 합류했다는
점이다. 모두 김일수의 한마디 한마디를 귀담아들으면서 현장으로
향했다. 이는 그 정도로 김일수가 조선인, 일본인, 중국인 할 것 없이
모두에게 신뢰받고 있었음을 방증한다.

아니나 다를까 같은 조선인 징용자 처지에서 그를 지켜본 이우봉
이 이런 사실을 놓칠 리 없다. 이우봉은 1924년 경상북도 상주에서
태어나 1942년 5월에 일본으로 끌려온 징용자로, 하나오카 광산에서
해방을 맞았다. 해방 후 조선인 운동에 참여해 1947년 조선인과 일본

인이 하나오카 자유노조를 결성했을 때 서기장을 맡은 인물. 이때 자유노조 위원장 선출 과정을 현장에서 지켜보았으니, 김일수가 어떻게 자유노조 위원장이 되었는지를 그는 잘 안다.

"자유노조를 결성했을 때 하나오카의 조합원이 백 수십 명이었는데, 조선인은 삼십 명 정도였고 일본인이 다수였죠. 하지만 임원을 선출할 때 역시 김 씨가 맡는 게 좋겠다고 일본인들이 강력하게 추천하여 자유노조의 위원장이 되었죠."(이우봉의 같은 책)

김일수는 일본인들에게는 물론 중국인들에게도 신뢰를 얻고 있었다. 중국인 포로(희생자)의 유족대표까지 맡은 경위 또한 알 만하다. 김일수와 이우봉은 위원장과 서기장의 관계였으므로 해방 후 하나오카 지역 노동운동의 리더격이었던 셈이다.

헌데 이우봉의 증언에 재미있는 일화가 있다. 김일수가 조선연맹 하나오카 지부의 총무부장을 맡던 시절의 얘기다. 일본인 여성과 결혼했지만, 문맹이어서 쓰고 읽는 게 불가능했던 그는 왕성한 지적 호기심을 일본인 부인을 통해 충족했다는 것이다. 매일 아침 식사 시간에 신문을 펼친 채 부인에게 정치면을 중심으로 읽어달라고 했다고 한다. 그리고 소식 하나하나를 컴퓨터처럼 비상한 두뇌에 입력해 동료들도 그에게서 정보와 지식을 얻었단다. 그의 노력에 혀를 내두를 정도다.

또한 김일수는 화술과 아지프로(선동)를 겸비해 모두를 웃기기도 하고 듣는 이를 얘기 속으로 끌어들이며 그들 마음을 사로잡았다. 그 내용도 체계적이어서 학문을 접했으면 대성했으리라고 생각하며 감탄했다고 이우봉은 증언했다(같은 책).

마쓰다 도키코의 인간애 정신과 맞닿아

이러한 김일수였기에 마쓰다 도키코는 사건 현장을 안내하는 그의 애기에 집중하지 않을 수 없었다. 손가락으로 가리키며 "저, 아직도 철조망으로 둘러싸여 있는 빈터가 나나쓰다테 터예요"라고 하는 김일수의 말을 듣고 "내 눈에는 그 땅 밑 부분, 그 깊은 곳에 파묻힌 채 그대로 있는 22명의 백골의 소재가 지금에야말로 확실히 되살아나는 느낌이었다"(《하나오카 사건 회고문》)고 감상을 토로했다.

무엇이 그토록 김일수에게 중국인과 조선인 피해자 사건의 해명에 앞장서게 한 것일까? 증산 제일을 외치는 일본제국주의가 불법 노동을 강요해 조선인 동료들이 희생되었기 때문이다. 마쓰다의 언설을 빌리면 "침략적 군국주의 정부야말로 이처럼 잔인하게 자국에서 일하는 인민 한 사람 한 사람의, 또한 조선 인민 한 사람 한 사람의 생명을 빼앗고", "어떠한 항의도 무시하기를 주저하지 않는 체제를 강요"했기 때문이다.

하지만 김일수에게는 그에 앞서 타고난 성품이라고 할 정도로 철저한 인간애 정신이 배어 있었다. 그에게서 일본인 노동자와 중국인 포로, 조선인 징용자를 애써 구별하려는 시점

1950년 10월 김일수(왼쪽 끝) 안내로
현지 유골 수습에 나서서
(오른쪽 두번째가 마쓰다 도키코)

은 보이지 않는다. 이런 인간애 정신이 마쓰다 도키코의 시선과 맞닿아 있기에 눈길을 끄는 것이다.

사건 현장에서 마쓰다는 "단지 한 사람, 조선인이 구출되었는데 나머지 22명은…… 회사는 전혀 구할 마음이 없었습니다. 증산 제일. 무리하게 폐쇄를 명령했으니까……"라는 김일수의 보고를 듣고 그의 목소리에 노여움이 배어 있었다고 표현했다. 그 노여움의 농도는 마쓰다 도키코의 것과 다를 바 없었으리라.

그런 인간애 정신은 조선인 노동자가 중국인 포로에 대해 배려한 내용을 설명하는 장면에서 더욱 빛을 발한다. 김일수는 사건 현장에서 마쓰다에게 힘주어 설명했다. 조선인 징용자들이 중국인 포로에게 접근하는 것은 금기 사항이었다. 경계(警戒)라고 불리는 감시자들이 항상 따라다녔으므로 조선인들이 산전 개간 등에 동원될 때도 중국인 포로에게 말을 붙일 수 없었다. 그러나 간혹 지나치다가 중국인 포로들 눈에 띄도록 감자나 담배꽁초를 떨어뜨렸다고 회상했다.

"이쪽(조선인들)도 물건을 떨어뜨리는 걸 '경계'에게 들키면 구타를 당해요. 저쪽은 저쪽대로 가지마구미의 십장이 붙어 있으므로 놈들이 반대편을 보고 있지 않으면 떨어뜨릴 수가 없죠.……하지만 조금이라도 먹을 것이 있으면……담배가 있으면 떨어뜨리지 않고는 배길 수 없어요……."

한중 노동자의 연대 사실을 김일수는 인간애 정신을 담아 담담히 마쓰다에게 보고했다. 마쓰다 또한 깊이 공감하지 않을 수 없었다. 노동자인 한 동등하다는 마쓰다의 시선은 김일수의 증언으로 더욱 또렷해졌음이 틀림없다.

배려와 집념이 투철한 성격 드러나

배려와 집념이 투철한 김일수의 성격은 그의 사교술에서도 잘 드러난다. 이우봉은 독특한 화술과 선동적 표현 외에 김일수가 교섭에 능한 점을 거론했다(같은 책). 테이블을 사이에 두고 상대방과 마주할 때면 상대방을 치켜세운 뒤 본론으로 들어가 능숙하게 요구하는 바를 관철하는 사례를 들었다.

이우봉의 눈에는 무엇보다 김일수가 스케일이 큰 사람으로 비쳤다. 중국인 순난자의 유골 발굴, 본국송환 운동이 하나오카에서 일어나 확대되었을 때 중일우호 추진을 위해 커다란 역할을 해냈기 때문이다. 지위고하를 떠나 불행에 처한 약자(노동자)를 배려하려는 투철한 집념 없이는 불가능한 일이었으리라.

이우봉은 그러한 배려와 집념의 근저에 "제국주의, 군국주의를 철저히 증오하며 권력을 두려워하지 않고 학대받는 민족, 민중의 연대를 무엇보다 중요하게 생각한 그의 살아 있는 사상이 있었다"고 피력했다. 마쓰다 도키코의 정신과 김일수의 정신이 별반 다르지 않았음을 확인할 수 있는 언설이다.

마쓰다 도키코와 김일수는 조선인과 중국인 피해자의 진상규명과 유골 수습, 유골의 본국송환 운동을 함께했다. 송환 후 귀국해서 일본 각지의 보고회와 집회 등에도 동석했다. 그런 시점에서 보면 둘은 동지이자 절친한 친구였다.

한편 김일수와 이우봉을 비롯해 조선인이 앞장선 활동은 지위와 신분을 의식하지 않고 상호부조를 추구했다는 점에서 의미가 작지 않다. 나아가 순수한 인간애에 뿌리를 내리고 있었던 점을 평가하지 않을 수 없다. 그런 까닭에 일본인과 중국인의 공감을 불러일으켰다. 조선인이 마쓰다와 같은 일본 지식인은 물론, 일본 노동자, 중국 노동자와도 서로 연대할 수 있는 기반이 되었던 이유이다.

마쓰다 도키코와 김일수(2)

김일수의 증언으로 진실을 접해

마쓰다 도키코가 조선인의 징용 과정과 그들의 일상에 대해 상세히 접하게 된 것은 김일수의 증언을 통해서다. 마쓰다는 김일수와 함께 현지를 방문하며 그에게 확인한 뒤 조선인 징용자가 중국인 포로와 무엇이 다른지를 기록했다.

태평양전쟁 중에 하나오카로 징용된 조선인 수는 약 2천여 명(이우봉). 그중 독신자들은 5개의 조선인 기숙사로 나뉘어 배치되었다. 김일수는 기숙사에는 당시 7~8명의 일본인 직제(職制)가 머물며 감시했고 조금만 작업 시간에 늦어도 구타하고 린치를 가했다고 증언했다(《회고문》).

직제들은 아무리 병을 앓는 환자라도 아침 6시와 저녁 8시에 점호를 받게 했다. 조선인 징용 노동자들은 아침마다 황국 예배에 시달렸음은 물론, 증산을 위해 광산의 가혹한 갱내 노동에 내몰렸다. 게다가 식량 증산을 위한 개간 작업에도 동원되었으니, 고통의 강도를 짐작하고도 남으리라.

하지만 중국인 포로에 비할 바는 아니었다. 일본 정부(도조내각)는 1942년 제정한 〈중국인 노무자 일본 유입에 관한 건〉에 따라 중국인들을 끌어들여 중노동을 강요했다. 하나오카로 끌려온 중국인은 중일전쟁의 포로였다. 즉 일본제국주의가 중국 본토에서 자행한 '중국인 토벌'의 피해자였으며 삼광정책(모두 죽이고 모두 불태우고 모두 약탈한다)의 대상이었다.

주목할 부분은 하나오카 사건의 전범기업 가지마구미(가지마건설)가 하나오카 광산으로 986명의 중국인 포로를 연행했을 당시 그들이 얼마나 쇠약했는지, 특히 식량 배급이 얼마나 혹독했는지를 김일수가 잘 알고 있었고 그의 입을 통해 전해지는 점이다.

마쓰다는 1951년 간행된 《하나오카 사건—일본의 포로가 된 한 중국인의 수기》나 1964년 출간된 《풀의 묘표—중국인 강제연행 사건의 기록》을 참고자료로 삼았지만, 무엇보다도 김일수의 생생한

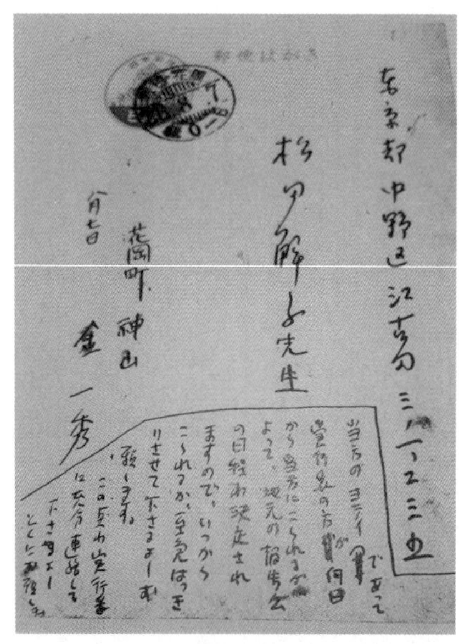

김일수가 마쓰다 도키코에게 보낸 엽서

목소리를 가장 중요한 자료로 여겼다. 마쓰다가 "제1회 하나오카 조사 한도 내에서는 모든 것을 증언해줄 사람이 없었다. 하지만 나는 김(일수) 씨 일행에게서……"(《회고문》)라고 흘린 독백을 염두에 둘 필요가 있다.

필자는 앞에서 "조선인 징용자의 생생한 증언을 어떤 형식으로든 여러 번 접했을 작가의 체험"이라고 언급한 바 있다. 1950년 김일수와 동행한 현지 방문 당시 마쓰다는 숙소를 하나오카 마을에서도 중심부에 있는 사쿠라 마을의 요시모토(吉本) 씨 집에서 광산촌의 김기수(김일수 동생 이름과 동일) 씨 집으로 옮겼다. 그리고 다시 이다(井田) 씨 집으로 옮겼다고 밝혔다(《회고문》).

그런데 "이 사람들은 모두 조선인 노동자였고 일본인 여성과 결혼해 전쟁 중 계속된 물자 부족과 조선인으로서 괴로운 삶에 시달리면서도 협력을 잘해주었다(같은 책)"고 기록했다. 그러므로 마쓰다는 조선인들과 숙박을 함께하며 많은 얘기를 나누었음이 틀림없다. 숙박 장소를 알선하고 조선인들을 소개한 사람이 김일수이었음은 자명하다.

현지 조사 때 조선인연맹 사무소에서 회합

마쓰다 도키코와 김일수는 현지 조사 당시 회합에도 참여했다. 갱도 견학 직후에 하나오카 노조대회가 교라쿠칸(共楽館 = 영사 설비를 갖춘 극장식 오락시설로, 이곳에서 중국인 포로들이 대량 학살되었음)에서 개최되었을 때였다. 하지만 이곳에선 회사의 독단적 경영에 관한 것이 의제였다.

우바사와(姥澤 = 중국인 유골이 대량 발견된 장소. 하나오카 광산광업소 뒷산계곡)의 조사를 마친 뒤 열린 그날 저녁 회합 장소에서 비로소 나나쓰다테 사건과 하나오카 사건이 논의의 대상이 되었다. 회합 장소는 다름 아닌 조선인연맹 사무소. 조선인과 일본인 노동자, 주부들이 모였다. 여기에서 나나쓰사건에서부터 중국인 포로의 유입과 봉기, 교라쿠칸 터에서 참살에 이르기까지 각자가 보고 들은 바를 증언했다.

마쓰다 도키코는 서브 노트를 마련해 김일수를 비롯한 조선인, 그리고 일본인, 중국인의 증언을 빠뜨림 없이 기록했다. 솔직한 대화로 한·중·일 노동자와 주부들이 역사적 사건을 공유하는 시간이었다.

그곳에서 참가자들은 중국인 포로들의 봉기(1945년 6월 30일) 원인에 대해서도 논의했다. 가지마구미가 포로 학살을 합리화하기 위해 연합국의 배가 아키타에 들어와서 포로가 봉기했다고 유언비어를 퍼트린 사실도 확인했다.

그러나 포로들이 봉기한 원인은 무엇보다 식량 문제였다. 식량 배급을 맡던 일본인 4명과 포로의 식량 담당자 1명이 살해된 것도 그와 같은 이유 때문이었다. 봉기 후 중국인 포로들은 모두 산으로 탈출했다. 하지만 군사경찰대, 경찰, 지역 경방(警防) 대원이 5일간에 걸쳐 산을 포위하고 주위를 샅샅이 수색했다. 포로들은 무기 하나 지니고 있지 않았다. 그들은 모두 붙잡혔다. 그리고 교라쿠칸에서 전원 잔인하게 학살당했다.

김일수를 비롯한 증언자 중 가지마구미의 악랄함에 치를 떨지 않은 이가 없었을 터이다. 그들의 얘기를 받아 적던 마쓰다 도키코의 마음도 심히 요동치고 있었음이 틀림없다.

증언록《재일 1세가 증언한다》를 집필한 이우봉은 조선인과 중국인 희생자의 넋을 위무하기 위해 기타 세츠지喜田設治가 완성한 50여 편이 넘는 서사시를 번역하기도 했다(1951년《하나오카 이야기》로 출간). 거기에는 〈조선인〉이라는 시가 있다.

조선인

장교들과 회사 측은

일본인 노동자를 산에 풀어

몰아붙였지

조선인들은 끽소리도 못 하게

갱내에 가두어 놓았지

뒤가 구린 그놈들에겐

조선인들이

"무뢰한의 무리"

언제 불이 붙을지 모르니까

— 해방의 폭탄!

봉기가 일어나자, 가지마구미와 군은 조선인 징용자를 철저히 감시했다. 이우봉은 1991년 펴낸 또 다른 증언록《흔적은 사라지지 않는다》에서 "조선인 노동자는 강제연행, 강제노동에 반대해 집단적인 기피, 파업, 꾀병, 도망 등 여러 방법으로 저항했다"고 밝힌 바 있다.

특히 1943년 7월 하나오카 광산에서는 조선인들의 집단폭행 사건이 일어났다. 회사 측(후지타구미=동화광업의 전신)이 고용한 조선인이, 유입노무자들의 노름판을 벌이는 장면을 발견하고 훈시하며 1명을 구타했다. 이를 동료 조선인 200여 명이 목격했다. 그들은 분개하여 회사 측 조선인에게 전치 1주일의 상해를 입혔다. 그러자 후지타구미 650명 중 205명이 참가해 조선인들과 맞섰다고 전해진다(같은 책에서 이우봉은《쇼와특별고등탄압사》8권 내용을 인용).

가지마구미는 이러한 조선인들의 성깔을 누구보다 잘 간파하고 있었다. 가지마구미와 진압대가 조선인 징용자들을 '무뢰한의 무리'나 '해방의 폭탄'으로 표현한 내막과 절대로 무관하지 않다.

이러한 상황이었기 때문에 마쓰다는 김일수 일행이 모인 조선인 연맹사무소에서 그들이 하나오카 사건 전모에 대해 증언하는 내용을 하나도 놓치지 않고 기록했을 것이다. 회합의 장소부터 회합의 주도에 이르기까지 김일수가 선봉에 서서 일을 진행했음은 재론할 필요도 없다.

김일수와 함께 유골을 유족 품에

김일수는 하나오카 노조위원장으로서 조합원들과 유골 수습을 진행한 만큼 중국인들이 희생당한 장소를 꿰뚫고 있었다. 현지 조사 당시 마쓰다 도키코와 중국인들을 구석구석 안내했다.

"이 물을 마시려고 포로들이 여기서……."

"그래요, 여기서 일부러 굴러 손으로 떠서 마시려고 하거나 입을 대고 마시려는 포로를 가지마구미 감독이 호되게 구타했죠……."(《회고문》)

우바사와 계곡을 돌면서 김일수는 포로들이 기거한 수용소 세 동의 위치, 가지마구미 감독들이 지내던 방, 식당, 취사, 식량 창고까지 조목조목 소개했다. 마쓰다가 김일수의 설명 중 가장 귀담아들은 내용은 역시 중국인 포로가 결사 봉기를 일으킨 경위를 설명한 순간 아니었을까?

마쓰다는 김일수가 중국인 포로 봉기의 최대의 원인이자 직접적인 동기가 '기아(굶주림)'라고 말하는 것을 직접 들었다. 그러나 봉기를 결의하게 한 것은 '침략자 일본제국주의'와 그것을 '직접 체현한 주체 가지마구미 감독들'이었다.

마쓰다와 김일수의 현지 방문은 1950년 9월이었으므로 6.25전쟁 직후였다. 이우봉은 한국전쟁이 발발하자 일본 정부는 특수를 누렸고 경기가 좋아졌다고 증언했다(《재일 1세가 증언한다》). '전쟁 반대, 재군비 반대, 요시다 내각 타도'를 외치는 움직임도 있었지만, 경찰의 엄격한 탄압을 받았다고 부연했다. 그런 뒤 다음과 같이 설명했다.

"그러한 상황에서 하나오카의 조선인들은 자유노조 등을 기반으로 생활 방어 투쟁의 선두에 서서 싸웠다. 그리고 하나오카의 중국인 순난자 유골 수습, 송환 운동은 조선인과 중국인, 일본인이 일체가 된 거대한 운동으로 확대되었다"고.

이우봉의 증언록 후기에 편집자 이국소(李國昭) 씨가 증언한 내용도 눈길을 끈다.

"하나오카 강제연행 중국인 희생자의 유골 발굴과 유골 송환의 내용 소개에 즈음해서는 새로운 사실을 포함해 이 운동이 전후사에 획을 긋는 한·중·일 서민의 연대 투쟁"이었다.

마쓰다 도키코와 김일수가 중국인 희생자 유골 송환을 위해 함께 고베에서 배를 타고 처음으로 중국을 향한 것은 1953년 7월 2일. 그 배에는 하나오카 사건의 중국인 희생자뿐만 아니라 고사카(小坂) 광산, 오사리자와(尾去沢) 광산 등에서 유명을 달리한 희생자를 포함해 560인의 유골이 실렸다.

각 단체의 일본인 대표 10명, 화교 대표 7명이 승선했는데, 김일수는 하나오카 현지 대표로, 마쓰다는 부인단체 대표로 함께 갔다. 7월 7일에 천진에서 유골 출영식(出迎式), 8일에 추모대회가 열렸다. 이 행사에 참여한 일본인 대표들은 두 번 다시 하나오카 사건과 전쟁을 되풀이하지 않겠다는 결의와 의지를 중국인들에게 전했다.

마쓰다 도키코의 유년 시절과
아라카와(荒川) 광산

어머니의 불행을 지켜보며 자라

마쓰다 도키코는 러일전쟁 중이던 1905년 7월 아키타현 아라카와 광산에서 태어났다. 부모는 광산노동자였다. 아버지는 광석을 나르는 운반원이었고, 어머니는 선광(광석 고르기)작업을 하는 여공이었다. 마쓰다는 태어난 뒤 '하나'라는 이름으로 불렸다. 위로는 3살 더 먹은 오빠 '만주'가 있었다.

당시 제국주의와 한통속이던 미쓰비시(주) 소유의 아라카와 광산에서도 무엇보다 노동력 착취가 빈번했다. 노동자들은 증산을 위해 엄청난 노동량을 감당해야만 했다. 하나가 세상 빛을 본 지 2개월 뒤 총성은 멈추지만, 아버지는 다음 해 5월 작업장에서 급사하고 만다.

사고가 잦아 사흘이 멀다 하고 인부가 목숨을 잃던 광산. 아라카와 광산의 노동자들은 중노동과 가난한 일상에서 벗어날 수 없었다.

하나의 어머니는 남편을 잃은 뒤 시댁에 그냥 기거할 수 없었다. 남편은 재혼한 시어머니의 자식인데다가 시댁에는 재산을 물려받을 시아버지의 자식도 있었고 시누이까지 더부살이하는 상황이었기 때문이다.

하나의 어머니는 하나와 만주를 데리고 6명의 어린애가 있는 집안으로 다시 시집을 갔다. 하지만 너무나 불행한 일이 발생했다. 두 번째 남편도 진폐증으로 채 1년도 지나지 않아 눈을 감고 만다. 연명하기 위해 하나의 어머니는 만주를 시어머니에게 맡기고 세 번째 결혼 생활을 시작할 수밖에 없었다.

하나의 세 번째 아버지는 아황산가스가 가득 찬 제련소에서 일했는데, 매우 폭력적이었다. 어머니에게는 물론 하나에게도 무섭게 대했다. 그런 상황에서 하나는 다이세이(大盛)초등학교에 입학한다. 하나는 매사에 성실하고 성적이 우수한 소녀였다.

마쓰다 도키코는 그러한 유년 시절을 다음과 같이 회상한 바 있다.

초등학교 시절 어머니와 나무하러 갔다. 보니까 어머니의 얼굴이 너무나 초라했다. 손톱은 귀신 같았고 머리칼은 부스스한 모습이었다. 산 벚나무 아래에서 점심을 먹으며 "어머니 오늘 도망쳐요"라고 하니까 어머니는 울면서 나를 안아주었다. 자신의 상장과정을 얘기하며 "오늘 밤 아버지는 돌아와서 주먹을 휘두르지만, 내일 또 그 독가스를 마시면서 일하지. 덕분에 너도 매일 굶지 않고 학교에 갈 수 있는 거야"라고 설득했다. (아사히신문, 2004년 3월 6일 인터뷰)

유년 시절의 마쓰다가 얼마나 불행한 일상을 보냈는지 금방 알 수 있는 대목이다. 하지만 이 어머니를 모델로 삼아 나중에 대표작인 《오린 구전》을 완성한 점을 의식하면 작가 마쓰다는 자신의 유년 시절과 어머니 불행을 비극으로 수용하기보다 문학적 자산으로 삼았음이 틀림없다.

마쓰다 도키코가 졸업한
다이세이초등학교 자리

　유년 시절의 하나에게 무엇보다 큰 버팀목이 되어준 사람은 다름 아닌 어머니였다. 나무하러 가서 공부해서 자립하라고 타이르는 상냥한 어머니의 말씀을 새기며 하나는 독서에 심취한다. 친구 집에 가서 빅토르 위고의 《레 미제라블》(구로이와 루이코 번역 《噫無情》)을 빌려서 읽고 남다른 감흥을 느낀다. 식물이나 자연에 종종 사로잡히는 하나였는데 소설의 등장인물과 자신의 상황을 비교해서 읽는 재미를 맛본다. 그러한 재미로 하나는 부엌일이나 물푸기, 의부가 사육동물 망보게 할 때의 고통을 감내했다.

　어머니는 성실한 태도와 우수한 성적으로 6학년 때 상장을 받은 하나를 고등과에 진학시킨다. 초등학교 졸업 후 진학을 포기한 채 일하는 학생들이 많았던 시절에 어머니는 하나에게 배움을 통해 자립시키겠다는 의지를 다졌던 것이다.

러시아혁명의 여파로 광산에서도 실천적 교사와 시대적 조류에 민감한 청년들이 일요 학교나 여러 활동을 전개하기 시작했다. 하나도 오빠와 같이 일요 학교에 참가한다. 한편 친구 집에서 러시아 문학 작품을 빌려와 탐독한다.

그러던 와중에 하나의 생애에 잊을 수 없는 일이 발생했다. 고등과 2학년 때 의부가 두 마리의 소를 샀다. 방목한 소가 산림청이 관리하던 산으로 들어갔다고 해서 의부의 지시로 소를 찾으러 하나도 어쩔 수 없이 심야에 의부를 따라나섰다. 그런데 의부는 산속에서 하나를 범하려고 덮쳤던 것이다. 온몸으로 저항해 위기를 모면했지만, 그 후 의부에 대한 증오심을 지울 수 없었다.

그러한 고통과 증오심을 참아내기에는 하나에게 너무나도 어린 나이였다. 하지만 아라카와 광산 생활과 유년 시절의 고통스러운 기억 하나하나는 더욱 문학적 표현을 부채질하는 계기가 된다.

문학이야말로 진짜로 사는 길

마쓰다는 2004년 4월 12일 진보언론 《아카하타》의 기자와 인터뷰하며 '문학이야말로 진짜로 사는 길'이라고 말했다. "문학이란 참으로 삶 그 자체를 의미할 겁니다. 한마디로 말하면 무엇 때문에 살까요? 인간이란 본래 어떠한 존재일까요? 미쓰비시 광산에서는 훌륭한 사람과 훌륭하지 않은 사람이 하늘의 자연법칙처럼 존재해요. 어째서 그것이 하늘의 자연일까? 왜일까? 이상하다는 의문이 문학을 향하죠"라고 설파했다. 과거를 뒤돌아보는 마쓰다의 원숙한 시점이 읽힌다. 마쓰다는 유년 시절부터 문학 그 자체가 삶이라는 것을 누구보다 절실히 느끼지 않았을까? 그래서 읽고 또 읽었을 터이다.

　마쓰다는 어린 시절부터 일찌감치 독점자본인 '미쓰비시는 훌륭하고 노동자는 왜 훌륭하지 않은지', 그리고 '왜 그게 하늘의 자연법칙처럼 존재하는지'를 절실히 깨닫는다. 그리고 그러한 생각에 늘 물음부호를 품는다.

　의부나 자본가처럼 힘 있는 사람이 훌륭하고 폭력에 시달리는 피해자나 노동자처럼 힘없는 사람이 훌륭하지 않다는 통념. 그것을 깨부수는 일이야말로 시급한 과제라고 인식하지 않았을까? 그러한 잘못된 '하늘의 자연법칙'에 대한 의문이 더욱 문학의 길을 튼 셈이다.

　그 생각은 식민지 지배(일본제국주의)와 가해 기업(미쓰비시)이 훌륭하며, 피지배국(조선)과 무산계급(노동자)은 훌륭하지 않다는 편향된 시각에도 가차 없이 메스를 가하는 방향으로 발전한다. 마쓰다의 문학이 식민지주의를 초월해 일제강점기의 조선인과 중국인을 일본인과 동등한 시점에서 바라보는 것은 마쓰다의 평소의 지론과 무관하지 않다.

　고등과 졸업을 앞두고 자립의 길을 찾던 하나는 적십자사의 간호사 수습 시험에 응시해 보기 좋게 합격한다. 그리고 드디어 의부에게서 벗어나 기숙사에 입사할 수도 있었다. 그러나 미쓰비시는 의부를 통해 하나에게 타이프라이터로 일하도록 종용했다. 그러자 의부는 회사 측의 뜻을 받아들이고 만다.

　하나는 망연자실하였으나 이토 선생에게 도움을 받는다. 이토 선생은 타이프라이터로 3년간만 일한 뒤 아키타 여자사범학교의 교원이 되라고 조언하는 것이다. 그녀는 이토 선생의 조언에 탄력을 받아 도쿄의 대학 강의록을 수집하여 홀로 공부에 매진했다.

광산사무소에서의 체험은 하나에게 시야를 넓혀주는 계기가 된다. 하나는 타이프라이터로 근무하면서 정규사원과 노동자 사이에 존재하는 차별과 노동력 착취의 구조를 파악한다. 미쓰비시의 아라카와 광산에서 벌어지는 지배와 피지배의 현실에 눈을 뜨는 것이다.

마쓰다는 1928년《문예공론》5월호 '신인란'에 자신의 지난한 환경을 극복, 문학 활동을 시작한 자아를 의식하며 〈발돋움을 사모한다〉라는 시를 발표한다.

발돋움을 사모한다

소리도 없이 땅이 식어서

차가운 공기가 널리 퍼질 때

팔을 펴고 머리를 빗고

초겨울 찬바람 속에 우뚝 섰다

여자

발돋움하는 여자

피곤을 모르는 반짝이는 눈동자로

자연의 냉혹함을 이겨내고

최초의 생명 창조에

너무나 큰 희열을 느끼는 여자

그 무덤 위에

몇십 세기 문명이 독나무 꽃을 피웠다

지금이야말로

발돋움이 움터야 한다.

1926년에 도쿄 상경 후 2년째에 접어든 마쓰다. 그녀가 고난을
딛고 펜을 들고 우뚝 선 여성의 관점에서 발표한 작품이다. 강렬한 자
의식으로 홀로 일어선 마쓰다의 기개가 읽힌다.

같은 해 10월에는 광산에서 절감한 자본 착취의 구조를 돌이키며
노동자의 편에 서서 1928년 〈갱내의 딸〉이라는 시를 발표한다.

갱내의 딸

우리들은 잡역부

광부가 파낸 광석을 나른다

우리들은 여자 운반공, 갱내의 딸

우리들은 암흑 속을 암컷 매처럼 거뜬히 난다

감독도, 광부도, 지주부도, 권양기 기사도

지옥으로 이끄는 수직 갱도를 두려워하지 않는다

다이너마이트 폭파음은 우리들 심장에

빛나는 미래를 알리는 소리

어제 13번 갱에서 광부가 죽었다

나는 그 피를, 그 생선 살처럼 찢어진 살을

그리고 바윗덩이 무게에 쥐어뜯긴 머리칼을 보았다

하지만 나는 울 수 없었다

오늘 감독과 경관과 광산 경찰이

신주를 모시고 피의 흔적 앞에

기도를 강요했다

하지만 나는 울 수 없었다

우리들은 노동자

우리들은 동료의 죽음을 슬퍼한다

하지만 우리들은 그 사체를 밟고

나아가야만 한다.

(하략)

상경 직후(1926년) 만난 조선인과
친밀히 교류하다

프롤레타리아문학에 열정을 불태워

마쓰다가 도키코가 상경을 결심한 이유는 무엇일까? 왜 태어나고 자란 고향을 등져야만 했을까?

도쿄행 결심을 굳히기 3년 전인 1923년(18세) 마쓰다는 이토 선생의 조언에 힘입어 아키타사범학교에 입학했다. 관비생으로 기숙사 생활을 하게 된 마쓰다는 일시적이지만 가난한 일상에서 느끼지 못한 약간의 자유를 맛본다.

1년간의 사범학교 생활을 마치고서는 모교 다이세이초등학교에 부임해 학생들에게 온정을 베푼다.

하지만 의부의 차별은 여전했다. 월급을 송두리째 그에게 바쳐야 했고 귀가해서도 가축들에게 줄 먹이 찌꺼기를 마련하기 위해 가르치던 제자들의 집까지 방문해야 하는 수모를 견디어야 했다.

1926년 조선인과 교류 시절의
마쓰다 도키코(21세)

그때 초등학교 동급생들이 진보적 문학잡지를 창간하여 활동하고 있었다. 이런 분위기를 타고 이토 에노스케(伊藤栄之介)라는 프롤레타리아 작가가 학교를 방문했다. 그의 모습을 보고 프롤레타리아문학에 대한 열정을 불태울 수 있었다.

학생들에게 인기가 있었다고는 하나 마쓰다의 교원 생활은 절대 평탄하지 않았다. 광산 소유의 미쓰비시 측에 빌붙은 교장은 마쓰다의 학생 지도방식에 사사건건 간섭하였다. 급기야는 진보 잡지에 실은 시에 대해서도 악의에 찬 공격을 가했다.

그러던 와중에 마쓰다는 이성에 눈떠 바이올린을 켜는 취미를 지닌 선광(選鑛) 인부를 사귄다. 그는 노동하면서도 감성을 키우는 일에 몰두하는 낭만적인 청년이어서 마쓰다는 그를 만나며 교원 생활의 애로를 잊을 수 있었다.

하지만 그와의 교제는 오래가지 않았다. 마쓰다가 19세가 되던 해 그는 징병으로 소집되었고 그에게서 이별의 통보를 받는다. 교원으로 2년의 의무기간을 마치면서 실연을 맛본 마쓰다는 뭔가 새로운 계기를 마련하지 않고는 배길 수 없었다.

'미쓰비시'라는 권력이 학교에 영향을 미치는 모순, 의부가 경제적으로 속박하는 일상. 거기에서 탈피하는 것이야말로 자유를 얻는 길이라고 믿었다. 더구나 마쓰다에게 실연은 새로움을 모색하는 데

심리적 동기를 부여했다.

'노동자가 인간적으로 대접받는 사회를 이룰 수 없을까'라는 의문을 품고 마쓰다는 어머니의 지지 하에 문학적 꿈을 펼치기 위해 상경한다.

상경 후 숙부 미야자키 지스케의 집에서 머무르게 되는데, 도쿄에 올라온 지 얼마 지나지 않은 바로 그때(1926년, 21세)의 일이었다. 바로 그즈음의 마쓰다의 행적이 국내에 공개된 바 있다.

마쓰다는 그때 한 조선인 여학생을 만났으며 그 조선인 여학생과의 교류 체험을 그로부터 12년 후인 1938년《월간 러시아》9월호에 발표한 것으로 밝혀졌다. 〈외국인과 관련한 수상(隨想)〉이라는 제목으로 발표한 조선인 교류 체험기. 마쓰다는 거기에 간다(神田)의 N영어학교에 다니며 조선인 박영생(朴永生)과 친하게 지내며 느낀 놀라운 사실을 고백했다.

조선인 비하의 상황에서 박영생과 친밀히 교류

당시 일본 내지에서 조선인을 보는 시점은 어땠을까? 예컨대 다음과 같은 기록을 참고할 수 있다.

1925년에는(일본 정부가) 다시 도항 제한 제도를 시행했다. 일본경제의 만성적 불황으로 실업자가 증가해 조선인 노동자의 유입을 저지할 필요가 있었기 때문이다. 내무성은 조선총독부에 도항 제한을 요청했으며 부산항에서 취직 불확실한 자에 대한 조사를 강행했다. 그 후 도항 제한은 해마다 강화되었다.

더구나 1925년의 치안유지법 시행, 1926년의 〈조선인 생활실태 조사
방법에 관한 건〉 등의 통지로 단속도 강화되는 상황이었다. 하지만 일본의
불황보다도 훨씬 심각해 실업과 기아에 허덕이던 조선 농민은 관할경찰관
주재소의 증명서를 가지고 합법적으로 도항하는 사람 외에 어선을 타고 비
합법적으로 도항하는 사람도 많았다. (나이토 세이추内藤正中, 〈일본해 지
역의 재일조선인 형성과정〉)

식민지 조선인이 일본 내지에서 활동하는 자체가 호의적으로 받
아들여지지 않는 상황이었음을 알 수 있다. 일본 내지에서 조선인 생
활에 대한 단속도 심해지는 분위기였으니 조선인 처우가 좋을 리 있
었겠는가.

1925년 천황의 '칙령'으로 공포된 치안유지법은 일본 내의 반전
평화 세력과 노동자, 농민계급을 탄압하는 구실로 작용했다. 그뿐만
아니라 일본 내지와 다를 바 없이 식민지 조선과 대만에도 적용되어
이 법률에 따라 조선의 독립운동은 말살의 대상이 되었다.

치안유지법은 일찍이도(1925년 11월) 조선에서 사회주의 사상의
탄압이라는 구실로 66명을 검거해 악명을 떨쳤다(미즈노 나오키水野直
樹, 〈일본의 조선 지배와 치안유지법〉). 나중엔 일본 내지에서 적용하지
않은 사형판결을 식민지 조선에서만 내려서 적지 않은 조선인이 목숨
을 잃었다. 악법임이 틀림없었다.

이런 상황이 심화해가는 와중에 마쓰다는 "마음이 허전하고 벗이
그리워 타향의 느낌밖에 들지 않은 도쿄를 개처럼 냄새를 맡으며 배
회했다"고 밝혔다(〈외국인과 관련한 수상〉). 그리고 처음으로 알게 된 친

구가 "박영생이라는 아름다운 조선의 동성(同姓)"이었다고 회상했다. 그러며 박영생이 자기보다 조금 늦게 N영어학교에 들어왔고 "소매가 긴 흰 조선 복장을 본 순간 충동적으로 그녀의 곁으로 다가갔다"고 술회했다.

여기에서 시선을 끄는 부분은 마쓰다가 시대적 분위기를 전혀 의식하지 않고 순수한 인간적 교류의 시점에서 박영생의 모습을 아름답게 느꼈거니와 조선의 복장에 매료되어 그녀 곁으로 먼저 다가갔다는 점이다. 또한 마쓰다는 그녀에게 "말을 걸었"고 영생의 일본어 실력이 충분하지 않음을 확인했으며, 자신이 '불', '조금', '가져와라', '양초' 등의 조선어를 알고 있음을 공개했다.

뒷부분에서 밝혀지지만, 아버지의 누나인 숙모가 조선에 거주하고 있었기에 조선에 대한 관심이 있었을 터이다. 하지만 그게 남다르게 느껴지는 것은 왜일까? 마쓰다는 조선인을 상대적 타자로 인식하였고 인간적인 따뜻한 시선으로 바라봤기 때문이 아닐까. 에세이의 제목이 〈외국인과 관련한 수상〉이라는 것도 염두에 둘 필요가 있겠다.

이어지는 문장에서도 그 점을 확인할 수 있다. 마쓰다는 "그 백의(白衣)의 인간 서투른 언어 저편에 보이는 느긋하면서도 약간 당황하는 듯한 웃음이 완전히 나를 안심시켰다"고 표현했다. 그리고 영생에게 "친구가 되어 달라"고 말한 사실과 "당시의 나는 왠지 이국 사람과 사귀는 듯한 느낌으로 영생에게 다가갔다"는 속내를 고백했다.

영생도 받아들여 친구가 되고, 마쓰다는 고향으로 돌아가 한 달 뒤 다시 상경한다. 그러나 영생과 만날 수 없게 되어서 마쓰다는 그

원인을 영생이 N학교를 그만두었기 때문이라고 판단한다. 그리고 영생에 대한 그리움 때문에 부끄러움을 무릅쓰고 "이러한 사람이 아직 재적하고 있는지"를 모르는 사무원에게까지 찾아가 확인한다. 마쓰다의 영생에 대한 호감을 입증할 수 있는 내용이다.

많은 조선인이 일본화하고 있는 것이 사실이다. 특히 전쟁이 발발한 후로 지원병 제도나 국경 문제가 그 점을 강화하고 있음은 말할 필요도 없다. 하지만 그건 그렇더라도 난 조선다운 특수성의 좋은 점은 어디까지나 지켜져야 한다고 생각한다. 예컨대 최승희의 무용도 조선다운 것을 순수하고 고고하게 지키려고 하는 점에서 감명 깊었다는 것을 나는 다수의 관중의 한 사람으로서 고백한다. 일전에 신협(新協)극단이 완성한 춘향전도(중략) 조선이라는 고국을 품에 안고 생사를 같이해온 선조들의 심정이 어떠한 것이었는지를 통절하게 호소한 것이라고 나는 느꼈다.(〈외국인과 관련한 수상〉에서)

당시 일본 내지의 일반적인 시점에서 보는 조선인 상을 초월하고 있음을 확인할 수 있다. '표면적인 동화'보다 "파고들어갈 수 있는 만큼 심부로 파고들어가(마음을 나누)는 것이 민족과 민족의 깊은 사랑의 출발"이라고 본 마쓰다의 시선은 순수한 인간애 정신이 국경과 신분과 계급을 어떻게 뛰어넘을 수 있는지를 잘 보여준다.

마쓰다는 1년 가까이 시간이 흐른 후 우연히 영생과 와세다(부稲田)의 공중목욕탕에서 재회했다고 에세이에 썼다. 숙부 집에서 나와 도쿄의 이쪽저쪽 거처를 옮겨 다니다가 와세다에서 셋집살이를 시작

할 무렵이었다. 영생이 결혼해서 아이를 갖은 상태였는데도 마쓰다
는 영생의 집을 찾아가 그들 부부와 식사를 자주 했다는 미담을 전했
다.

영생 부부와 식사를 함께하며 '조선 민족의 역사, 젊은 조선인들
삶의 문제, 조선 문화의 특징' 등에 대해 얘기를 주고받은 것은 마쓰
다에게 당연한 일이었다. 조선에 관한 관심과 조선인에 대한 이해 없
이 어찌 가능하겠는가.

〈외국인과 관련한 수상〉에서 조선인에 대한 언급은 다음과 같은
내용으로 끝을 맺는다.

조선 사람들 속에는 우리가 이해하지 못하는, 또한 조선인 자신에게도
우리에게도 중요시해야 할 독특하고 이국적인 것이 아직 많이 있는 것 같은
느낌이 든다.

얼마나 조선인을 상대적 대상으로 인식하고 있었는지가 여실히
느껴진다. 마쓰다가 기술한 바와 같이 에세이는 그녀가 교류한 조선
인과의 체험을 토대로 조선 식민지 시절의 조선인 상에 대해 본격적
으로 언급한 것이다. 마쓰다의 조선관과 조선인 상의 원점을 파악할
수 있는 가장 실질적인 자료임이 틀림없다.

외국인 단상, 저항과 각성의 언어

외국인이 좋다고 고백

마쓰다 도키코가 1938년《월간 러시아》9월호에 발표한 조선인 교류 체험에 대해서는 이미 언급했다.

계속해서 작가의 목소리에 귀를 기울이지 않고 배길 수 없는 이유는 일본 내지의 외국인을 본 인상도 담담히 털어놓기 때문이다. 마쓰다는 에세이 〈외국인과 관련한 수상〉 뒷부분에 본격적으로 자신의 감회를 토로한다.

"우리나라 사람과는 또 다른 다정한 마음으로 외국인에게 다가가려는 경향이 내게만 있는지 어떤지 모르지만 나는 왠지 외국인이 좋다."

마쓰다가 박영생과의 인간적 교류에 대해 상세히 고백한 뒤 곧바로 외국인을 접한 자신의 심경을 밝히면서 언급한 부분이기에 주목하지 않을 수 없다. 이 대목에서도 마쓰다가 신분이나 출신과 상관없이 사람을 대했으며 애초부터 글로벌한 시야를 지니고 있었음을 간파할 수 있다.

서양인에 대해서도 생각이 다를 바 없었다. "몸집이 큰 것도 마음에 들고 표정이 노골적이며 열정적인 점도 좋다고 생각한다"는 부분에 마쓰다의 견해가 명징하게 드러나기 때문이다.

그러면서도 마쓰다는 외국인이 일본을 보는 예리한 비평 또한 잊지 않았다. "일본이 그 사람(외국인)에게 어떠한 느낌을 주는 것일까? 집에 돌아가면 그 사람은 고국의 지인에게 일본은 너무 적적해서 견딜 수 없다고 적지 않을까"라고 덧붙였다.

그럼, 중국인에 대한 인상은 어땠을까? "벌어지고 있는 전쟁 중에 (중략) 중국 민중의 생활과 일본의 생활을 생각하면서 삶의 보람이나 죽음, 민족, 인류, 이상, 미래, 현재 등의 언어가 내포하는 모든 가치나 의미에 대한 나의 의식은 동일하다"고 주장했다.

식민지 조선 출신을 비하하고 전쟁 중 중국인과 이국 노동자를 멸시하는 분위기가 팽배한 상황에서 그녀가 보인 인간애 정신. 소외층이나 노동자계급에 속한 대상인 한 국적을 떠나 모두 평등하다고 본 그녀의 지론과 맥이 닿는다.

물론 이런 시점이 마쓰다에게만 엿보이는 것은 아니다. 예컨대 마쓰다가 박영생을 만난 2년 전인 1924년 저명한 일본 근대작가 다야마 가타이(田山花袋)는 〈만주 조선의 행락(行樂)〉이라는 기행문을 발표한 바 있다.

거기에서 다야마는 을밀대(乙密臺)의 자연 풍광에 대해 "실제로 그곳에 갔더니 정말로 조선을 보는 듯한 느낌이 들었다. 즉 헤이안(平安)시대, 후지와라(藤原)시대의 느낌이었다. 역시 일본은 옛날에는 조선과 똑같았다. 조선의 풍속과 느낌을 그대로 후지와라시대, 평안시대가 모방한 것이다. 일본의 옛 교토(京都)도 꼭 그러한 느낌이 나지 않았을까"라고 회상했다.

지배와 피지배 하의 어두운 시대에 진흙밭에 핀 꽃과 같은 심미적 감성이라고나 할까. 일본제국주의의 시대적 조류에 순응하는 다야마의 언어와는 판이하다. 마쓰다의 체내 온기가 순도의 차이는 있을지언정 다야마의 체내에서도 부분적으로 느껴지는 게 사실이다.

소외층에 특별한 관심을 기울여

실은 당시 마쓰다에게 세상을 이타적 시선으로 바라볼 여유가 있을 리 만무했다. 상경 후 마쓰다의 생활은 자립의 길을 스스로 모색해야 하는 고난의 나날이었기 때문이다.

마쓰다 도키코
문학기념실 앞 팻말

하지만 마쓰다는 노동자의 권익을 위한 활동에 집념을 내보인다. 아나키즘 운동의 지도자 오스기 사카에(大杉栄)의 활동 거점인 노동운동 회사를 방문하기도 하고 메이데이의 행사에 참여하기도 한다. 알려진 사회주의자 사카이 도시히코(堺利彦)의 장녀와 만난 것도 이즈음이다.

마쓰다의 생활은 참으로 불안정했다.

일정한 수입이 없었으므로 때로는 양말 공장에서 때로는 자전거 공장에서 여공으로 일하면서 숙식을 해결해야 했다. 오누마와 결혼하게 된 것은 그가 누구보다도 노동자의 삶을 이해하고 있었거니와 신뢰하고 의지할 수 있는 동지였기 때문이다.

마쓰다는 노동자의 애로와 고통을 누구보다 자각하고 있었기에 마이너리티의 삶에 별다른 위화감을 느끼지 않았다. 초등학교 교원 생활 후 이어지는 여공 생활과 진보적 이념을 수용하는 자세가 이를 증명한다. 조선인을 비롯해 일본 내지에서 마이너리티의 길을 걷는 이들과 부담 없이 소통하는 것도 그와 같은 체험과 절대 무관하지 않다.

1928년 최초로 발표한 〈젖가슴〉이라는 시는 얼마나 그녀가 프롤레타리아 의식을 몸속 깊이 수용하고 있었으며, 얼마나 노동자의 삶에 애정을 느끼고 있었는지를 잘 말해준다.

젖가슴

태어나면서부터 프롤레타리아

태어나면서부터 영양실조

태어나면서부터 아버지는 유치장

하지만 아들이여!

먹고 싶어서 안달하는 너의 목소리에서

나는 새로운 힘을 느낀다

너의 운명인 너의 양식

지금이야말로

복수의 의지가 끓어오른다

바짝 마른 양쪽의 젖가슴이여!

―1928년

마쓰다는 오누마 와타루와 결혼 후 치안유지법 체제에서 노동운동으로 유치장을 제집 드나들 듯 오가는 남편을 지켜보아야 했다. 자신도 일자리를 보장하라는 전단 배포 중에 체포되기도 하고, 사상이 불순하다는 이유로 애를 업은 채 경찰서에 연행되기도 했다. 하지만 그럴수록 마쓰다는 투쟁의 의지를 불태웠다.

일본 정부가 사회주의자와 노동자계급을 철저히 억압한 1928년의 '3·15대탄압' 2일 후 마쓰다는 도쿄 고마쓰가와(小松川)경찰서로 장남과 함께 끌려갔다. 나중에 당시를 회고하며 이 시를 "분노에 차서 썼다"고 술회한 바 있다.(《마쓰다 도키코 사진집》, 34p 참조) 이를 계기로 본격적으로 집필활동을 펼치는데, 마쓰다의 지배계급과 노동자탄압 대상에 대한 저항의식은 억누를수록 용수철처럼 튀어 오르는 것이었다.

어머니 통해 노동자 애환 절절히 느껴

마쓰다는 청춘기를 보내면서 어머니의 모습을 통해 노동자를 착취하는 지배계급에 대한 저항적인 삶이 자신에게도 숙명처럼 주어지리라는 것을 이미 알고 있지 않았을까. 그해에 발표한 〈어머니〉라는 시는 이를 뒷받침한다.

어머니

어머니,
언제나 나를 위해 울며 슬퍼하시는
내 어머니

무엇이 당신을 괴롭히나요
무엇이 당신을 그리 울리나요

지금이야말로 분명히 말하죠
그건 우리 때문이 아니라고

이 착취망 속에 몰린 나를
고난에 맞서게끔 일으켜주시고
피를 빨고 뼈를 갉으려는 그들에
맞서게끔 하셨죠

그들이에요,
그래요, 어머니가 계시는 광산에도
내가 있는 공장에도
형이 있는 배 속에도
우리의 피와 기름으로 부푼 자들
증오해야 할 독거미들이
끊임없이 착취망을 치고 있어요

어머니, 내 어머니

그자들이야말로

당신과 나 사이의 진짜 적!

이제 당신은 늙고 쇠약해졌지만

나는 젊고 강하니

내 뒤로 와요, 내 손을 잡고 와요

그리고 끊임없이

잠복하고 있는 이 착취 망.

이 견고한 철쇄를 풀어헤치고 나아가요

눈물을 닦아요

어머니

우리는 조만간 훌륭한 세상을

맞을 거예요.

—1928년

(밑줄은 발표 당시 탄압 속에서 복자로 표기되었음,

출전은 《마쓰다 도키코 자선집》 9권, 사와다출판, 2009년)

'회사 측의 착취에 왜 시달려야 하는지, 그리고 어떻게 그런 현실

을 타파해야 하는지'를 묻는 노동자 출신 모녀의 고뇌가 절절히 느껴

진다. 어머니와 딸은 혈육이지만 끊임없이 옥죄어오는 그들 앞에서
는 연대의 동지이다. 젊은 딸이 어머니의 손을 잡고 착취 망을 헤치고
나아가자고 노래하는 모습이 선명히 비친다.

마쓰다는 2004년 4월 신문《아카하타》인터뷰에 응해 다음과 같
이 언급한 적이 있다.

"내가 태어나고(중략) 아버지가 사고로 목숨을 잃었습니다. (중략) 어머
니에게는 두 번째 남편도 진폐증으로 세상을 떴고 세 번째 남편은 광산노동
자였는데 폭력을 행사하는 사람이었죠. 어린 영혼은 매우 민감했다고 할까
요. 당시 어린 내 영혼에 어머니의 모습은 너무나 초라하게 보였죠. 하지만
어머니는 그런 불행한 환경 속에서도 풍부한 감수성으로 훌륭하게도 나를
이끌어주셨죠. 자상한 분이었습니다. 그 어머니가 옮겨와 이러한 작품을 쓰
게 해주었어요."

백수의 축하회를 앞둔 시점에서 동화집《분홍색 다브다브 씨》출
판에 즈음해 언론 인터뷰에 응해 한 말이다. 하지만 이는 그 동화집
집필 시의 심경만을 반영하는 내용이 아니다. 마쓰다의 모든 작품에
는 어머니의 자신에 대한 자상함과 각별한 애정이 배어 있다. 그리고
무엇보다 약자를 학대하는 지배계급에 대한 저항과 극복의 의지가 각
성의 언어로 새겨져 있다.

사회참여 기치를 내걸고 세상 속으로

타인에게 젖을 팔며 여성운동에 매진

마쓰다 도키코는 남편 오누마 와타루와 결혼 후 22세의 나이로 아이를 출산했다. 하지만 남편은 일정한 직업이 없었다. 게다가 감옥에 자주 들락거리는 상황이라 생활고에 시달려야 했다.

마쓰다는 생활을 위해 자신의 젖을 짜서 타인의 자식에게 먹이는 일까지 마다하지 않는다. 큰 시계 가게를 운영하는 관리가 병을 앓는 애를 돌볼 유모를 구한다는 소식을 듣고 관리의 자택에서 더부살이했다. 그러면서 자기 애가 있는데도 그 애에게 먹이기 위해 젖을 짜야만 했다. 23세에 맛본 참으로 굴욕적인 체험이었다.

다행히 지인의 소개로 이듬해(1929년) 마쓰다는 이즈오시마(伊豆大島) 소재 사시키치초등학교에 1년 동안 대리 교원 생활을 한다. 일본프롤레타리아 작가동맹에도 창립과 동시에 가입한다. 그녀는 가까스로 문필활동에 몰두할 수 있었다. 유모 체험을 살려《젖을 팔다》라는 소설을 집필한 뒤《여인예술》에 발표했다. 초기 대표작《젖을 팔다》는 이런 배경하에 햇빛을 보았다.

한편 마쓰다는 같은 해 가을《여인예술》이 여성들의 사회적 활동을 지원할 목적으로 '전여성진출행진곡'의 가사를 모집하자 응모한다. 그리고 2등으로 입선해 상금 100엔을 받는다(1등은 없었고 2등 1명). 생활에 보탬이 되었음은 당연하다. 가사 내용은 다음과 같다.

닫힌 구름 찢어지는 태양/ 날뛰는 폭풍우여/ 산더미처럼 물결치는 파도여/ 일어나라! 불타올라라!/ 양손을 치켜올려라!// 우리의 횃불을 드높이자/ 낳은 자 우리들/ 기르는 자 우리들//

족쇄의 이날/ 힘주어 깨부수자/ 피로 물들이자/ 일어나라! 불타올라라!// 투쟁의 이날/ 새로운 세상을 낳는다/ 세계의 어머니 우리들/ 세계의 어머니 우리들.

남편이 노동운동으로 투옥된 지난한 일상에서 애를 키우며 자립해야 하는 마쓰다의 애환과 고뇌가 읽힌다. 하지만 그녀는 거기에 머무르지 않았다. 그럴수록 그녀는 현실을 타파하기 위해 참여하는 여성으로서 기개를 드높이며 세상 속으로 뛰어들었다. 얼마나 그녀가 사회참여와 앙가주망의 자세를 견지했는지를 알 수 있는 대목이다.

당시 여성의 지위 향상 운동을 이끌던 작가 하세가와 시구레(長谷川時雨)는 이 가사를 접하고 "그녀의 생활은 투쟁, 출산, 양육, 기개 넘치는 활동, 희망으로 가득 차 있었다. 꾸민 시가 아니다. 심호흡과 함께 격정적으로 내뱉는 진실한 목소리"라고 평가했다. 그리고 "우리 함께 노래를 소리 높여 부르며 나약한 우리를 극복하자"라고 외쳤다 (《마쓰다 도키코 사진집》 41p).

행동하는 여성 마쓰다 도키코는 사회적 관심을 품으면서도 한편 작가로서 주변을 돌아보는 일에도 소홀하지 않았다. 혁명작가 고바야시 다키지의 《1928년 3월 15일》을 읽고 그가 동향 출신 작가임에 애정을 드러냈다. "집요하게 착취 망을 확장하기 위해 자본의 마수가 조성한 헤아릴 수 없을 정도의 무수한 불행, 비참함이 그 작품을 읽음으로써 느껴졌다. 자신이 생생히 겪어온 체험을 환기하지 않을 수 없었다"고 고백했다.

다키지의 대표작 《게 가공선》에 대해서는 "(노동자들의) 고통과 고통 속에서 몸부림치는 의지를 읽었다", "그 정도로 깊고 넓은 표현에 더욱 확실함을 부여하기 위해 작가에게 한숨 돌려 차분함을 유지하기를 바라마지 않는다"는 당부의 언어도 잊지 않았다.

"쌀 내놓라"고 외치며 한일 여성과 데모

그러던 와중에 1932년 상해사변이 발발했다. 일본제국주의 정부는 '만주국' 건설을 선언했다. 그해 여름 마쓰다 도키코는 여성의 현실참여 목소리를 드높이며 조선의 부인들과 함께 '쌀 내놔라' 운동에 참여했다.

이러한 단편적 사실에 대해서는 연보를 통해 알려진 바 있으나 최근 그 구체적 기록이 밝혀졌다. 기록은 다름 아닌 1932년 7월 하순 도쿄의 거리에서 일본 엄마들과 조선인 부인들이 어린애를 등에 업고 연대 데모행진을 벌인 역사적 사실을 기록한 단편 체험기이다.

이는 마쓰다 도키코의 고백인데, 그녀가 1974년 7월 29일 신문 《아카하타》의 '수상(隨想)'이라는 란에 〈데모행진〉(제목이 일본어로 '조로 데모'이므로 슬로 데모로 봐도 무난)이라는 제목으로 회고문을 게재한 것으로 드러났다.

시대적 배경을 살피면 당시 대규모의 경제공황이 세계 각 곳으로 영향을 미치고 있었다. 일본에도 심각할 정도로 불황이 찾아와 1930년도 초반 동북지방의 흉작과 함께 사회적 혼란을 불러일으키고 있었다. 묵은쌀을 새로운 쌀로 대체하는 시기를 앞두고 쌀값이 상승했다. 가격하락과 실업으로 고통받던 농민과 도시 빈민층 노동자들의 불만이 쌓일 수밖에 없었다.

'일본무산자 소비조합연맹'은 국제협동조합의 날을 기점으로 정부 보유미의 획득 투쟁을 제창했다. 1932년 도쿄의 각 지역에서 실업자와 그 가족은 관청 및 경찰서에 "쌀 내놔라"고 요구하며 운동을 펼쳤다. '관동 소비조합연맹'은 노동조합, 농민조합과 함께 서명운동에 돌입함과 동시에 농림성을 향한 데모 활동을 전개했다. 운동은 전국적인 규모로 확산했다.

마쓰다 도키코는 자신이 체험한 이와 같은 '쌀 내놔라' 운동의 풍경, 일본 엄마들과 조선인

데모행진의 장소
(당시의 고토쿠 가메이도)

부인들이 연대해 투쟁한 활동상을 42년 뒤 신문에 〈데모행진〉이라는
제목으로 공개했다.

역사적 시점에서 보더라도 일본 내지에서 한일 여성들이 일본제
국주의 세력에 맞서 연대한 기록이기에 그 의미가 각별하다. 어떤 데
모행진이었는지 그 전개 과정과 양상을 살펴보자.

마쓰다 도키코는 "이 계절의 무더운 염천 속에 떠오르는 엄마들
과 애들의 데모가 있다"고 일본의 신문 독자들을 향해 말문을 열었다.
그리고 시기는 "1932년 7월 하순", 장소는 "도쿄 고토구(江東區) 가메
이도(亀戸)의 무산자 탁아소를 기점으로(중략) 가메이도 5가의 상점가
에서 이웃 오지마(大島) 거리로 향하는" 곳이었다고 구체적으로 밝혔
다.

마쓰다는 고토구 가메이도 내에서 특별고등경찰의 감시를 받으
며 거처를 옮겨 다녔다. 그런 까닭에 가메이도에서 일어나는 사건을
모두 꿰뚫고 있었음이 틀림없다.

마쓰다는 "모여서 행진을 한 자들은 실업과 빈곤에 완전히 지친
일본의 엄마들과 재일조선 부인들과 그 어린애들이었다. 엄마들은
모두 어린애를 업거나 손을 잡고 천천히 골목에서 상점가로 몰려나왔
다"고 소개했다. 주목할 부분은 행진의 주체가 일본의 엄마들과 재일
조선 부인들, 어린애들이었다는 점이다.

돌이키건대 식민지 시절인데도 마쓰다는 당당하게 조선인 여학
생과 사귀었다. 그뿐만 아니라 조선인 여학생이 결혼한 후에도 그들
부부의 집을 방문해 서로 교류했다. 해방 직후에는 조선인 자택에 기
거하면서 조선인과 함께 조선인 징용피해자의 진상규명에도 매진했

다. 그 이후에도 거리낌 없이 조선인과 관계를 맺은 점을 의식하면 자신이 거주하는 지역의 조선 부인과 일본 엄마가 함께하는 데모에 참여하지 않고는 배길 수 없었을 터이다.

데모행진의 양상은 어땠을까? 마쓰다는 "그 어머니들과 애들의 행진에는 활기나 속도감은 전혀 없었다. 어린애들의 보폭에 맞춰 잇달아 천천히 행진했다. 소수의 남성도 섞여 있었지만, 누구도 명령은 하지 않았다. 하지만 한 사람 한 사람 엄마들의 얼굴에는 감출 수 없을 만큼 같은 생각이 배어 있었다. 자본가가 돈을 벌기 위해 가격 인상을 노리고 바다에 버리려는 쌀이 있다면 우리에게 무상으로 먹게 해달라……"는 외침이었다고 분위기를 전했다.

시선을 사로잡는 것은 '턱끈과 착검을 한 경관대'가 앞을 가로막은 뒤 오리나 닭을 쫓듯 어머니들을 해산시키려 했고, 일본과 조선의 엄마들이 어린애를 보호하며 다리의 난간에 몸을 기대거나 다리를 건너 몸을 피하는 상황 속에서 이루어진 데모행렬이었다는 점이다. 곤봉을 휘두르며 어머니들을 공격하자 일본과 조선의 어머니들이 어린애들을 감싸 안은 채 몸을 피하는 장면이 눈에 선하다.

그런데 데모는 한일 여성들만의 투쟁에 머무르지 않았다. 마쓰다는 회사에 맞서 투쟁 중이던 노동자들이 골목에서 나와 연대의 손을 흔들면서 격려해줬다는 사실도 밝혔기 때문이다. 그러나 그러한 노동자들에게 경관들은 쫓아가서 발길질했다. 마쓰다는 그들이 발길질로 해산시키려 했지만, 엄마들은 몇 분 후에 다시 뭉쳐서 오시마 관청을 향했다고 적었다.

'쌀 내놔라' 운동은 '수일 후인 8월 1일 밤' '5열 종대로 정연하게 줄을 선 노동자의 데모'로 확대되었다. 상점가에서 이를 막아선 가메이도 경찰대와 데모대가 격돌했다는 표현에서 그 격렬함을 엿볼 수 있다. 마쓰다 도키코는 이를 '반전데모였다'라고 강조했다.

이 기록은 경찰의 탄압에도 불구하고 일본 내지에서 한일 여성들과 노동자가 쌀 획득을 위해 연대한 실례다. 마쓰다는 그 데모행진에 직접 참여하면서 목격한 장면을 회고하면서 집필했다. 평생 여성운동에 매진하며 조선인 권익향상에도 관심을 보인 작가의 체험기이므로 그 의의를 강조해도 지나침이 없을 것이다.

제 2 부

프롤레타리아문학 운동과 조선

탄압에 대한 저항의 시선으로
조선인을 작품화

고바야시 다키지와 이와타 기도의 죽음을 접해

마쓰다 도키코가 '쌀 내놔라' 운동에 참가한 시절 일본 정부의 문화 탄압은 참으로 가혹했다. 언론, 출판은 물론 문학도 그 대상에서 논외가 아니었다.

일본의 대표적 혁명작가 고바야시 다키지가 치안유지법 체재에서 학살당한 것은 마쓰다가 '쌀 내놔라' 운동에 참가한 이듬해(1933년 2월)였다. 특별고등경찰의 잔학행위는 이미 선을 넘고 있었다.

사진으로 살펴보면 구타와 고문이 얼마나 극심했는지 여실히 드러난다. 다키치의 유체는 온통 타박상의 흔적만이 남아 있다. 온통 가짓빛이다. 하반신은 눈 뜨고 볼 수 없을 정도로 부풀어 오른 상태다.

그것으로도 부족했을까? 경시청에서는 검열을 더욱 강화한다. 작가 사후임에도 《주오공론(中央公論)》에 실릴 다키지 작품 《당 생활자》의 전문 9만 자 중 1만 6천자를 삭제하고 복자로 표시하는 박해를 가하는 것이다. 그들은 《당 생활자》라는 제목마저도 허락하지 않았다. 《당 생활자》는 《전환시대》라는 이름으로 게재되었다.

다키지의 작품 판금이나 게재 금지와는 별도로 《당 생활자》의 5분의 1 정도가 탄압 대상이 된 "삭제, 복자의 역사상 최고 기록"(야마자키 하지메, 월간 《불굴》 No433, 2010년)이다. 탄압의 강도를 짐작하고도 남는다.

1932년 여름 마쓰다 도키코는 고바야시 다키지와 요코하마에서 함께 강연하기도 했고 1929년엔 《여인예술》 등에 다키지의 작품 감상을 토로하기도 했다. 2살 연상인 동향 출신 작가에 대한 애틋함의 정도를 가늠할 수 있다.

마쓰다는 에구지 간(江口渙)의 전보를 통해 고바야시 학살 소식을 듣고 곧바로 차남을 등에 업은 채로 고바야시의 자택으로 향했다. 특별고등경찰이 이를 용인할 리 없었다. 마쓰다는 차남과 함께 스기나미경찰서로 즉시 연행되었다.

동료의 죽음을 애도하러 갔다가 갇힌 마쓰다의 심경이 어땠을까? 통한의 눈물을 훔칠 수밖에 없었을 것이다. 마쓰다는 《아사히신문》의 인터뷰(2004년 3월 5일)에 응해 다음과 같이 회고한 바 있다.

고바야시 다키지의 《게 가공선》이 나왔을 때 너무나 대단한 작가라고 생각해 깜짝 놀랐습니다. 만나보니 겸손하고 조용하고 침착한 사람이었습니다. 1933년 특별고등경찰에게 학살되었을 때 어린 차남을 업고 달려갔습니다. 하지만 경찰에 연행되어 작별의 인사도 할 수 없었습니다. 다키지처럼 자신의 사상을 생명화한 사람은 드문 만큼 평생 인상 깊게 느껴왔습니다. 이런 사람이 있었다는 것을 의식했으니까 '권력' 측에 굴복하지 않겠다는 각오가 내게도 생긴 것은 아닐까요?

무자비한 권력이 진보적 문화인의 숨통을 끊은 대표적인 사건이었다. 경찰이 발표한 다키지의 사인은 심장마비. 하지만 누구도 믿지 않았다. 다키지의 어머니는 "심장이 나쁘지 않았다"고 통곡하며 사체를 쓰다듬었다고 한다. 비보를 듣고 달려온 동료들도 차례차례 검거되었다. 마쓰다는 그들과 함께 구치소에서 각오를 새롭게 다지지 않고는 배길 수 없었으리라.

고바야시 다키지(小林多喜二) 문학비. 휘호는 마쓰다 도키코가 새겼다.
(소재지-아키타현 오다테시)

실은 다키지의 죽음이 마쓰다에게 울분을 배가시킨 것은 지난해 이미 동료의 학살 소식을 접하고 분개하고 있었기 때문이다. 즉 노동 운동가 이와타 기도(岩田義道)가 경찰의 고문으로 죽임을 당한 비극을 마쓰다는 목도했었다. 그 기억의 편린을 떠올리며 고통스러워하던 상태였다. 일제강점기 조선의 독립운동가들을 변호한 후세 다쓰지(布施辰治) 변호사도 그의 죽음을 애석해할 정도였다. 후세가 격렬하게 항의한 사실은 알려져 있다.

마쓰다는 1933년 1월 잡지《대중의 벗》에 다음과 같은 시를 발표해 이와타 기도의 죽음을 애도하며 권력의 탄압을 고발했다.

데스마스크에 부쳐

그 사람은 이와타 기도(岩田義道)

그 사람은 당의 사람

우리에게 손 다리 얼굴을 알리지 않고

그저 우리에게 투쟁하는 것만을 가르쳤네

그 사람은 투쟁 전사

투쟁했기 때문에 쇠사슬에 묶이고 달라붙은 옷 입은 채

우리를 착취하고 억압하고 생활의 고통으로 옥죄는

천황의 부하에게— 죽임당한 사람

이와타 기도

아아 이 사람에 이어지는 혈통

데스마스크 찍어낸 '아카하타'를 통한

아아 우리의 혈통

언제 좋아질지 모르는 생활 속에
그대의 죽은 얼굴을 곧바로 비추는 불빛
그대의 부풀어 오른 입술 속 얼어붙은 치아는
우리에게 그 쇠사슬을 물어뜯도록 힘을 돋우네

이와타 기도
프롤레타리아는 그대에게 맹세하리
우리를 착취하는 자 그대에게 바치리

혁명
혁명의 이름으로.
— 1933년

데스마스크는 석고로 고인의 얼굴을 되살려 명복을 빌고 생전의 뜻을 기리려는 목적으로 만든 조각품이다. 마쓰다는 권력의 탄압이 가장 혹독한 시기에 사상과 자유를 억압하는 주체의 심장을 향해 저항의 펜촉을 들이댄다.

'왜 무산계급 지도자에게 압제의 칼날을 휘두르는가? 무엇을 위해 노동자, 농민의 생존권과 그들이 구축해온 민주주의의 성벽을 훼파하는가.'

마쓰다는 이 시의 제목과 자신의 이름 위에 이와타 기도의 유체

상반신 사진을 배치해 발표한다. 이 시는 즉시 파문을 불러일으켰다. 여러 군데 복자 표시가 가해졌으며 판금당한 시집《참을성 강한 자에게》(1935)에도 실리지 못했다(에자키 준). 그 이듬해인 1934년 권력의 강압적 조처로 작가들은 파국을 맞을 수밖에 없었다. 일본 경찰은 급기야 구레하라 고레히코(蔵原惟人)나 미야모토 겐지(宮本顯治) 등의 문인을 검거한 뒤 작가동맹을 해산시키고 만다.

조선인들의 투쟁을 그린 〈행진도〉 발표

간과할 수 없는 것은 그런 탄압에 조금도 굴하지 않은 마쓰다 도키코의 행보이다. 그리고 그 행보가 항상 조선인에 대한 관심을 동반하는 점이다. 문화 탄압이 철저히 자행되는 와중에도 마쓰다가 조선인을 주인공으로 등장시킨 소설을 완성한 것이 이를 뒷받침한다.

마쓰다는 1934년 조선인들의 투쟁 모습과 그들의 심리를 조명한 이례적인 작품 〈행진도(行進圖)〉를 발표한다. 회고하건대 무산계급의 권익과 주장을 외친 작가들의 필치는 당시 진보적 문학운동의 시점에서 보면 보편타당한 메커니즘으로 수용되었을지 모른다.

하지만, 조선인을 테마로 한 작품이 작가들에게 공통분모를 형성하는 측면에서 동시대의 일본 독자들을 향해 메시지를 발화하는 기제로 작용하는 상황은 아니었다. 일본 계급주의의 상징적 작가로 잘 알려진 고바야시 다키지와는 또 다른 시점에서 마쓰다 도키코를 주시해야 할 근거라고 여겨진다.

고바야시 다키지 문학의 지향점에서 마쓰다 도키코를 분리하면 분리할수록 해체의 확장성이 엿보이는 것도 그 때문이다.

마쓰다의 단편소설 〈행진도〉(마쓰다 도키코 자선집 4권 《여성고》에 수록, 2005)는 1934년 《문학평론》 12월호에 발표되었다. 작품 말미에 "1931년 이른 봄의 기록에서"라고 새겨져 있으므로 작가가 1931년에 집필했다고 보는 것이 타당하다.

당시의 시대적 배경을 살피면 1931년 여름 중국 길림성 장춘시 교외에서 조선 이주민과 중국 농민의 충돌사건이 일어났다. 조선인들은 보복으로 조선과 일본 내지에서 화교 학살사건을 일으켜 이게 중일 양국의 외교 문제가 되었다(일본 위키피디아).

생존권 수호를 위한 조선인들의 투쟁은 어느 곳에서나 격렬했다. 일본제국주의가 대륙침략을 노골화하면서 식민지지배를 강화한 탓이었다. 당연히 조선의 빈곤은 극심했다.

중국 이주 조선인뿐만 아니라 일자리를 찾아 일본으로 도항하는 조선인이 적지 않았다. 1930년에는 일본 내지에 41만 9,009명의 조선인이 거주하고 있었다. 공업에 종사하던 이가 53.1%였고 그중에 토목건축 일을 하는 이가 24.5%였다고 한다(나이토 세이추, 〈일제강점기 일본해지역의 조선인 노동자〉, 1989).

조선인들은 불우한 처지에서 동병상련의 마음으로 부락을 형성해 생활한다. 하지만 차별 대상이었기에 하층민의 지역에서 언제 일본제국주의의 행정 조치로 거주지를 철거당할지 모르는 불안한 일상을 보내야 했다.

〈행진도〉는 4년 전부터 도쿄항 건설 예정의 매립지에 판잣집을 짓고 생활하던 조선인 300여 명이 새로운 도로 건설을 위해 거주지를 시가 철거한다는 소식을 듣고 시청으로 투쟁하러 가는 모습을 그린 작품이다.

　1930년대에 일본제국주의 정책에 반기를 들고 일본 내지에서 조선인들이 생존권 사수를 위해 그들과 정면으로 맞선다는 점에서 의의가 깊다. 더구나 문학에 대한 탄압이 횡횡하던 시기에 마쓰다가 작가 생명을 걸고 조선인의 시점에서 차별과 계급 타파를 부르짖는 피지배층의 모습을 생생하게 묘사했다는 점에서 평가해도 지나치지 않으리라.

　조선인과 조선에 대해 공공연히 묘사하는 자체를 터부시하던 시절이었다. 이러한 이색적인 작품이 용하게 발표되었다는 것 자체가 감동을 불러일으킨다. 작품의 안팎을 들여다보기로 하자.

생존권 외치는 조선인들
치열하게 묘사한 〈행진도〉(1)

해체에서 재생산으로

마쓰다 도키코가 조선인 여성 박영생을 만나 인간적으로 교류의 정을 나눈 것은 1926년(21세). 전술한 바와 같이 이 체험을 〈외국인과 관련한 수상〉이라는 제목으로 발표한 것은 12년 후(38년)였다.

한편 작품 〈행진도〉에서는 작가가 직접 말미에 '1931년 이른 봄의 기록'이라고 밝힌다. 그리고 1934년에 이르러 공식적으로 《문학평론》에 공개한다.

그러고 보면 1926년의 조선인 교류 체험이 마쓰다의 체내에 착근해 있다가 현재화(顯在化)할 시기를 기다리고 있었던 셈이다. 작가는 그런 체험과 증언에 근거해 일본 내지에서 하루하루 연명하며 살아가는 빈민층 조선인들의 실상과 힘겨운 일상을 조명했을 터이다.

마쓰다가 조선인 여성들과 함께 '쌀 내놔라' 운동에 참가한 것은

1932년. 이처럼 조선인과 동행한 일련의 과정을 염두에 두고 마쓰다가 조형한 〈행진도〉의 조선인 상을 살펴볼 필요가 있다.

더구나 〈데모행진〉과 유사한 풍경이 〈행진도〉에서도 펼쳐진다. 허나 작가는 〈데모행진〉보다 조선인 군상의 투쟁 양상을 더욱 섬세한 필치로 묘파한다. 그 점을 의식하면 마치 본편을 능가하는 예고편을 접한 느낌이다.

〈행진도〉는 〈데모행진〉과 같은 자전적 체험기는 아니다. 작가가 봤음직한 사건을 작품화한 단편소설이다. 무엇보다 조선인의 일상과 심리를 꿰뚫는 생생한 장면이 작품의 백미이다. 일제강점기 일본 작가가 조선인을 바라보는 애절한 시선과 애틋한 심성이 묻어난다. 그러기에 독특하다.

당시 일본 작가에게 실은 조선인을 그리는 자체가 예사로운 일은 아니었다. 탄압의 영향 등 외적 요인뿐만 아니라 작가들의 의식 또한 문제였기 때문이다.

"(일본)프롤레타리아 작가라고 하더라도 전능하지 않았다. 특히 중국(인)이나 조선(인)을 그리려 하면 무의식중에 권력의 언어나 내셔널리즘의 감각이 배어 나와 작가의 의도와는 달리(혹은 역으로) 생각지도 않은 결과가 나타나는 게 결코 드문 일이 아니다"(다카사키 류지,《문학 속의 조선인 상》)라는 언급이 이를 잘 말해준다.

재일동포 1세대 작가 김달수도 "작가의 주관적 선의와는 별도로 조선인이나 중국인에 대해서는 어딘가 항상 따라붙어 벗어나지 못하는 그 대국주의적 감각이(느껴져서) 견딜 수 없다"(김달수,《구로시마 덴지 전집》)고 토로한 바 있다.

다카사키는 나카노 시게하루(中野重治)의 〈비 내리는 시나가와역〉
을 거론하며 김달수가 지적한 '대국주의적 감각'이 "나카노 시게하루
에게까지 보이는 곳에 일본인 작가가 그린 조선 상에 어딘가 반드시
비뚤어짐이나 뒤틀림이 보인다"(같은 책)고 비판했을 정도다.

하지만 마쓰다 도키코의 조선 상에는 이러한 비뚤어짐이나 뒤틀
림이 전혀 보이지 않는다. 왜일까? 한평생 약한 자로 살았던 어머니
에게 물려받은 심성 때문일까? 가장 저변의 소외층이던 광산의 딸로
자란 마쓰다에게는 인간을 계층별로 구분하는 것에 대해 맹목적으로
거부하는 독특한 휴머니즘이 뿌리를 내리고 있었다. 마쓰다가 일본
내지의 조선인들과 함께 생각하고 함께 행동할 수 있었던 배경이다.

그 배경 또한 식민지 조선에서 활동하지도 않았거니와 조선에 거
주한 적도 없는 마쓰다만이 지니는 것이기에 각별하다. 이는 동시대
의 일본 프롤레타리아 작가들이 지향한 공통분모를 해체할 수 있다.
적어도 마쓰다 문학에서는 조선(인)을 상대화하는 쪽으로 재생산의
가능성을 탐색할 수 있는 근거가 된다.

투쟁에 앞장서는 조선인 주인공 '류'

작품 안을 들여다보자. 〈행진도〉는 '류(柳)'라는 조선인이 잠에서
깨면서 막이 열린다. 이 주인공 '류'의 시점에서 스토리가 전개되는
데 우선 눈길을 끄는 대목은 동료 조선인들의 잠든 모습이다.

가장 먼저 깨어 천정의 십육 촉 전등을 켜고 동료들을 살피는 각
성의 인물 '류'의 눈에 비치는 동료 조선인들은 어떻게 그려질까.

"동료들은 아직 푹 잠들어 있었다. 진땀을 흘리며 누런 이를 드러낸 김(金), 나이 든 노인 박(朴), 정(鄭), 그리고 가네코(金子), 하야시(林)라는 일본 이름으로 불리는 젊은이를 포함해 모두 때가 긴 얇은 이불 위로 손발을 드러내고 몸을 팽개친 채 자고 있었다."

방에 모인 조선인들은 제국주의의 관공서인 도쿄시에서 개발을 위해 조선인 거주지를 철거한다는 소식을 들었다. 그리고 지난밤 최후의 거주자 모임을 개최했다. 그런 뒤 방에서 그대로 잤다. 조선인 거주지인 판잣집의 한 방에서 빈곤한 그들이 남녀노소 할 것 없이 대책을 마련하다가 지쳐 쓰러진 것이다.

소설의 현재 시제는 류가 깨어나 지난밤 일을 회상하는 형식으로 펼쳐진다. 그리고 조선인 등장인물들의 대화를 통해 사건의 베일이 벗겨진다. "기한은 임박했으니 어떤 일을 당할지 몰라"라고 걱정하는 박 씨에게(시에서 판잣집을) "철거하러 오면 두들겨 패서 돌려보내"라고 거칠게 응수하는 김 씨. 이런 대화가 위기감을 고조시킨다.

작가의 의도에 의한 설정임을 부인하기 어렵다. 하지만 도입부부터 독자가 류를 주요 인물로 느끼는데 지장은 없다. "모두가 부재중에 쳐들어오면 어떻게 하지"라는 물음과 "여자나 어린애라도(동원해서) 물리칠 수 없을까……"라는 대답으로 웃음판이 벌어진다. 하지만 작가는 류만을 웃지 않은 인물로 그리기 때문이다.

바야흐로 류는 "폭력청부업자를 고용해 한두 차례 물리치더라도 상대방에게는(우리를) 강제로 철거시킬 방법이 얼마든지 있다"고 예측하는 유일한 조선인으로 등장하는 것이다.

조선인들이 한데 밤을 지새우며 이렇게 거주자 모임을 개최하고 투쟁의 의지를 불태우는 이유는 어디에 있을까? 조선인의 인권이나 처우에 대해 철저히 무시하는 시청 측의 제국주의적 행정정책에 있음이 밝혀진다. 시청에서는 조선인들이 옮길 장소도 정해주지 않고 오로지 철거에만 혈안이 되었기 때문이다.

그 증거로 "일전의 교섭 때에(시청에서) 지상권을 인정하

도쿄 에다가와(枝川, 현 고토구)의
조선인 부락(연대 불명)

지 않겠다고 했으니까 물론 이대로 넘어가지 않을 거야. 시청 직원은 4년간이나 살았으니 충분히 횡재했다고 생각하라고 하더군"이라는 조선인의 증언이 새겨져 있다. 이 증언을 통해 그들이 일본 내지에 거주하는 조선인= 신민(臣民)이라고 부르면서도 얼마나 차별 대우로 일관했는지 여실히 파악할 수 있다.

실은 당시 가장 하층에 속하는 이들은 피차별 부락민이었다. 조선인들은 일본의 피차별 부락에 거주하면서 피차별 부락민 다수가 일하는 곳에서 함께 일하기도 했다. 때로는 손을 맞잡고 사회운동을 전개하며 교류하기도 했다. 하지만 피차별 부락민은 식민지 문제를 염두에 두지 않았고 제국의 틀 속에서 생활개선만을 꾀했다. 그 점에서

조선인들의 생각과는 큰 차이가 있었다(도노무라 마사루 〈제국 도시 도쿄의 재일조선인과 피차별 부락민〉).

조선인에 대한 처우를 꿰뚫어본 견해다. 즉 조선인은 부락민보다도 더욱 하층민에 속했던 것이다. 〈행진도〉에서 조선인들이 "지상권이 전혀 없다"는 이유로 이동할 곳도 없는 상태에서 무조건 내쫓기는 것을 이해할 수 있으리라.

한편 도쿄에는 1930년 3만 3,742명, 1931년 3만 1,002명의 조선인이 살고 있었다(다무라 도시유키, 〈내무성 경보국 조사에 의한 조선인 인구〉,《경제와 경제학》, 1981). 조선인의 직업을 분류한 연구에 따르면 1930년대부터 재일조선인의 유직 비율은 현저히 하락한 것으로 나타난다(마쓰모토 도시로, 〈진재부흥기 도쿄부하 조선인 노동자에 대한 인구, 직업 분석〉,《오카야마대학 경제학회잡지》16, 1985).

도쿄에서는 조선인 비취업자 97.2%가 다수의 학생이었다. 그러므로 30년대에 접어들어 노동자의 급속한 증가 현상이 눈에 뜨인다. 그 중에서도 〈공업 노동자〉가 가장 높은 비율을 차지하고 있었다(마쓰모토 도시로, 〈震災부흥기 도쿄부하 조선인 노동자에 대한 인구, 직업 분석〉). 여기에서 얘기하는 '공업 노동자'는 '도로 토공'이나 '토목 건축' 종사자를 가리킨다.

〈행진도〉의 조선인들은 도쿄항만 부근에서 일하는 인부들이다. 작업은 도쿄항만 건너편 강가 매립지의 노동이 대부분이다. 그곳에서는 '제국 도시' 하수의 3분의 1을 처리하는 펌프굴삭작업이 이루어진다. 조선인들은 진흙투성이의 몸으로 노동에 시달린다. 그 부근의 교량 공사나 도로 공사에 투입된 인원도 적지 않다.

시는 '실업구제사업'으로 '노동소개소'를 통해 조선인 인부들을 고용했다. 그럼에도 거주지를 철거할 때는 아무 대책도 없이 폐품 처리하듯 무턱대고 쫓아내려 했다.

역경에 처한 조선인 거주자들의 심경을 마쓰다는 다음과 같이 표현했다.

그들은 마치 자신들의 발 언저리가 후들거리는 듯한 불안감에 사로잡혔다. 불안감이 깊어지면 깊어질수록 맞서기 어려운 큰 상대이지만 화가 났다. 이 판잣집 마을에 대한 애착이 용솟음치는 것이다. (중략) 창문의 외풍을 막기 위해 며칠 동안 신문지를 붙인 판자, 두세 채 공동으로 사용하는 마루에 공동으로 만든 흙 가마들, 설에는 그곳에서 서로 떡을 치던 절구도 떠올렸다.

조선인들이 궁핍한 환경 속에서 얼마나 마을을 세심히 꾸렸는지 읽히는 내용이다. 오로지 고향에 대한 그리움과 열정으로 구축한 조선인 부락이다. 그 자신들의 터전에 대한 사랑과 애틋함을 어찌 말로 형용할 수 있으랴(교토의 우토로 마을의 예처럼).

하지만 도쿄시에서는 이동할 장소도 제시하지 않고 퇴거를 명하는 것이다. 시에 분노의 목소리를 드높이는 조선인들의 시점에 마쓰다의 시점이 명확히 포개지는 이유다.

마쓰다는 조선인들의 분노를 "제기랄, 빌어먹을 놈"이라고 조선어로 표현했다. 누군가 내뱉은 이 조선어를 신호로 류가 선두에 서서 이끄는 투쟁에 조선인들이 대거 합류한다. 모두가 분연히 일어서는

것이다. 보잘것 없는 판자촌이지만 그들이 일군 터전을 지키기 위해
서이다. 조선인의 삶을 포기하지 않기 위해서.

생존권 외치는 조선인들
치열하게 묘사한 〈행진도〉(2)

〈행진도〉는 조선인들의 총력투쟁과 함께 본격적으로 전개된다. 마쓰다 도키코는 그 투쟁의 전개에 필력을 쏟는다. 시청으로 항의하러 가는 조선인들의 시위행진이 촘촘히 그려지는 배경이다.

총력투쟁이기에 같은 지구의 실업자위원회 멤버들은 물론 다른 곳의 판자촌 동료들도 와서 합류한다. 사건의 전말을 시위행진이 모두 흡입하는 느낌마저 든다. 그야말로 총체적 난국에 맞선 조선인들의 총체적 결집이 행진의 양상으로 투영되는 것이다.

따라서 남녀노소 모두가 혼연일체가 되어 판자촌을 지키기에 나서는 장면에서 눈을 뗄 수 없다. "솜이 비어져 나온 옷을 입고 조선 고무신을 신은 여자애"나 "항상 넝마를 주우러 가는 소년들"까지 뛰쳐나오기 때문이다.

"정말로(항의하러) 가는 거야? 아저씨"라고 확인하며 묻는 어린애

들과 "가야지. 너희들도 가는 거지?… 오늘은 너희들이 가장 앞에 서
서 깃발을 드는 거다"라며 어린애들을 행진의 선두에 세우는 류의 답
변이 행진의 정황과 사건의 심각성을 알린다.

작가 마쓰다는 이 〈행진도〉에서 실천적인 노동자나 의식 있는 조
선인에게나 보일 법한 사상성을 부여하지 않았다. 오로지 하루하루의
삶에 전력투구하는 조선인들의 소시민적 일상에 초점을 맞추었다.

행진에 나서는 장면에서 눈길을 끄는 대목은 주요 인물이 류에서
조선인 부인으로 바뀌는 부분이다. 류에게 주요 인물의 역할을 맡겨
오던 작가가 조선인 부인에게 배턴터치를 하는 인상이기에 간과할 수
없다.

조선인 여자 주인공 정옥순

조선인 부인의 이름은 정옥순(鄭玉順). 마쓰다는 전반부에서 조
선인 남자 주인공 '류'를 성으로만 불렀다. 하지만 조선인 부인에게는
성과 이름을 명확히 부여한다.

정옥순이 모습을 드러낸 것은 류가 조선인 어린애는 물론, 조선
인 처자들을 살피며 시위행진 참여를 독려하는 곳에서다.

류는 "당신들이 가지고 갈 오늘 주먹밥은 다 만들었나요?"라며 조
선인 부인들에게 확인하는 일을 잊지 않는다. 조선인 부인들은 시위
행진에 직접 참가해야 할 뿐만 아니라 식사 준비까지 거들어야 했기
때문이다.

헌데 마쓰다는 정옥순을 통해 공감하지만 머뭇거리는 조선인 부
인의 심적 동요에 초점을 맞춘다.

작년 7월경이었다. 모든 게 자유로워졌다. 하지만 식수만은 시가지의 막과자 가게에서 일일이 양동이로 받아와야 했다. (조선인) 아낙들은 류 일행의 주선으로 대표를 뽑아 판자촌에도 공동수도를 설치해주도록 시의 수도국(水道局)에 요청하게 되었다. 그때 그녀도 이(李)의 부인 동료들과 함께 대표로 뽑혔다. 하지만 요청하러 가는 시점에 이르자 고개를 저었다. "부끄러워"라고 말했다. 그 뒤 같은 상황이 벌어져 전등을 설치하게 되었을 때도 그랬다. (본문 인용)

적극적으로 참여하는 조선인 남성과 주저하는 조선인 여성의 구도가 엿보인다. 마쓰다는 주체적인 여성의 세계관, 아이덴티티를 강조할 때는 조선인과 일본인을 따로 구분하지 않았다.

마쓰다는 여성이기에 신체적으로나 정신적으로 나약하다고 여기는 현실을 어떻게 타파할 것인지를 작품에 새겼다. 그리고 미래로 나아가기 위해 격정적인 호흡을 어찌 뱉어낼 것인지 묻는 여성상을 제시했다.

마쓰다 도키코는 여성의 애환과 자의식을 누구보다 철저히 작품에 토해낸 작가다. 그러므로 그녀의 작품에는 사회적 운동과 여성의 삶 속에서 번민하는 여자 주인공의 고뇌와 갈등이 잘 그려져 있다. 〈행진도〉에서는 조선인 여주인공 정옥순에게 그러한 소임이 주어진 것이다.

물론 '여성이니까'라는 진부한 프레임을 걷어내고 적극적인 여성상을 추구하는 곳에 방점이 찍혀 있음은 말할 필요조차 없다. 마쓰다는 일찍이 그런 길을 향해 몸부림치는 여성의 모습을 다음과 같은 시로 발표한 바 있다.

그을린 창가에서

아기를 업고

밥을 짓는다

하지만

우리들은 노동자의 아내다

메이데이가 다가왔지만

파업이 일어났지만

우리들은 가지 않았다

갈 수 없었던 거다

여자, 어머니, 3중의 노예

하지만

혁명의 마지막 줄에 서기 위해

자아

어린애를 등에 업은 채

뛰쳐나갈 때다

우리들의 가장을 돌려보내라

우리들의 생활을 보장하라

(중략)

— 1928년

메이데이 때 파업 시위에 참여하지 못해서 자성하는 여성의 모습

을 노래한 시다. '여자, 어머니'이면서도
한편 노동자의 부인으로서 삼중고에 시
달리는 애환이 잘 드러나 있다.

〈행진도〉에서 조선인 부인 정옥순
이 이 '3중의 노예'의 사슬에 얽매인 상
태에서 갈등하며 시위행진의 말미에 합
류할 것인지 고민하는 장면과 상통하는
내용이다.

헌데 마쓰다가 지향하는 여성상은
결국 부엌문을 박차고 나아가 참여하는
젠더적 관점이 투사되는 모습으로 그려
진다. 여성상이 극히 엑티브한 설정을 내
포한 것이므로 주시하지 않을 수 없다.

판금 시집 《참을성 강한 자에게》
의 복각본(1975)-표지에 새겨진
애를 엎고 외출하는 여성

예컨대 1935년 제국주의 권력의 문화통제 분위기에서 판금을 당
한 그녀의 처녀시집 《참을성 강한 자에게》의 표지에는 아기를 등에 업
고 외출하는 여인의 사진이 선명히 새겨져 있다.

마쓰다는 〈행진도〉에서 문턱 안쪽이나 집안 일에 안주하는 정옥
순의 모습을 그리는 데에 머무르지 않았다. 진퇴양난의 입장에서 갈등
에 내몰리는 여성의 심리묘사에 대해 자각하고 있었음이 틀림없다.

그러기에 '시위행진=혁명'의 마지막 줄에 서기 위해 뛰쳐나가야
하는지 집을 지키는 소임을 수행해야 하는지 서로 끌어당기는 그녀
내부의 N극 S극의 각투는 치열하다.

물론 류의 부추김이 정옥순의 심적 동요를 더욱 자극하고 있음은

말할 나위 없다. 처음에 정옥순은 "저는 오늘 가지 않겠습니다", "전임(林) 씨의 부인과 판자촌을 지키겠습니다"라고 답했다. 그러자 류는 "정옥순 씨!"라고 큰 소리로 외쳤었다.

그렇다면 정옥순의 심적 동인은 무엇일까. 류가 "당신 남편도 이번에는 참을 수 없다고 당신에게 말하지 않았나요? 모든 남편도 부끄럽지 않을까요?(중략) 어린애들까지 모두 가자고 해요"라고 강조하는 표현에서 시위행진의 참여 여부가 의식의 경중이나 이념의 유무와는 무관한 것임을 확인할 수 있다.

정옥순은 자기 애도 자신이 나오기를 기다린다는 류의 얘기를 듣고 눈물을 떨군다. 마쓰다는 "그 얼굴은 콧물과 눈물로 젖었다"라고 새겼다. 정옥순의 심적 동요가 단번에 풀리면서 그녀의 갈등은 위기 해소 단계에 접어든다.

실은 정옥순이 처음 조선인 판자촌에 발을 들였을 때도 남편만을 의지하는 그녀의 소심한 태도가 류의 눈에 비쳤다. 마쓰다는 정옥순의 심적 동요를 주체적 성향이나 가치관의 상이와 같은 의식적인 차원에서 묘사하지 않았다. 그저 섹슈얼리티 극복이라는 근본적이고 보편적인 시점에서 거론한 것이다.

남녀 불문하고 부끄러움을 의식하지 않은 채 시위행진에 나서는 근거가 생존권 수호임을 강조하려는 의도였음을 부인하기 어려우리라.

시위풍경의 연대와 탄압

시위풍경은 어떻게 그려질까? 우선 거의 조선인들이 등장하는 소설이지만 과자가게에서 신문에 비스킷과 빵을 싸서 조선인 어린애들 손에 쥐어주며 용기를 북돋는 일본인의 모습이 눈에 띈다. 마쓰다의 작품에는 한일 서민이 연대하는 장면이 여기저기 담기는데 이 작품도 예외는 아니다.

판자촌 조선인 노동자 200여 명과 애들을 업거나 손을 잡은 부인들이 전찻길을 따라 시청까지 시위행진을 벌이는 풍경이 펼쳐진다. 허나 마쓰다는 이 풍경을 판자촌 조선인들의 격렬한 무력시위로 그리지 않는다.

"검은색과 분홍색과 노란색과 흰색의 조선옷은 아침 바람에 훨훨 휘날리며 우뚝 솟은 공장 마을을 향해 조금씩 움직이기 시작했다"고 묘사했다. 아름다운 색채가 바람을 타고 생존권 수호와 인간성 회복 운동을 위해 도도히 움직이는 풍경으로 표현한 것이다.

하지만 시위행진이 무사히 진행될 리 없다. 자갈을 밟고 나아가는 구둣발 소리와 치마 펄럭거리는 소리가 파출소 근처에서 들렸을 때 여윈 포플러의 잎사귀 사이로 여지없이 나타나는 검은 그림자.

판자촌 조선인들의 시위행진을 제국주의 경관들이 막아서는 광경을 마쓰다는 다음과 같이 새겼다.

정원의 높은 벽돌담에 따라붙은 경관은 5명에서 7명으로 불어났다. (그들은) 고함과 높은 구두와 칼로 협박하며 더욱 담 언저리로 몰아넣었다.

"어머, 류 씨가……"

경관 한 사람이 한 사람씩 남자들을 행렬에서 빼내려고 했다. 칼이 솟구치며 태양 빛에 빛났다. 자동차가 경적을 울리며 멈추었다가 다시 달렸

다. 경관이 류의 양손을 [4자 삭제] 비틀었다. 대열의 앞을 20명 정도의 경
관 무리가 막아섰다. (본문 인용)

생존권 외치는 조선인들
치열하게 묘사한 〈행진도〉⑶

조선인 남자 주인공 '류'가 경관들에게 붙잡히는 장면까지 살펴보았다. 작가는 읽는 이가 곁눈질을 할 수 없도록 긴장감을 높인다. 리더인 류가 체포되었으니, 대열이 흐트러질 법도 한데 조선인 부인들은 서로 격려하며 손을 맞잡고 전진한다. "류 씨가!(붙잡혔어. 하지만) 가자, 가자, 가자"라고 외치면서 조선인 부인들과 애들은 오로지 앞을 향해 나아가는 것이다.

마쓰다 도키코는 "가자, 가자, 가자"를 일부러 조선어(가타카나)로 표기했다. 물러서지 않겠다는 조선인 부인들의 의지를 상징적으로 표현한 언어다. 얼마나 이 시위행진이 비장한 각오로 진행되는지를 알 수 있다.

다행스러운 것은 주체적으로 등장하지 않는 일본인이 먼발치서 방관하는 구경꾼으로 언뜻 비치지만 명확히 연대의 모습을 보여주는 점이다. 마쓰다는 "도로 옆에서 생각지도 못한 외침이 들려왔다. 그녀들은 뒤돌아보았다. 자신들의 남편과 같은 소개소 출신 일본 동료와 조선 동료가 이쪽저쪽의 도로 공사장에서 사용하던 곡괭이를 들고 삽을 메고 나와 손을 흔들며", "분발해!"라고 응원하는 장면을 그려 넣었다.

조선인 부인들이 "고맙소"라고 조선어로 응대하는 장면도 작가의 한일연대에 대한 구상을 의식하지 않고는 생각할 수 없다. 이런 한일 연대의 모습이 작품에 따라 농도의 짙고 옅음은 있을지라도 중요한 가치로 부상하기에 읽는 이의 집중도를 높인다. 물론 그런 가치가 작가의 원체험에서 유래하고 있음은 강조할 나위도 없다.

시위행진은 류 등을 비롯한 조선인 남성들의 체포와 함께 조선인 아낙들과 어린애들만으로 이루어진다. "돌아보니 이제 그녀들의 대열에서 사내들의 형체는 보이지 않았다"라는 언급이 이를 뒷받침한다.

하지만 일본 경관들의 진압 태도가 누그러질 리 없다. 그들은 "우리 집이 철거되니 항의하러 왔어요"라고 외치며 "가자, 가자, 가자"고 서로 힘을 돋우는 아낙들 속으로 뛰어든다. 그리고 손을 위로 쳐든 뒤 아래로 내리친다. 극악무도한 경관. 이곳에서 마쓰다의 표현이 "8자 삭제"라고 원문에 표기되어 있는 만큼, 경관들의 폭행이 얼마나 잔인함을 동반한 것이었는지를 가늠할 수 있을 터이다.

그러나 조선인 부인들은 저항의 강도를 더욱 높일 뿐이다. 마쓰다는 절묘한 조선어를 아낙들을 통해 내뱉었다. 경관들을 향해 "빌어먹을 놈"이라고 선명한 언어로 쏘아붙인다. 마쓰다의 호흡과 조선인 부인들의 거친 숨소리가 어우러지는 순간이었음이 틀림없다.

마침내 경관들은 조선인 부인들의 스크럼 속으로 전원이 뛰어든다. 마쓰다는 "한 사람에게 두세 사람이 달려들어 저고리의 어깨 부근을 잡아당겼고 치마를 잡고 흔들었다. 어린애들은 엄마의 무릎을 껴안은 채 돌처럼 무표정한 모습으로 이 비도덕과 저항을 지켜보고 있었다"고 묘사했다.

어린애들이 목격하는 경관과 엄마의 대립이 '비도덕과 저항'이라는 수사로 응축된다. 마쓰다가 경관=비도덕, 엄마=저항의 구도로 설정한 만큼 어느 쪽에 연대의 마음을 표출하고 있는지 부언할 필요는 없으리라.

갈등하는 정옥순

한편 정옥순은 시위행진이 절정에 이를 때까지 행동에 나서지 않는다. 그동안 그녀는 어떤 생각을 품고 있었을까. 또한 그녀의 심적 상태는 어땠을까.

옥순의 고민은 "남정네들은 어찌 됐을까?(무사히) 돌아올 수 있을까?"라고 노심초사하는 태도를 보이면서 본격화한다. 붙잡혀간 류를 떠올리며 자기 어깨를 저고리 끈이 들추어질 정도 잡아당겨 집으로 내몬 자들을 원망할 뿐이다. 옥순에게는 류 일행의 체포='남성의 부재'가 너무나도 큰 충격으로 다가왔다. 마쓰다는 옥순의 심경을 다음과 같이 묘사한다.

쓰레기통을 짊어지고(중략) 여느 때처럼 두툼한 뺨에 미소를 띠며 곧장 류가 문을 열고 들어올 듯한 느낌이 들었다. 그런 느낌이 들자 …연거푸 고개를 좌우로 흔들지 않을 수 없었다. 밤에 남편이 돌아오면 뭐라고 이 상황을 얘기해야 좋을지 모를 불안이 연기처럼 피어올라 목을 잠기게 했다. 더욱이 지금 류 씨와 김 씨와 박 씨 등이 없는 이 판자촌에 더 이상 머무를 수 없을 정도로 두렵게 느껴졌다. (본문 인용)

정옥순이 남편은 물론 조선인 사내들에게 얼마나 의지해왔는지 알 수 있는 내용이다. 류는 그들 조선인을 대표하는 인물이다. 옥순이 곤경에 처한 상황에서 류 일행에게 도움을 받은 일들이 옥순의 뇌리에 주마등처럼 스친다. 옥순은 회상한다.

옥순이 남편의 곁으로 가려고 부산에서 시모노세키(下關)행 선박에 몸을 실은 것은 3년 전이었다. 겨우 도항증명서를 발급받아 승선허락을 얻은 일, 배 속에 애를 품은 채 큰 애의 손을 잡고 출항에서 하선하기에 이르기까지 일본 순사의 감시를 받던 일 등을 떠올린다. 남편이 6개월 전에 일본에 가서 정착한 후 불러주기를 손꼽아 기다린 만큼 남편 곁에서 둘째 애를 낳고 싶은 마음이 오죽했으랴.

1930년경의 일본 도항자 성비를 살펴보면 조선인 여자 100명에 비해 남성은 245명으로 두 배 이상 많았다. 1920년경 남자가 7배였던 점을 고려하건대 조선인 여자 도항자의 증가가 눈에 뜨인다

1930년 전후의 부관연락선

(나이토 세이추, 〈일본해 지역의 재일조선인의 형성 과정〉). 그런 만큼 옥순에게는 남편 곁으로 가고 싶은 마음이 절실해졌을 수 있다. 하지만 조선 식민지 시절에 일본 내지로 향하는 배에 타는 게 예사로운 일은 아니었다.

마쓰다가 일본으로 도항하는 조선인 여자들의 심경을 대변하는 인물로 옥순을 묘사했음은 당연했으리라. 마쓰다는 고국을 떠나는 옥순의 심경을 다음처럼 꿰뚫어 보았다.

이제 조선과는 작별이라고 생각하자 몇 세대에 걸쳐 품어온 조국의 땅이 "후회하지 않느냐"고 물으며 자신을 지켜보는 듯한 느낌이 들었다. 홈에서 선착장까지 양쪽에 떼 지어 말린 김을 들이밀며 돈을 요구하는 동포의 안쓰러운 얼굴. 그 목소리. 수목마저 빼앗긴 모든 산꼭대기. 이제 모든 게 끝이다. (본문 인용)

여성이기 전에 옥순도 조선인이다. 남편을 찾아 나선 몸일지라도 어찌 조국과 고향에 대한 사랑을 저버릴 수 있을까. 당시 부산발 시모노세키행 부관연락선에 승선한 조선인들과 옥순의 핏줄, 피돌기 속도는 다르지 않았던 것이다. 마쓰다는 옥순을 통해 해협을 건너는 조선인 여성들의 심정 깊은 곳까지 들여다본다.

허면 시모노세키에 내려서 일본을 처음 본 옥순의 인상을 마쓰다는 본문에 어떻게 담았을까. "일본인은 모두 시커먼 기모노를 입고 있는 듯 보였다. 철거덕 철거덕 게다 소리가 귀를 찌르는 듯한 느낌이었다. 일본인 모두가 빈틈없고 차가운 인상이었다. … 이 왜놈(倭者)들

속에서 앞으로 어떻게 보낼까…. 그렇게 생각하니 앞이 캄캄했다"라
고 적었다.

식민지시기에 일본 땅에 첫발을 내디딘 조선인 여성의 심적 상태
를 전지적 작가 시점에서 그리는 마쓰다의 필체에 회한과 애절함이
묻어난다. 일본인을 대하듯 거리낌 없이 조선인들과 접촉하고 교류
했으므로 조선 역사나 문화에 대한 이해도가 일반 일본인들보다 월등
히 높았던 작가다.

마쓰다는 식민지시기 일본 내지에 도착해 일본을 처음 접한 조선
인의 인상에 대해 충분히 정보를 획득하고 있었음이 틀림없다. 조선
인들 사이에서만 통용되던 '왜놈'이라는 속어를 일본을 접한 옥순의
첫인상에 새긴 배경이다.

무엇이 정옥순을 나서게 했나

옥순이 조선인 판자촌에 정착한 지 3년이 지났다. 그럼, 정옥순을
시위에 나서게 한 요인은 무엇일까? 그녀가 크게 동요하게 된 것은
류를 비롯해 자신을 도운 남성들의 부재를 확인하면서부터다. 남성
들의 부재가 옥순을 문밖으로 불러낸다. 그 점에 대해서 마쓰다는 옥
순의 회상을 통해 구체적으로 서술한다.

남편이 일하러 나간 뒤 산통을 느끼고 신음하고 있었을 때 가장
먼저 뛰어온 사람이 바로 류였다. 류가 시가지의 무료 조산원에 데려
다주어 옥순은 무사히 출산할 수 있었다. 또한 남편이 호안 공사를 하
다가 높은 곳에서 떨어져 죽을 뻔한 상황에서 관청으로 달려가 치료
비를 타내는 등 도와준 사람들도 류 일행이다. 아무리 부엌일에 매달

리던 옥순이지만 박차고 나서지 않을 수 없는 것이다.

생존권이 짓밟히는 긴급한 상황에 남녀의 구별이 어디 있으랴. 역할 분담이 무슨 소용이 있겠는가. 옥순은 류 일행이 경관에게 체포되어 남성들의 부재를 확인한 순간 부엌 문턱을 넘어 시위행진에 나선다.

우리는 모두 조국을 빼앗긴 채 일본 내지에서 판자촌을 짓고 하루하루 노동하며 근근이 살아가는 조선인이다. 그런 자각이 옥순에게 조선인 판자촌의 구성원으로서 공동체 의식을 일깨우는 것이다.

의지하는 여성에서 자립하는 여성으로, 관망하는 여성에서 참여하는 여성으로 변모하는 옥순은, 가장 빈곤하고 어려운 처지에 놓인 여성이 어떻게 현실을 극복하는지를 잘 보여준다.

여성의 자립과 독립과 참여를 소중한 가치로 삼은 마쓰다 도키코가 추구하는 여성상임이 틀림없다.

생존권 외치는 조선인들
치열하게 묘사한 〈행진도〉(4)

새 생명 탄생과 고난의 현실 속 집필

마쓰다 도키코는 〈행진도〉 집필 전 이즈오시마(伊豆大島)의 대리 교원 생활을 마치고 도쿄로 돌아왔다. 지인의 도움으로 거처도 혼조(本所)구로 옮겼다. 하지만 노동운동에 대한 탄압은 날로 심해졌다. 남편이 노동운동 건으로 회의할 때 마쓰다는 특별고등경찰의 감시에 대비해 망을 볼 정도였다.

마쓰다는 문예활동에도 적극적으로 참여했다. 당대 미모의 소유자로 알려진 작가 하세가와 시구레(長谷川時雨)가 주관하던 《여인예술》과 작가동맹의 집회에도 자주 모습을 보였다. 그해(1930년) 가을에는 차남 사쿤도(作人)가 탄생했다. 두 어린애의 어머니로서 육아도 게을리할 수 없는 처지가 되었다.

그런데도 장남을 탁아소에 맡기고 소비조합 부인회의 활동에도

참여하는 등 노동자의 권리와 생활개선을 위한 노력을 마다하지 않았
다. 한편 둘째가 태어나 혈육의 정을 나누게 되었으니 기쁨을 어찌 말
로 형언할 수 있으랴. 마쓰다는 그 기쁨과 환희를 다음과 같은 시로
표현한다.

태어난 날

먼동이 틀 때

눈을 뜬 생명

약동…… 정지…… 약동……

엄마는 힘차게 일어나

흠뻑 햇볕을 쬐며

맑은 아침 공기를 마신다……

"이렇게 태어났구나. 아가야,

새벽하늘에 전해진 너의

첫 호흡, 첫 맥박

첫 생명의 길을 나서라!"

약동…… 정지…… 정지……

약동―

태양은 떠올랐다

피보다 뜨겁구나

화살보다 예리하구나

"너와 나의

아아, 바다와 같은

우리 집단!"

이곳에 드높게

(깃발을) 세워야 한다

빛난다

작열하며 숨쉰다

살아야 한다

기적—

"어떠한 눈물인가

어떠한 환희의 도정인가

하지만 굶주림이 기다리고

이곳에 투쟁이 전개되리라!"

보라

찬란한 아침을 채색하는 꽃

매연— 굉음

하지만 숨이 막혀도 냉정하라

허덕임, 수월한 호흡, 허덕임

몸부림, 몸부림

······골반의 흔들림······ 피

핏덩어리―

외침!

"볕이여, 음향이여, 사물이여

너의 울음이여!"

엄마는 온몸으로 회상한다

태어난 날!

그렇게 태어난 날을!

― 1930년

    희망과 꿈을 담아 차남이 태어난 날을 회상하며 노래한 시다. 노동운동가의 가족으로 태어난 생명은 고난을 숙명처럼 수용할 채비를 해야 한다. 고즈넉한 곳에서 편안하게 두 다리 뻗고 음풍농월할 수 있는 가정이 아니다.

    마쓰다는 자신의 아기 탄생을 축하하는 의미를 새기면서도 "굶주림이 기다리고 이곳에 투쟁이 전개되리라!"고 예고한다. 하지만 그 굶주림과 투쟁에 회한의 마음을 품거나 참세상을 향하는 데 물러서는 일은 없다. 프롤레타리아 가정에서 태어난 새 생명이므로 고난의 현실에 맞서 강인한 아들로 성장하기를 바라는 어머니의 간절한 염원이 시에 담겼다.

마쓰다는 사쿤도를 등에 업고 작가동맹의 정례회에 참석했다. 특별고등경찰의 가택수사에도 굴하지 않았다. 하지만 이런 일상에서 조선인들의 고투와 일제의 행정 권력 남용에 대한 질타를 주제로 〈행진도〉를 집필했으니, 의미가 남다르다.

작품의 특징과 의의

당시 바깥 정세는 나날이 심각해지는 상황이었다.

1931년 9월 중국 봉천(奉天) 교외의 유조호(柳條湖)에서는 남만주철도 노선폭파 사건이 발생했다. 자작극이었음에도 일본군은 중국 국민군의 소행이라는 구실을 내세워 군사행동에 돌입했다. 그리고 만주 전역의 점령을 도모했다.

마쓰다는 이 만주사변과 조선 식민지 지배강화 시기에 〈행진도〉를 완성한 셈이다. 즉 일본의 침략전쟁과 지배 확장정책이 노골화하는 시점에 육아와 사회활동을 병행하면서 조선인 문제를 들추는 작업에도 눈길을 돌린 것이다.

당시 남만주철도 노선과 달리는 기차

〈행진도〉의 특징과 의의를 짚어본다. 첫째, 일제강점기에 일본인 작가가 조선인을 주요 인물로 등장시켜 조선인의 일상과 현안을 주목한 점이다. 그런 만큼 드문 작품이다. 작가가 고향을 등지고 떠나와 일본 내지에서 억압에 짓눌리는 조선인의 애환과 심리를 치밀히 그려냈음은 물론 그들에게 정체성을 부여했다는 점에서 그 의미를 강조해도 지나침이 없으리라.

다카하마 교시(高浜虚子)의 《조선》을 비롯해 동시대 일본인 작가들의 작품 중 조선과 조선인에 대해 일부분이지만 관심을 표명한 기술이 없지 않다. 하지만 재일조선인 출신 작가 외에는 문화통제와 시세의 틀에 갇혀 좀처럼 식민주의 해체를 지향하는 쪽으로 나아가지 못하던 시기다. 일본 권력의 역린을 건드리는 일에 선뜻 나서는 이는 없었던 것이다. 조선인 내면세계를 비추는 담대한 표현에 작품 평가의 시점이 놓일 수 있는 근거다.

둘째, 작가가 당시 일본 내지에서 공공연히 금기시하던 조선어 표기를 적재적소에 하는 점이다. 일본 경관이 시위행진을 저지하는 장면에서 조선인 여성들은 격정적인 감정을 직설적 언어로 표현한다. 긴박한 상황에서 여성들의 입에서 흘러나오는 거친 속어와 필사적으로 저항하는 모습이 작품에 리얼리티와 생동감을 불어넣는다.

예컨대 마쓰다는 시위를 탄압하는 경관에게는 "빌어먹을 놈", 도로에서 손을 흔들며 응원하는 일본인 노동자에게는 "고맙소", 시위 현장에서 아낙들이 서로를 독려할 때는 "가자, 가자, 가자", 어쩔 수 없는 경우엔 "제기랄"을 사용했다. "가자, 가자, 가자,"가 4회, "빌어먹을 놈"이 2회, 그리고 "제복(경관) 사이로 빠져나가라"라는 등의 조선어가 등장한다. 즉 작가는 극적인 순간에 조선어 음가를 가타카나로 표기해 무력에 맞서는 아낙들의 심경을 생생하게 반영했다. 그리하여 작품의 완성도를 높였다.

셋째, 조선인들이 생존권 수호를 위해 경관의 진압을 헤치고 전진하는 시위행진을 그리는 게 목적이었던 만큼 작가가 이를 조선인들의 총체적 투쟁으로 묘사한 점이다. 따라서 그 풍경은 독특하다. 남녀노소를 불문하고 시위에 참여하거니와 특히 어린 애들이 깃발을 들고 선두에 선다. 그리고 남성 부재의 상황에서 여성들이 주체가 되어 시위를 전개하는 양상을 보인다. 역할과 성별과 나이를 초월해 조선인을 상대화하려 한 작가의 의도에 따른 것임은 강조할 나위가 없다.

넷째, 작가가 조선인 여성의 심리묘사에 주력한 점이다. 전반부는 조선인 남성 '류', 후반부에는 여성인 '정옥순'이 주인공으로 등장하는데, '류'의 체포 시점과 맞물려 정옥순의 심리묘사가 두드러진다.

최소한 조선인 마을 철거 후 이동할 거주지를 확보하기 위해 신분, 직위와 상관없이 전원이 시청을 향해 나아가는 게 주요 내용이다. 하지만 작가는 스토리 전개에 몰입하면서도 여주인공 정옥순에게 초점을 맞춘다. 일본으로 건너가는 과정에서부터 시위 참여에 갈등하며 심적 동요를 일으키는 순간에 이르기까지 옥순의 일거수일투족을 상세히 묘사한다. 그녀가 정적 인물에서 동적 인물로 변모하는 곳에서는 독자에게 강력한 메시지를 발신한다.

그러므로 〈행진도〉는 정옥순의 성장소설로도 볼 수 있다. 옥순은 자신의 과거를 회고하다가 고향을 그리며 동료들의 도움을 상기한다. 그리고 조선인임을 절실히 자각하는 모습을 보인다. 마쓰다는 정옥순의 시점과 내면을 예리하게 파고드는 필치로 일제강점기 일본 내지의 조선인 여성이 어떻게 현실에 맞서고 어떻게 거친 삶 속에서 몸부림하는지를 작품에 새긴 것이다.

다섯째, 《땅밑의 사람들》의 예처럼 주동적인 일본인의 모습은 등장하지 않지만, 한일연대를 추구하는 작가의 의도가 엿보이는 점이다. 〈행진도〉에서는 먼발치서 일본인 노동자들이 손을 흔들며 응원하는 장면으로 묘사된다.

니이미 난키치의 〈아버지의 나라〉(1930년)와 같은 희귀 작품도 있지만 아무리 친조선적 성향의 작가일지라도 그 시절에 조선인을 휴머니즘적 시선으로 바라보는 것은 쉽지 않았다. 조선에서 건너온 일본 내지의 식민지인은 멸시, 비하, 소외, 피지배의 대상이었기 때문이다.

더구나 1920년 후반부터 30년 후반의 시기에 언론, 표현의 자유 통제와 탄압은 학문과 사상까지 영향을 미치고 있었다. (스기야마 미쓰노부, 〈메이지기에서 쇼와 전기까지의 일본 내 언론통제〉, 2011)

특히 1928년 치안유지법 개정 이후에는 전국의 경찰서에 특별고등과가 설치됐고, 언론, 문화 탄압도 심해졌다. 같은 해 일본 내 진보적 활동가 수천 명을 검거한 3·15사건을 계기로 문화, 사상 통제가 강화된 상황이 이를 뒷받침한다. 1931년엔 군국주의가 팽배한 분위기 속에 일본프롤레타리아문화연맹(콧프) 등에 대한 탄압이 가해져 이후 수많은 문인이 투옥됐다.

그 와중에 마쓰다 도키코는 〈행진도〉에 일본제국주의를 군화와 제복과 같은 메타포적 표현을 소환해 무력의 상징으로 묘사했다. 조선인을 압제에서 벗어나기 위해 저항하며 해방을 절망하는 애틋한 존재로 바라봤다.

　조선인의 존재와 삶을 비춘 그와 같은 도저한 시도는 우월감이나 차별의식에 사로잡힌 전형적인 일본인의 시각을 타파하려는 기제로 작용했다. 〈행진도〉를 계층과 시대와 경계를 뛰어넘는 소통의 텍스트로 거론하는 이유다.

벗의 죽음을 접해 의지를 불태우다

사회운동가 친구의 영전에 바친 노래

마쓰다 도키코는 1934년 〈행진도〉 발표 후 큰 혼돈을 겪는다. 일본프롤레타리아작가동맹 해산으로 천황제 파시즘은 공고히 뿌리를 내려 진보적 문인들은 좀처럼 나래를 펴지 못했다. 전향을 결정하는 이가 한둘이 아니었고 일본낭만파가 그 틈새를 집요하게 파고들었다.

그런 허망한 시기에 마쓰다에게는 마음을 터놓고 지내는 벗이 있었다. '우타고에' 운동의 창시자인 세키 아키코(関鑑子)의 여동생이자 사회운동가인 세키 도시코(関淑子, 1908~1935)였다. 하지만 1935년 초 그녀가 화염에 휩싸여 유명을 달리하고 만다.

마쓰다 도키코는 1933년 2월 그녀의 일상을 소재로 집필한 〈빼앗긴 자에게〉라는 시를 《전열(戰列)》에 발표한 바 있었다. 같은 해 10월에는 그녀를 모델로 삼아 첫 장편소설 《여성의 고통(女性苦)》을 써서 국제서원에서 간행했었다. 두 사람이 얼마나 돈독한 사이였는지 가늠할 수 있을 것이다.

《여성의 고통》에는 하루에(ハルエ)와 도모코(友子)라는 두 여성이 주요 인물로 등장한다. 하루에는 체내에 둘째 애를 품고 있다. 허나 남편은 노동운동에 도움이 되지 않는다는 이유로 자신을 경원시한다. 하루에는 현명치 못하다고 스스로 자학할 뿐 남편의 책임에 대해선 묻지 않는다. 자신만이 아니라 많은 여성이 맞닥뜨린 아포리아처럼 느낄 뿐이다. 하루에는 봉건 의식을 극복하지 못하는 여성상의 표본으로 그려지는 것이다.

한편 하루에를 방문하는 도모코는 여성운동에 나선 자신의 활동에 노심초사하는 부모와 충돌한다. 자식의 앞날을 걱정하는 부모의 애정과 여성운동가 도모코의 의지가 길항하는 장면이 펼쳐진다.

도모코도 애인의 애를 체내에 품고 있다. 애인이 운동에 방해된다며 출산을 반대하지만 도모코는 자신의 의지를 관철하려 한다. 결국 유산으로 애를 잃는다. 하지만 출산의 성(性)을 지닌 여성으로서 자아를 확인한 셈이다. 도모코가 죽은 태아를 안은 병실에 경찰이 들이닥치고 불온한 애인을 조사한다며 경찰은 그녀에게 낙태라는 죄를 씌운다. 전쟁 수행을

《여성의 고통》 초판본 표지

위한 인적자원이 절실한 일본 제국이 오로지 출산을 독려하던 시절이
었으니 그런 죄명을 구실로 삼은 것이다.

작가 마쓰다는 《여성의 고통》을 통해 연애와 운동 속에서 고뇌하
는 여성운동가의 모습을 핍진히 그렸다. 자신의 성과 신념을 지키려는
도모코의 모습에는 당시의 여성운동가가 어떻게 고난의 현실을 타개
하고 어떻게 투쟁을 펼칠 것인지에 대한 물음이 선명히 새겨져 있다.

헌데 이 소설 속에서 도모코의 모델이 다름 아닌 세키 도시코임
은 익히 알려진 얘기다. 얼마나 마쓰다의 세키 도시코에 대한 신망이
두터웠는지 짐작할 수 있으리라. 마쓰다는 세키 도시코의 죽음을 접
하고 영혼을 위무하는 마음을 담아 〈애도의 노래〉를 발표했다(1935
년, 《선구(先駆)》 6월호).

애도의 노래

그대가 우리와 함께

고동치는 사회에서 숨 쉰다고 생각했을 때

우리는 외쳤네

아아, 그 아주머니(그대)가 출옥했다고!

하지만 기쁨은 우리의 무력감으로

그대에겐 투옥 생활 못지않은 괴로움의 나날

그대에겐 내리쬐는 태양 빛이 필요했네

넉넉한 저택과 투옥 기간에 잃은 피와 살

되찾아야 할 세 끼의 식사와 무엇보다도

자유……

그것을 위해 투쟁이 필요했네

그대 자상함의 바탕이 품은 강철 같은 의지를

드러내지 않는 겸허함 속에서 나는 보고 있었네

그대는 필시 누구도 두려워하지 않았으리

빛나는 투쟁의 역사, 이미 그 역사를 이룬 이들

하지만 독살스레 패전의 모습에 젖어 있던 기간

그대는 결연히 투쟁을 선언했네

그대에게는 바야흐로 날개가 있었네

투쟁으로 연마한 암컷 매 같은 눈동자

그런 까닭에 대중 속에서 그들과 완전히

하나가 되려고 했네

투옥 기간

조용히 앉아만 있어야 했던 그대는 몇백 번이나

입술을 깨물었을까

그대는 책 속의 투쟁 전사가 아니었네

심지어 철망 감옥 속 시간을 그대는 분노로 채웠네

안일과 영예를 대중에 대한 사랑으로 바꾸어
무엇보다 노동조합과 대중을 사랑한 그대
파괴된 조직에 오히려 생명의 피를 수혈하고
조금도 뽐내지 않았네

투쟁을 선언했기에 다시 갇힌 지하에서
그대 대중을 향한 사랑의 행보는
멈추었을까 멈추었을까

더욱이 둘러친 적의 밧줄 때문에
눈을 감고 갇혀 있었던 것일까
프롤레타리아 아트의 모든 것인 그대의
생명을 그럼 우연한 불길이 빼앗았을까

아니다!
그대를 쇠사슬로 묶은 손, 꼼짝 못 하게 한 밧줄,
그 셀룰로이드 장식 가게까지 몰아넣은 대상!
불길이여!

그 순간에 백배가 된 적의 밧줄
그리고 당신의 의지!
생명으로 바꾸기 어려운 것을 지켰네
그대 죽음 앞에 최후의 눈물까지도

우리가 흘리리.

— 1935년

세키 도시코가 '쓰다영학숙(津田英學塾)' 재학 중 언니 세키 아키코의 일을 돕기 위해 홋카이도에서 활동하던 중 경찰에 검거된 것은 1932년. 이치가야(市ヶ谷)형무소에서 병을 앓아 보석으로 석방된 건 이듬해 가을이었다. 하지만 그 후 그녀는 법정 재판에 출석하지 않은 채 계속 지하활동에 몰두했다. 경찰의 고문에 시달린 것을 계기로 마르크시즘을 적극적으로 수용, 진보적 활동에 매진했던 것이다. 그러다가 1935년 1월 중순 근무하던 아사쿠사(浅草)에서 화재에 휩싸여 목숨을 잃고 만다. 이를 지켜보던 마쓰다의 심경이 얼마나 참담했을까.

세키 도시코의 아버지는 알려진 미술평론가였고 어머니는 일본에서 최초로 자격을 취득한 간호사였다. 언니는 물론 남편도 철저히 의식 고양의 길을 걸었던 만큼 집안 분위기 자체가 진보적이었다. 세키 도시코의 남편이자 동료 활동가인 사토 슈이치(佐藤秀一)는 전국노동조합협의회 활동 중에 검거돼 투옥 생활로 여생을 보냈다(45년 도요다마형무소에서 옥사).

조선인 여성운동가에 깊게 감명

눈길은 끄는 것은 조선인 운동가에 대한 세키 도시코의 목격담이다. 도시코는 1929년 치안유지법 위반을 구실로 일본 경찰이 4천 942명을 투옥한 4·16사건에 연루돼 감옥에서 조선인 운동가를 알게 되었다. 도시코는 그 조선인 운동가 김순실(金瞬實)이 양동이에 얼음을 가득 채운 뒤 양다리를 장시간 빼내지 못하게 하는 경찰의 고문에도 굴하지 않는 모습을 보고 "깊은 감명을 받았다"고 말했다고 한다.(《아카하타》, 2007년 9월 6일자)

특정한 사례에서 자극받으며 사상적 자양분을 흡수하던 마쓰다 도키코와 세키 도시코가 이 내용을 화제로 얘기를 주고받지 않을 리 없었을 것이다. 조선인 운동가 김순실의 용기와 기개가 세키 도시코에게 영향을 끼쳤고, 마쓰다 도키코 또한 신뢰하던 세키 도키코에게 얘기를 전해 듣고 공감했으리라 유추한다면 비약일까?

그러고 보면 마쓰다는 1926년 조선인 여성 박영생과 만나 두터운 정을 이미 나눈 바 있다. 1931년엔 조선인의 투쟁 모습을 형상화해 〈행진도〉를 집필할 정도였다. 1932년엔 조선인 여성들과 스스럼없이 '쌀 내놔라' 운동에 참여했다. 마쓰다 도키코와 세키 도시코가 조선인 여성운동가에 대한 체험과 인상을 서로 토로하며 진보 운동의 정열과 의지를 다졌으리라 상정해볼 수 있는 일화임이 틀림없다.

마쓰다 도키코는 세키 도시코에게 얻은 그러한 정신적 질료를 창작에 투영시켰다. 권력 통제의 상황임에도 투쟁 의지를 불태워 1935년 첫 시집인 《참을성 강한 자에게》를 도진샤(同人社)에서 출간한 것이다. 과연 마쓰다는 여류시인으로서 유일하게 발매금지 처분 대상이 된 이 시집 《참을성 강한 자에게》가 무난히 출간되리라고 믿었을까.

마쓰다 도키코는 "이 시집이 나왔을 당시 시의 한 자 한 구절까지 세세하게 일본 군국주의 정부는 관여했습니다. (중략) 간행된 뒤 바로 판금 조치를 당했습니다. 그건 자신의 사회에 대한 최초의 생각—다시 말하면 초심, 초지(初志)의 시라는 이름의 결정체였습니다. 그런 만큼 나는 자신의 첫애가 타인의 손에 의해 햇빛을 보지 못한 채 목이 비틀려 죽임을 당한 듯한 충격을 받았습니다. 분노하지 않을 수 없었습니다"라고 언급한 바 있다(복각판 시집 《참을성 강한 자에게》, 후지출판, 1995년 7월).

시집 출간을 결의한 배경에 교류하던 세키 도시코와 운동으로 목숨을 빼앗긴 동료들의 자극, 투철한 정신에 대한 흠모가 있었음은 강조할 나위가 없다.

참을성 강한 자에게

고요히 깊어가는 밤길을 걸어 돌아오며

너를 생각했다

나와 함께 살아온 과거를 회상했다

어렸을 때

너도 또 괴로울 거라고 생각하며

몸을 젖힌 채 몸을 바짝 대고 듣던

너의 심장 고동 소리를 생각했다

너는 울고 있었다 알 수 없는 이상한 소리를 내며

나는 황홀하게 너에게 안겨

안녕이라고 태양을 향해 말했다

유치하지만 우주에 대해 버리지 못한 회의감은 사라졌다

네가 존재하는 한 나도 존재하리라고 생각했다(중략)

― 1935

르포 〈1933년의 봄〉과 희생된 조선인들

화재 현장으로 달려가 취재

마쓰다 도키코가 벗과 우정을 나누며 첫 시집 《참을성 강한 자에게》를 집필하는 과정까지 살펴봤다. 《참을성 강한 자에게》에 대해서는 구체적으로 언급할 기회가 있을 터이니 미루고 당시 마쓰다의 활동에 눈에 띄는 점이 있어서 들춘다.

마쓰다는 33년 초 화재 사건을 취재한 것으로 밝혀졌다. 필자는 최근 작가와 조선의 접점 모색을 위해 1930년 중반의 작가 행적을 추적하다가 마쓰다가 사건 현장을 방문한 뒤 집필한 르포가 있음을 확인했다. 짧은 분량의 르포로 제목은 〈1933년의 봄〉. 끝에 1933년 1월이라고 새겨져 있으니 이는 집필 시기임이 분명하다.

〈1933년의 봄〉은 《문학신문》 26호(1933년 1월 15일자)에 발표됐다. 마쓰다 도키코의 르포집 《되찾은 눈동자》(마쓰다 도키코 자선집 8권,

사와다출판, 2008년)에도 실려 있다. 〈1933년의 봄〉은 한마디로 논픽션의 본령에 충실한 보고문이다. 작가가 조선인들의 목숨을 앗은 화재 현장을 직접 방문, 취재한 내용을 독자에게 보고했다는 점에서 유의 깊게 들여다볼 필요가 있다.

마쓰다는 〈1933년의 봄〉의 초입에 "33년 원단(元旦) 도쿄, 후카가와(深川) 도미카와초(富川町)"라고 시간과 장소를 명시한다. 이 지역은 현 고토구(江東區)로 당시 마쓰다가 거주하던 곳. "세상 사람들은 '도미, 도미'라고 부르지만 실제로는 매우 가난한 도미카와초"라며 얼마나 궁핍한 지역인지를 밝힌다.

〈화재조사의 역사〉(北後明彦, 고베대학 도시안전연구센타) 등의 연구 자료에 따르면 1932년 말 도쿄에선 두 건의 큰 화재 사고가 있었다. 현 니혼바시(日本橋)의 시로키야(白木屋)백화점과 마쓰다 도키코 거주지인 후카가와의 오토미(大富)시장아파트에서 발생한 화재다. 시로키야백화점에서는 14명, 오토미시장아파트에서는 23명의 사망자가 나온 것으로 알려졌다.

마쓰다는 3층짜리 목조건물인 그 시장아파트 화재 현장으로 달려갔다. "검게 그을린 기둥만이 활짝 갠 하늘 앞쪽에 널브러져" 있었다. "불에 타고 발에 밟혀 젖은 상태로 함석판에 처박힌 부꾸미 이부자리의 잔해". 마쓰다는 얼마나 화재 후의 현장이 처참한지 그 광경을 생생히 전한다. 그리고 관계자에게 묻는다. "몇 명 정도가 희생되었나요?"라고.

"첫날엔 19명이라고 하고 둘째 날엔 7명이 나왔다고 하네요. 셋째 날엔 4명인가 5명이라고……"라는 대답을 듣는다. 이 대답에서도 유추할 수 있지만 사건 발생 후 얼마 지나지 않아 희생자 숫자에 대한 정확한 파악이 이루어지지 않았다. 수습의 초동 대처 단계였다. 관계자가 얼추 희생자 30여 명으로 증언했을 법하다(나중에 23명으로 판명되었지만).

3층까지 전소되어 7일 동안 순사가 몇 명이나 지키고 있었고 외부 사람은 현장에 들어갈 수 없었다는 관계자의 얘기도 타당하다. 화재 사건이 12월 23일 발생했으며, 르포 도입부의 '원단'이라는 기록으로 보아 해가 바뀐 뒤 마쓰다가 현장에 달려간 셈이니 말이다.

사건의 내막을 캐묻는 마쓰다의 눈빛은 예사롭지 않았다. 나나쓰다테 사건을 취재하며 조선인 희생자 숫자를 점검할 때와 다를 바 없는 모습이었을 것이다. 노동자, 농민, 조선인, 중국인 등 약자들의 고통 현장을 찾아 발로 뛴 작가였던 만큼 그런 분위기가 생소하지는 않았으리라.

"소방서에서는 곧장 오지 않았나요?"라는 질의와 "30분이 지나서"라는 응답이 오간다. 관계자는 "층계 아래는 전부 시장이어서 채소가게도 생선가게도 튀김가게도 도리가 없었죠. 기름이 타올랐으니……. 아래에서 뛰쳐나오는 사람도 있었고 2층에서 뛰쳐나오는 사람도 있었지만 정작 구출해야 할 땐 소방서 직원이 오지 않았기에"라고 설명한다. 얼마나 초조하고 긴박한 상황이었는지를 가늠할 수 있다.

마쓰다는 "30분이나 늦게?"라고 되물으며 분노를 감추지 않았다. 시선을 사로잡는 대목은 이 목조건물 3층 "가장 넓은 6조~4조 반, 그리고 3조 크기의 방 60칸 정도가 2층에서 3층까지 이어져 있었고, 평균 5~6명 가족의 조선인들이 70%, 일본인들이 30% 세 들어" 살고 있었다는 점이다. 가난한 지역 저소득층이 거주하는 시장통의 건물이었던 만큼 식민지 조선인들이 물건을 팔며 집단으로 생계를 꾸리고 있었던 셈이다.

일본 지배계급과 조선인 친일파를 고발

건물주는 누구였을까? 마쓰다의 예리한 펜촉은 사건 배후를 찌른다.

화재 사고 발생 당시 "조선인 최초의 대의사(代議士=국회의원)이자, 조선 노동자, 농민의 배신자로 유명한 박춘금(朴春琴)의 손에(건물이) 넘어가 있었던" 사실이 적실히 드러난다.

마쓰다는 출신과 지위를 초월해 여느 때나 노동자들의 권익향상에 촉각을 곤두세우던 작가다. 제국 권력에 아첨해 조선 노동자, 농민의 배신자가 된 자를 용납할 리 없다. '배신자'라는 세 글자는 그 점을 의식한 야유와 타매의 직설적 표현임이 분명하다.

박춘금 대신 건물관리를 하는 자가 있었는데 시설에 투자하기는커녕 빚 독촉에 여념이 없었다. 건물에는 날품팔이나 실업자가 많아서 방세가 밀린 상태로 지

중의원 당선 당시의 친일파 박춘금(1932년)

내는 경우가 적지 않았다. 하지만 당일 버는 대로 방세를 내게 하거나 3일간 모으면 4일째에는 쥐어짜서 받았다고 하니 박춘금의 소행이 가관이다. 마쓰다가 어찌 분개하지 않고 잠자코 있겠는가. 친일파 박춘금이 권력의 탈을 쓰고 조선인 동족을 수탈하는 상황을 마쓰다는 적나라하게 고발한다.

"하사금이 나올 때도 있었다는데요?"라는 마쓰다의 물음에 관계자가 "그게 어찌 된 일인지…. 허드레옷을 받은 사람은 있었지만요"라고 심드렁하게 대꾸하는 장면이 조선인에 대한 처우를 추정케 한다. 이는 조선인들에게 혜택이 주어지지 않았음을 뒷받침한다. 또한 "방화설비에는 뭔가 있었나요?"라는 의문 제기에 "부엌도 변소도 사다리 단을 내려가야 했기에"라고 얼버무리는 표현으로 보아 배려의 손길이 닿지 않는 주거환경이었음을 알 수 있다.

1930년대 도쿄에서 생활하던 조선인들의 동향을 분석한 〈1930년대의 도쿄 부하(府下) 조선인 인구 추이〉(松本俊郎, 《오카야마대학 경제학 회잡지》17, 1985) 등의 연구에 따르면, 30년대에 들어서 공업지대의 증가와 택지 지역의 확대로 인해 매립공사나 토목공사가 20년대에 비해 크게 줄어든 상태였다. 따라서 도쿄 내의 조선인 취업처나 취업 수단이 변화하는 양상을 보인다.

그리고 위의 연구는 조선인들이 일정한 지역에 집단으로 생활 기반을 두기 시작한 사실을 커다란 특징으로 거론한다. 또한 화재 사건이 일어난 후카가와의 인구 동향을 분석해 외지인(거의 조선인)이 1920년 169명이었던데 비해 1930년에는 3천 654명으로 증가한 도표도 제시한다.

후카가와 오토미시장의 그 목조건물에선 시장에서 상행위를 하던 조선인들이 각지에서 모여 공동생활을 하고 있었으리라. 시장에서 채소나 생선을 팔아 하루하루 연명하는 조선인들이기에 한 방에 여러 명 기거하면서 날품팔이를 해 집세를 치렀을 것이다. 하지만 그 집세가 너무나도 부담인 상황이었다.

르포는 이 점을 적확히 꿰뚫는다. 르포의 핵심은 마쓰다가 화제의 원흉이자 조선인들의 목숨을 앗은 주체를 밝히는 부분이다. 마쓰다 도키코는 다음처럼 기록했다.

여기에서 일본인 조선인 남녀 구별 없이 30여 명의 생명을 빼앗은 것이 단지 '화재'라는 재난일까?(그건) 거짓말이다. 함석투성이의 연립주택에 비싼 집세를 매긴 박춘금을 조정한 주체인 일본 지배계급이다. 그 지배계급은 지금 만주 들판에서 총기를 발사해 몇백 명이나 되는 노동자, 농민 병사를 살해하고 있다. (《1933년의 봄》에서)

이는 다수의 조선인을 희생시킨 게 비싼 집세로 조선인을 착취한 친일파 박춘금과 그를 배후 조종한 일본 권력층임을 명확히 밝힌 언설이다. 즉 마쓰다는 일본제국주의에 빌붙어 조선인으로서 최초로 의원에 당선돼 앞잡이 노릇을 하던 박춘금과 일본 지배계급을 싸잡아 화재 발생의 원흉으로 거론한 것이다. 마쓰다가 배신자로 지명해 "함석투성이의 연립주택에 비싼 집세를 매긴 박춘금"을 공범자로 이름을 새겨 넣은 이유도 그곳에 있다.

마쓰다가 화재 현장의 취재에 근거해 발표한 이 르포는 조선인들의 희생은 화재 그 자체에 의한 것이 아니라 설비에 투자하기보다 한 통속이 된 일본 지배계급과 친일파가 조선인 상인들을 착취한 결과에 따른 것임을 세상에 고발한 기록이다. 나아가 침략전쟁을 일으켜 무고한 인명을 살상하는 제국주의를 향한 개탄의 메시지이다.

집필 시기가 일본 대표적 혁명작가 고바야시 다키지의 학살 바로 1개월 전이다. 그야말로 특별고등경찰이 악명을 떨치는 탄압 시절이었다. 마쓰다 도키코는 바로 그때 일본 권력과 그들의 앞잡이가 무고한 조선인들을 억압하다가 희생시킨 사실을 1933년 첫날 기록한 셈이다. 그런 의미에서 르포 〈1933년의 봄〉의 의의를 논할 만하다.

권력과 자본가를 향한 저항의 외침

전향의 분위기에서 조직 재결성해 집필

일본제국주의 권력의 강압 정책으로 진보세력이 퇴조 움직임을 보이는 것은 1930년도 중반. 문단도 예외가 아니었다. 천황제 파시즘과 우익 논리가 개인의 인권과 자유를 통제하는 일이 빈번히 발생했다.

투철한 신념으로 무산계급의 현실과 이상을 설파하던 프롤레타리아 작가들이 줄이어 전향문학으로 고개를 돌렸다. 1934년 프롤레타리아작가동맹 해산 이후 권력의 획책이 노골화한 결과였다.

이런 분위기는 조선 문단에도 영향을 미쳐 1935년 조선프롤레타리아예술가동맹(KAPF) 해산 이후 문인들이 신념이나 사상을 바꾸는 일이 유행처럼 번졌다. 일본 진보적 문학 이념 수용에 앞장선 박영희나 백철 등의 전향선언은 파장을 불러일으켰다.

31년과 34년 일제가 시행한 두 차례의 카프 검거 사건이 문인들을 옥죈 것이다. 하지만 조선에서의 전향은 진보 이념 포기 선언이므로 일본제국주의 지배체제의 강화를 재촉하는 기제로 작용하기도 했다.

일본 권력이 교묘한 술책을 동원해 일찍이도 개가를 올린 것은 혁명작가 고바야시 다키지가 목숨을 잃은 4개월 후다. 그들의 횡포에 시달리던 좌익진영의 최고지도자 사노 마나부(佐野学)가 동료 나베야마 사다치카(鍋山貞親)와 함께 옥중에서 '피고 동지에게 알리는 글'을 발표한다. 공개적인 전향선언이었다.

이 글은 순식간에 문단에 퍼져 많은 문인이 진보적 사상을 포기하고 시대에 영합하는 쪽으로 나아가게 된다. 그 여파가 프롤레타리아 문학의 거목 나카노 시게하루(中野重治)를 비롯한 계급주의 작가들의 필봉을 무디게 한 것이 사실이다.

그렇지만 마쓰다 도키코는 품은 뜻과 소신을 굽히지 않았다. 오히려 프롤레타리아 조직의 재결성을 추진하는 데 앞장서기에 여성 전사의 면모에 혀를 내두르지 않을 수 없다. 에구치 간(江口渙), 하야시 후사오(林房雄) 등과 함께 프롤레타리아 작가 '요코하마클럽'을 창설하고 펜을 곧추세워 권력에 맞서는 일을 주저하지 않았던 것이다.

마쓰다가 《제도(帝都)일일신문》에 여성 주인공을 통해 제국 정책을 혹독히 비판한 작품 《여성선(女性線)》을 연재한 것은 1936년. 육군 청년 장교들이 정권 타도를 외치며 1,483명의 부사관과 사병들을 인솔해 쿠데타를 일으킨 2·26사건이 발발한 것도 이 해다. 이 사건으로 오카다 게스케(岡田啓介) 내각은 총사퇴하지만 뒤를 이은 히로타 고키

(広田弘毅) 내각은 '사상범보호관찰법'을 제정한다.

치안유지법 위반자 중에서 집행유예와 기소유예, 가석방, 만기 출옥의 대상자 등을 옥죄기 위한 법률이었으니 사상범에 대한 탄압은 더욱 가혹해진 셈이다. 더구나 권력은 메이데이 행사금지, 불온 문서 단속법 공포 등의 부당한 공권력을 동원해 감시의 끈을 늦추지 않았다.

《여성선》은 국가정책이 여성들에게 "낳아라!(인구를) 불려라!"라고 강요하는 슬로건에 반기를 들고 여성의 주권 회복을 강조한 작품이다. 당시 무산계급의 여성들은 국가정책을 그대로 수용할 처지가 아니었다. 비록 출산을 원하는 경우라도 생계의 지난함으로 유죄임을 알면서도 중절을 선택할 수밖에 없었기 때문이다.

작가가 무산자 산아제한동맹 사무국장 야마모토 고토코(山本琴子)의 생애를 테마로 삼아 작품을 완성한 것은 알려진 사실이다. 고토코는 무산계급 여성들이 토로하는 애로와 상담에 응하며 권력이 인간 본연의 성에 관여하는 현실의 부당함에 맞선다.

하지만 동시에 자신이 처한 환경과 맞닥뜨려 처절히 앓는 모습을 보인다. 무산계급 여성들의 중절 상담을 하는 처지이기에 그들의 주권을 대변하는 측면에서도 출산을 거부해야 마땅하다. 하지만 자신은 사랑하는 남편의 뜻을 수용, 주위의 비난에도 불구하고 출산을 결심한 뒤 사무국장직을 사임하는 것이다. 결국 고토코는 과로로 쓰러져 산모와 태아가 함께 유명을 달리하는 비극적 결말을 맞는다.

권력이 여성성을 억압하는 현실 속에서 고뇌하며 가슴앓이를 할 수밖에 없었던 고토코. 이 고토코를 통해 작가 마쓰다는 국가의 강압

적 정책과 자신이 수행할 임무의 괴리 사이에서 힘겨워하다가 정체성
과 역할을 자각하고 출산을 선택하는 여성상을 제시했다. 나아가 국
가권력이 여성의 의지와는 무관하게 출산을 통제하는 불합리한 제도
에도 비판의 목청을 돋우었다.

오사리자와(尾去沢) 광산 광재댐 붕괴 현장으로

한편 〈1933년의 봄〉을 들추면서 언급했지만, 마쓰다가 사건 현장
을 찾아가 취재하고 권력이 부른 참사를 고발하는 작업에도 매진한
것은 주지의 사실이다. 마쓰다 도키코가 아키타현 오사리자와 광산
광재댐 붕괴사건을 《아사히신문》 기사를 통해 접한 것은 36년 말이
었다.

오사리자와 광산 경영주 미쓰비시(머티어리얼)는 준전시 체제라는
핑계로 안전성을 무시하고 오로지 노동자에게 증산만을 강요했다.
그 결과 60미터의 광재댐이 허물어져 사망자 374명, 행불자 44명, 부
상자 174명을 낳았다. 대참사가 발생한 것이다.

조선인, 중국인, 일본인 구분할 것 없이 노동자의 희생에는 누구
보다 민감하게 반응하던
마쓰다는 문화학원의 동
료에게 여비와 숙박비를
지원받아 즉시 현장으로
달려간다. 그리고 미쓰
비시경영 자본가의 노동
자 착취와 그 책임을 추

오사리자와 광산 터

궁하는 르포 두 편을 집필해 그들의 가해 행위가 빚은 참극을 생생히 고발한다.

마쓰다는 이듬해 1월 발표한 르포 〈천 명의 산 영혼을 집어삼키는 죽음의 유화 진흙탕 속을 간다〉에서 처참한 피해 상황을 다음과 같이 전했다.

가족 전원이 전멸한 집, 23명의 젊은이 중 10명이 진흙 속에서 우뚝 선 체로 사체가 됐다고 하는 한 합숙소의 예, 23명 중 18세의 선광(選鑛) 여공을 20일 전에 아내로 맞이한 젊은이가 그 아내를 양팔에 안고, 그 옆에는 누나, 누나의 뒤쪽에는 남동생이 서로 껴안은 채 주검이 된 예, 태아를 안고 겨우 산기슭을 기어올라 병원까지 실려 갔지만 몇 분 지나서 목숨을 거둔 모자(母子)….

(마쓰다 도키코 자선집 8권 《되찾은 눈동자》에 수록)

당시 동(銅) 산출량 제5위를 자랑하던 광산이었다. 광석에서 금속을 채취해 제련하는 과정에서 버린 찌꺼기가 60미터에 이르렀다니, 제방이 무너져 노동자들의 합숙소를 덮친 현장이 얼마나 처참했을지 가히 짐작하고도 남는다. 마쓰다는 가옥 소실은 물론 다수의 인명 피해 원인을 또 다른 르포 〈오사리자와 사건보고서〉에서 밝힌다.

"이 제방이 축조 재료나 축조 방법에서, 그리고 광재 진흙이 가득참에 따라 수면이 높아질 때마다 몇 번이나 위로 덧대는 작업을 했다는 점에서도 무너지기 쉬운 경향을 충분히 보이고 있었다"라고 썼다. 드디어 마쓰다의 분노는 자본 주체인 미쓰비시 측뿐만 아니라 윗선을 향한다.

　상공부가 사건 3일째에 긴급회의를 열었고 상공부 장관 스스로 "책임을 통감한다고 말했음에도 중요 회의에서는 전술한 대로 참화는 자연현상에 의한 불가항력인 사건"으로 치부했으니 말이다. 오로지 군비 증산을 위한 에너지 확보에 혈안이 됐던 정부와 자본가의 범죄 행위를 마쓰다는 방관할 수 없었다.

　그녀는 1936년《문학 안내》제2권에 다음과 같은 시를 발표한 바 있다.

이와 같다

그것도 수행해야 한다

이것도 수행해야 한다

고지식하게 일하고 있으면

하루하루를 둘로 쪼개도 모자라는 여자의 몸

나는 올곧게 수행해야 한다

몰인정한 자, 교활한 상대,

허나 그걸 세상에 퍼뜨려선 안 된다.

허나 퍼지더라도 놀라지 마라.

부끄러워할 필요가 없다.

정신없이 곯아떨어져 밤을 보내면

닦은 옥구슬과 같은 아침이 온다.

우리가 서 있는 지구는

본래 그렇게 원만했다.

그래서 안심한다.

오래 버티면서

목적을 달성하리라

그 목적

그 목적은 밤이 지나면 아침이 오는 것처럼 분명하고

본래 원만하였으니 닦은 옥구슬처럼 지구의 아침

가장 밑까지 맑게 할 터이다.

아버지는 좋은 돈벌이

어린애는 건강

우리 아낙들도 하고 싶은 장사에 최선을 다하리라

울음도 웃음도 마음속에서 우러난다.

그날 일을 생각하고

뭔들 서두르지 않겠다, 속이지도 않겠다.

우리는 있는 그대로다

머리를 흩날리며 가장 중요한 일에 매달리고

손 씻는 일도 잊은 채 가장 중요한 프롤레타리아를 논하겠다.

아랫배에선 일하는 자의 야망이 발전기처럼 돌고

손은 전파처럼 무엇에나 뻗으려 한다.

— 1936년

시에는 여류작가이자 노동운동가로서 육아와 사회참여로 정신없

이 보내는 일상이지만 자신이 추구하는 가치를 제대로 체현하려는 의
지가 담겼다.

전술한 바와 같이 마쓰다 도키코는 이 시 집필 당시 프롤레타리
아 작가 재조직에 동분서주했고 여러 잡지에 글을 발표하며 왕성한
활동을 전개했다. 잡지사 좌담회까지 참여할 정도였다. 언제나 진보
적 아티스트가 지향해야 할 이상과 목적이 무엇인지를 인지하고 있었
기 때문이다.

조선의 민족교육에도 열정을 보이다(1)

평소 교육 문제에 관심을 나타내

중일전쟁 발발 후 시국에 편승한 국책 이데올로기가 국민의 일상에 침투하는 분위기가 만연했다. 1930년 후반 국가총동원법, 종군 작가부대 출병, 국민징용령 공포 등의 정책이 속속 시행됐다.

마쓰다 도키코가 활발히 활동하던 문예지 《가가야쿠》 또한 이러한 시대조류를 반영한 논조를 보이기도 했다. 하지만 마쓰다는 시국에 영합하거나 병사들의 위문 봉투에 헌납할 목적으로 글을 작성하지는 않았다.

한편 이 시기 전후 조선에선 이육사가 〈절정〉, 윤동주가 〈참회록〉을 집필한다. 매운 계절의 채찍에 갈겨/ 마침내 북방으로 휩쓸려 오다.// 하늘도 그만 지쳐 끝난 고원/ 서릿발 칼날진 그 위에 서다.// 어데다 무릎을 꿇어야 하나/ 한 발 재겨 디딜 곳조차 없다.// 이러매

눈 감아 생각해볼밖에/ 겨울은 강철
로 된 무지갠가 보다(《절정》).

조국 상실에 대한 애절함의 극치
다. 돌파구를 찾으려는 결의도 읽힌
다.

제국주의 타파의 열정은 마쓰다
에게도 뜨거운 용광로와 같았다. 전
쟁이 확대되자 마쓰다도 강렬한 저
항 의지를 담아 반전 시 〈태양이여〉
등을 발표했다. 조선과 일본의 저항
작가들이 일본제국주의 지배체제에
맞서 대립의 펜대를 세웠다는 점에
서 의미가 남다르다.

평론집-《어린애와 함께》
(후소카쿠, 1938)

마쓰다는 패전에 이르기까지 7년여 동안 11권의 단행본을 연거
푸 출간했다. 약자층을 대변한 시점에서 내적 충실을 기하는 집필이
었다. 여성의 아이덴티티나 노동자·농민의 애환을 주제로 삼아 모든
압제를 물리치면서 한시도 펜을 놓지 않았다. 격렬한 전쟁 시대를 치
열하게 고투하며 산 작가상이 엿보인다.

그 단행본 중에는 《어린애와 함께》라는 평론집도 있다. '교육에
바라는 것', '어머니의 감상' 등의 소제목에서도 유추할 수 있듯 평소
학부모 관점에서 교육에 대해 관찰하고 느낀 감상을 검박한 일상을
추구하며 진솔하게 쓴 내용이다.

마쓰다가 조선의 민족교육에도 열정을 보인 것은 평소 재일조선

인들과 연대하는 삶을 지향했거니와 일본 내 소외당하는 이들의 교육에 관심을 가졌기 때문이다. 당시 일본인이 조선인 교육 문제를 염두에나 두었을까?

일본 내지에서는 말할 것도 없고 조선에서조차 일본인에게는 조선과 조선인이 논외의 대상이었다. 다음과 같은 지적은 조선인의 위상을 잘 설명해준다.

> 조선이나 조선인이 일본화되거나 일본인화되어서 일본인의 흥미를 끌 수 없게 되었을지 모르겠다…. 아니, 그럴 리는 없고 조선 내 일본인은 조선인과 접촉하지 않았으며 일본인만의 폐쇄적인 일상에 머물렀다. 조선에 사는 것 자체를 본의 아닌 것으로 생각했던 까닭에 조선인에게서 의식적으로 눈을 돌렸다. (다카사키 류지,《문학 속의 조선인 상》, 세이큐샤, 1962)

조선인을 회피함으로써 일본인의 존재감을 확인하려 한 그들 모순을 지적한 언급이다. 특별한 경우를 제외하고 일본인의 식민지 조선인에 대한 인식은 경계선을 넘어 민중 속을 파고드는 방향으로 월경하지 못했다.

마쓰다보다는 앞 세대이지만 나쓰메 소세키나 다카하마 교시를 비롯한 문인들이 조선의 일상과 조선 민중의 모습을 정치하게 그리지 못한 이유이기도 하다. 하물며 일본인들이 군집을 이루고 사는 일본 내지에서야말로 표현할 수 없을 정도다.

다행히도 마쓰다의 조선 민족 인식은 해방 전이나 후에 상관없이 조선인의 상황과 애로에 대한 이해에 근거한 것이었다. 재일조선인 시점을 수반한 것이기도 했다. 특히 조선 학생들의 민족교육에 관한 관심의 척도가 여느 일본인과는 판이하였기에 눈길을 끈다.

조선인 학생들의 전통문화 공연 보러 방문

마쓰다가 조선인 학생들의 무용과 전통춤을 보러 직접 도쿄 센다가야(千駄ヶ谷)의 체육관을 방문한 것은 1955년 5월경이었다. 그리고 감상문을 1966년 12월 〈훌륭한 단결의 힘〉이라는 제목으로 진보 일간지에 공개했다.

조선 학생들이 무대에서 연출한 장면은 재일조선인의 곡진한 삶을 반영한 것이었다. 마쓰다는 감상문 초입에 일로 조금 늦게 도착해 2막부터 보았는데 특히 5막에 감동했다고 언급한다.

즉 "조선 민족이 원래 지니고 있던 전통적인 창조성을 현재 얼마나 혁신적으로 계승하려 하는지"에 대해 느낀 소감을 털어놓는다. 더욱이 '농민들 수확의 기쁨'을 표현한 무대를 거론한 뒤 "재일조선인들이 20년간 지켜왔던 민족교육"에 찬사를 보낸다.

권력과 주류세력이 차별정책으로 일관하며 귀화를 종용하는 일본 사회에서 온갖 고초를 겪으면서도 조선 민족의 언어와 춤, 전통문화를 고수해온 민족교육을 평가하는 것이다.

마쓰다는 이미 조선인 차별정책을 일본 내에서 독버섯처럼 뿌리내린 암적인 것으로 인식하고 있었다. 일본 모친대회나 메이데이 행사, 조선전쟁 당시 서명운동을 통해 재일조선인과 어깨를 나란히 하고 투쟁했으니 익히 알고 있었던 것이다. 그녀가 조선의 민족교육을 소중히 여긴 점 또한 민족 고유성을 수호하기 위한 교육이라고 믿었기 때문이다.

　무대 위 조선인 학생들을 바라보는 마쓰다의 눈빛은 각별하다. "어린 1학년 학생 한 사람에 이르기까지 도약하면서 온몸으로 노래하는 모습이 인상 깊었다"라고 표현한다. 또한 옆 좌석의 부인이 학생들 공연을 보고 '행복한 모습'이라고 감탄하는 순간을 포착해 "그 부인도 조선인들에게 느낀 부러움을 억누를 수 없었으리라"고 부언한다.

　끄트머리에는 "이 음악, 무용, 서사시에 보이는 재일조선인 단결의 훌륭함, 그 동작에 담긴 조국애"라고 묘사한다. 나아가 "이 무대의 마지막에 일본과 조선 두 나라 국민 우호의 기쁨이 아름답게 그려져 마음이 온화해졌다"고 고백한다. 한일 우호를 염원하는 자신의 심경을 새긴 것이다.

　마쓰다 도키코는 재일조선인들이 겪어온 애환을 여느 일본인보다도 피부로 느끼고 있었다. 일찍이 해방 이후 마쓰다 도키코 일행의 활동을 주목하며 특히 재일조선인 역사를 기록으로 남긴 이우봉은 다음과 같이 증언한 바 있다.

　일본당국은 마음껏 조선인을 강제연행해 중노동을 강요하다가 해방을 맞이한 조선인에게 구원의 손길을 펼치기는커녕 역으로 학대와 멸시정책으로 일관했다.

　더구나 일본 정부는 1947년 5월 2일 공포한 '외국인 등록령'을 조선인을 대상으로 일방적으로 적용해 많은 의무를 부과시켰다. 일본의 법률, 규칙 준수를 강요하며 특수한 역사적 배경을 지니는 '재일조선인에 유리한 차별대우' 등은 일절 용인하지 않겠다는 뜻을 명백히 밝힌 것이다.

이것이 오늘날 '외국인 등록법'으로 개칭, 악명 높은 법률이 되어 재일 조선인을 규제, 탄압하는 데 맹위를 떨치고 있다. (《상흔은 사라지지 않는다》, 나카도오리워프로실, 1991년)

재일조선인 징용 피해를 자기 일처럼 수용한 작가가 마쓰다이다. 해방 전에는 일본 신민임을 강조하다가 해방 후에는 외국인 취급을 하며 다른 잣대를 들이대는 일본 권력층의 이중성을 고발한 위의 내용에 공감하지 않고는 배길 수 없었을 터이다.

일본의 작가로서 일본제국주의의 과거 행위에 대해 회개하는 마음이 깊었던 만큼 재일조선인의 처우에 대해 의식하는 모습이 뚜렷했다. 재일조선인을 비롯한 이국 노동자의 인권과 주권 향상을 위한 활동에 매진한 것은 그와 같은 경위에서였다.

하지만 그런 활동이 기득권 세력에 의해 조금도 반영되지 않았다. 지금도 재일조선인 출신에 대한 처우와 지위는 위의 인용문과 같은 모순된 규정 때문에 의해 향상과 해결의 방향으로 나아가지 못하고 있다. 과거사 문제에서도 중국인은 전승 국가 국민이며 조선인은 일본 신민이었으므로 달리 적용해야 한다는 논리 또한 때때로 등장한다.

일본의 조선학교를 이념적 이데올로기로 판단하기보다는 민족문제의 시점에서 보려는 시선이 설득력을 얻는 이유는 무엇일까. 조선학교는 학생들 국적과 상관없이 입학을 수용하고 있으며 조선의 민족교육을 받을 수 있는 유일한 학교이기 때문이다(《조선학교 이야기》, 도서출판 선인, 1914년).

외국인 학생도 있거니와 조선학교에 관심 있는 일본인 학생도 수학할 수 있다. 교원 중에는 일본인도 있다. 재일조선학교 학생들 상당수의 국적은 한국이다(같은 책). 이러한 특수성을 고려하지 않은 채 오로지 이념적 잣대로 재단하는 관점에 현실적 괴리가 존재하는 게 사실이다.

유엔에서도 기회가 있을 때마다 조선학교에 대한 차별 철폐를 권고해왔다. 하지만 일본 권력층은 고교 무상화 정책 대상에서 조선학교를 배제하는 등 차별 조치를 강행하고 있다.

마쓰다 도키코는 1966년 5월에 발표한 〈민족교육을 수호하자〉라는 르포에 '재일조선인 인권을 수호하는 회'의 멤버들과 함께 펼친 연대운동을 소개한 바 있다. 거기에서 마쓰다는 "재일조선인 민족교육이 얼마나 정당한지, 왜 우리 일본 국민은 이를 탄압하려는 정부에 항의, 요청해야 하는지"를 호소한다.

일본 사회의 편견에 일찍이도 통찰력을 견지한 마쓰다 도키코. 그녀의 자세는 조선의 전통과 문화를 수호하기 위해 민족교육의 꽃을 피우던 바로 그 현장을 찾은 실천 행동과 무관하지 않다.

조선의 민족교육에도 열정을 보이다⑵

민족교육 수호 집회에 참가

앞서 〈민족교육을 수호하자〉라는 르포(1966년 5월)에 대해 약간 언급했다. 이제 그 배경과 내용을 구체적으로 살펴보자.

마쓰다는 어김없이 재일조선인들과 함께 집회에 참석했다. 같은 해 4월 23일 도쿄 이케부쿠로(池袋)의 백화점과 지하철 개찰구, 그리고 횡단로와 버스정류장 부근에서 시민사회단체가 모여 '재일조선인의 민족교육을 수호하자'라는 취지로 통행인들에게 전단을 배포하고 서명받는 행사에 동참한 것이다.

하지만 얼마나 집회가 조직적이었고 광범위하게 이루어졌는지 마쓰다의 면밀한 관찰로 소상히 밝혀진다. 집회는 이케부쿠로는 물론 스키야바시(数寄屋橋), 유라쿠초(有樂町), 긴자(銀座), 오차노미즈(お茶の水), 신주쿠(新宿), 시부야(渋谷) 등 도쿄의 10여 곳에서 동시에 진

행되었으니 그 규모를 가늠할 수 있을 것이다.

그럼 어떤 인물들이 집회를 주동했을까? 이름을 올린 이는 도시마(豊島)구, 기타(北)구의 어머니 대표들과 전건노(全建勞), 전일자노(全日自勞)의 노동자 대표들, '재일조선인 인권을 수호하는 회'의 다시로(田代) 변호사와 기타구의 의원, 그리고 조일협회, 진보정당 도의원 등을 합해 10여 명이 넘는 인원이다.

즉 재일조선인들의 주권과 민족교육 수호 운동에 일본 시민단체와 재일조선인들이 연대해 도쿄 각 곳에서 조직적인 시위를 전개한다. 마쓰다는 시위 한복판에서 힘을 보태기도 하지만 여느 때처럼 고발자의 시선으로 현장 풍경을 조망한다.

선두그룹이 마이크를 들고 동참해줄 것을 외치자, 참가자들은 일본 정부에 항의의 목소리를 전하자며 통행인에게 호소했다. 그야말로 '민족교육의 정당성' 추구를 위한 갈급한 목소리가 교차하는 자리였음이 틀림없다.

보수색이 짙은 일본 사회에서 진보정당 관계자와 노동자 대표들이 재일조선인들과 합세해 조선인 정체성 되찾기 운동을 동시다발적으로 전개한 사건이었다. 그런 만큼 파장이 작지 않았으리라.

르포를 통해 접할 수 있듯 마쓰다도 그 집회 장소에서 적극적인 자세로 행인에게 전단을 나눠주며 호소한다. 또한 지난 4월 17일 자신이 조선학교를 방문한 사실을 털어놓기도 한다. 나아가 일본 정부의 조선학교에 대한 인식의 모순을 통렬히 비판한다.

재일조선인 학교에 대해 일본 정부와 문부대신은… 이미 작년 12월 28일 자의 '문부 사무차관 후쿠다 시게루(福田繁)' 서명 통지를 '각 도도부현의 교육위원회'와 '각 도도부현 지사 앞'으로 보냈다. 더구나 이를 법률로 시행하려고 하는 사실을 떠올렸다.

"조선인으로서 민족성 또는 국민성을 함양하려는 것을 목적으로 삼는 조선인 학교를 우리 사회에서 각종 학교의 지위를 부여할 만한 적극적 의의를 지니는 대상으로는 인정하지 않겠다"(〈민족교육을 수호하자〉)

기실 재일조선인이 다니는 조선학교는 여타 외국인 학교와는 성격이 다르다. 한일관계의 특수성과 일본 내지의 재일조선인 역사를 전혀 염두에 두지 않은 채 도외시한 일본 정부와 문부대신의 조선 인식은 지극히 몽매하다.

한일 간엔 고대부터 왕래가 빈번했던 만큼 일본에 정착한 조선인 후세들이 이곳저곳에 삶의 터전을 꾸리고 있음은 익히 알려져 있다. 규슈지역의 도공 후예들이 조선에서 건너가 일본 사회에 공헌하며 대대로 전통문화의 맥을 이어가고 있지 않은가. 재일조선인 출신 스포츠 영웅과 저명한 예능인은 한둘이 아니다.

한편 식민지기에 일본 정부는 천황 절대주의와 국민국가 형성을 외치며 조선에서 다수의 젊은이를 수단과 방법을 가리지 않고 일본 내지로 유입시켰다. 그 조선인들이 정착해 소수민족으로서 면면히 삶을 이어가고 있음을 마쓰다 도키코는 누구보다 잘 이해하고 있었다.

일본 정부와 문부대신이 일본 사회에서 태어나고 자란 재일조선인의 문화와 혼을 인정하지 않겠다고 했으니 어찌 방관할 수 있을까. 마쓰다는 정부가 조선학교를 "각종 학교로 인정할 수 없다고 본 점. 또한 그와 같은 이유로 이런 부류의 조선인학교 설치를 목적으로 하

마쓰다가 방문한 현 조선제4초중급학교

는 준 학교법인 설립에 대해서도 허가하지 않겠다고 한 점"을 거론하며 독설을 퍼붓는다.

도대체 재일조선인 자제의 교육은 어떻게 될까? 이 통달로 보아도 결국 일본 정부는 모든 것을 법률이라는 구실을 내세워 폐지하고 옛날처럼 조선인을 일본의 교육방침대로 '교육'하고 마침내는 맘내키는 대로 지배하려고 하는 것과 마찬가지 아닌가. (같은 본문)

마쓰다가 직접 방문한 '조선제4초중급학교' 선생님과 학부모, 어머니들에게서 들은 이야기가 위의 내용과 다르지 않음을 확인한 순간 그녀의 뇌리에는 나나쓰다테 사건의 조선인 희생자들에 대한 회개와 회한의 마음이 되살아나지 않았을까. 그녀가 이국 희생자 추도사업에 동분서주하던 시기였다. 신산한 삶을 사는 조선인에게 배려의 시선을 보내야 하는 가장 근원적 사건으로 인식했을 법하다.

민족학교는 남북통일 위한 교육장

아니나 다를까 일반적 통념에 사로잡힌 일본인과는 달리 마쓰다의 조선 인식은 일본 내지의 조선 역사에 대한 통찰을 동반한 것이었다.

"일본의 지배 속에서 조선에서 살 수 없게 되어 일본에 정착…어쩔 수 없이 돌아가지 못하고 일본에 머물러 있는 만큼", "일본에서 특히 민족학교를 설립한 것은 이윽고 남북통일이 실현되어 조국으로 돌아갈 때 곤란하지 않도록 사랑하는 조국의 언어를 익히고 역사, 지리 등 조국의 국민으로서 바르고 일정한 교양을 쌓기 위한 것"이라고 보았기 때문이다. 민족교육의 본질을 꿰뚫어 본 탁견이 아닐 수 없다.

나아가 조선의 민족교육이 반일 시점이나 반사회적 경향을 내포하지 않음을 설파하는 것 또한 잊지 않았다. '교육의 근본정신'을 언급하며 "그곳에 어떠한 반일 교육도 게재되어 있지 않고", "일본 정부에 조금이라도 민폐를 끼치지 않았거니와 학교설립에 대해서도 정식적으로 일본 정부에 일일이 절차를 밟아 신고해온" 점을 역설했기 때문이다.

오히려 마쓰다는 조선학교 교무 선생의 언설을 빌려 민족교육이 조선과 일본의 우호에 주안점을 두고 있는 점을 내세운다. "우리가 일본에 있는 한 조선 국민과 일본 국민의 진정한 우호를 위해 교육하고", 교사 신축 건에 대해서도 "나중에 우리가 조국으로 돌아가면 일본의 여러분들이 이용할 수 있을 것"이라는 전언을 뚜렷이 남긴다.

마쓰다가 버스정류장 쪽으로 서명 용지를 들고 다가가자 두세 사람의 조선인 어머니들은 "우리는 조선 어머니들이에요. 서명하러 왔어요"라며 반색했다. 또 한 사람은 조선 남편을 둔 일본인 부인임을 밝혔다. 거리낌 없이 서로 질박한 사연을 나누는 장면이다.

헌데 그 일본인 부인의 고백이 마음에 와닿는다. 당장 눈물을 쏟을 표정으로 "어린애가 조선학교에 다니게 된 뒤부터 드디어 가정이 밝아졌네요. 저도 남편의 조국에 언젠가 아이들과 함께 갈 예정이네요. 그런데 지금 조선학교가 탄압당하면……"이라는 말을 마쓰다에게 들려주었으니 말이다.

마쓰다는 당시 150개의 조선학교를 일본 정부가 정식으로 인정하도록 여론 환기를 시도하고, '정당, 정파, 종교'를 초월해 일본 국민이 정부, 국회, 문부성에 요청하도록 르포를 통해 절절히 호소했다.

더구나 마쓰다의 일본 내 이민족에 대한 각별한 시선은 결코 재일조선인에게만 국한된 것은 아니었다. 중국인 희생자들을 떠올리며 같은 해 다음과 같은 시를 발표한 사실 또한 되새길 필요가 있다.

헌시

— 중일 부재전(不再戰) 우호비 앞에서 —

지난날 이 땅

일본의 하나오카 우바사와(姥澤)에서 백골이 되어

조국 중국의 해방을 맞지 못한 채 생을 마친

사람들 비석 앞에

지금 우리 일본 국민은 머리를 숙이고 섰다.

죽음 직전에 이르기까지

그대들이 목숨을 건 침략자에 대한 증오와 투쟁

그대들이 조국 해방을 맞는 순간 홍양(紅岩)의 전투가

그곳에서 펼쳐졌듯

이곳 일본의 하나오카 우바사와에서도 펼쳐진 사실을

우리 일본 국민은

모든 이의 결의로 다시 상기한다.

중·일이 다시 전쟁해서는 안 된다는 결의의 중대함과 엄숙함

이 중대함을 중대함으로 곱씹고

이 엄숙함을 엄숙함으로 곱씹어

우리 일본 국민이 행동하고 투쟁에 나서

과업을 완수할 그날을 향한 맹세의 도표

다시 고치는 것을 용납지 않는 중일 부재전 우호

이 결의의 비석 앞에

숙인 머리를 감히 우리는 들고

이 비석을 올려다본다.

지난날 중국 그대들과

지금 다시 불굴의 의지로 침략자에 맞서는

그대들 조국 중국에 대한

간절한 마음을 담는다.

인간들이여!

침략은

친구가 친구를 죽이며

원한을 품고 증오를 불러오는 원흉

비참한 과거를 잊지 말자.

지금 베트남과 조선과 중국을 향한 폭음

매우 맹렬하니

우리 일본 국민을 추락시킬 악행

계속 이어질 터

이곳 중일 부재전 우호비!

이 비석 앞에서야말로 맹세하리

우리 국민의 연대를

그리고 단결을.

— 1966년

제 3 부

인권수호, 반전 평화의 글쓰기와 투쟁

여성의 주체적 삶을 지향

패전을 맞아 망연자실

조선에 해방의 해이자 일본엔 패전의 해인 1945년, 마쓰다 도키코(40세) 주변에는 암운이 드리운다. 니가타(新潟)의 절에서 주지 생활을 하던 오빠 만주(萬壽)의 처가 세상을 등진다. 마쓰다는 조문하고 돌아오는 길에 도쿄공습을 목격한다. 눈앞에서 건물이 파괴되고 인간의 피와 살점이 튀는 처참한 광경이었다.

나카노구(中野區)의 자택도 불타 일기나 원고는 물론 가재도구 하나 건질 수 없었다. 자신의 집터에 주저앉아 삶의 의욕을 잃은 채 망연자실하는 마쓰다의 모습이 떠오른다.

그녀와 가족은 옆 동네로 이주해 그곳에서 패전을 맞이한다. 마쓰다는 패전의 날 일기에 "8월 15일, 아침……이날도 아침부터 미국 비행기는 날아왔다. 나는 조용히 뺨에 흐르는 눈물을 감지하고 있었다"라고 적는다.

그 누구보다 절실히 일본이 평화의 길로 나서기를 염원해왔다. 포탄으로 산천초목이 시들고 그리운 고향이 온기를 빼앗긴 현실을 어찌 한마디로 형언할 수 있을까. 패전을 받아들여야 하는 그녀의 심경은 제국주의와 침략주의로 치달은 조국에 대한 애증과 안타까움으로 점철됐을 것이다.

쇼와 천황이 방송을 통해 패전을 선언하자 마쓰다는 나카노역 출입구에서 허망한 표정으로 하늘을 올려다본다.

여름 구름이여

여름 구름이여

초록빛 하늘 끝을 담아

말없이 떠난 뒤

몸을 꼼짝하지 않는구나

부끄러움이 많아서

그을린 땅을 가린 채 고개를 숙이는구나

초원 같은 담백함

인간의 피로

여름 구름이여

거대한 사랑의 포로가 되어

꿈꾸는 눈동자를 보이는구나

넋을 잃고 바라본다.

상실의 마음이 구름에 담겼다. 전쟁에 광분한 위정자들에 대한 책망도 읽힌다. 마쓰다는 그러한 주체들의 행위를 누구보다도 부끄럽게 여긴 작가다. 그 부끄러운 행위가 결국 무력 공습을 불러와 모든 게 초토화됐다. 얼마나 허망했을까.

이런 도발과 무력이 판을 치는 현실에 남성적 폭력주의가 착근하고 있다고 본 마쓰다는 돌파구를 마련하지 않고서는 견딜 수 없었다. 혼란기의 파고에 맞서 마쓰다는 여성의 주체적 삶에 대한 인식 폭을 넓히는 쪽으로 나아간다.

남편이 노동운동가이므로 가정에서 사회운동의 에너지를 얻었던 터였다. 하지만 이상을 공유하던 남편의 눈빛이 예전 같지 않았다. 육아와 출산 등의 문제로 부부 사이에는 앙금이 쌓여가고 있었다.

사회통념에 얽매이지 않는 여성상을 추구

마쓰다는 남편이 잡지 편집 일로 약 6개월 동안 중국에 가 있는 동안 새로운 이성을 만난다. 자신이 '생사를 건 연애'라고도 표현한 사건이다. 이를 토대로 마쓰다는 《여자가 본 꿈》을 집필했다. 마쓰다는 이 작품에서 여성의 역할에 대한 통념적 기준에 얽매이지 않고 꿈과 자유로움을 추구하는 여성을 그린다.

"나는 자주 인생에서 도피하는 여자였다. 첫 번째는 어머니의 집에서, 두 번째는 숙부의 집에서, 세 번째는 자신이 이룬 가정에서……"라고 묘사한다. 이렇듯 그녀는 여러 잡지를 통해 자신의 연애와 사랑의 체험을 당당히 표현했다.

'첫사랑 얘기' 또한 예시로 들 수 있다. 그 글에는 아라카와 광산 시절에 서로 열렬하게 연애편지를 주고받으며 사랑을 불태우던 첫사랑의 상대 고바야시 가츠로(小林勝郎)에 대한 뜨거운 열정이 녹아 있다.

참으로 도발적인 발상이다. 자신의 사랑이나 감정표현을 두려워하지 않고 선연히 드러내는 곳에 오히려 의의를 두었기 때문이다. 결혼 후의 연애 상대자를 만나기 전에도 프롤레타리아 작가인 하시모토 에이키치(橋本英吉)에게 열정을 새긴 편지를 보냈을 정도다. 문인 중에서 신 여성상을 몸소 실천하고 그려낸 장본인으로 볼 수 있다.

국내 작가 중 도쿄의 여자미술전문학교 유학파 출신 나혜석(1896~1948)이 떠오르는 까닭이 뭘까? 나혜석 또한 남성 위주의 가부장적 사회에서 주체적 삶을 지향한 신여성이다. 작가이자 최초의 여성화가였던 그녀는 일본 유학 중 여자 유학생 중심의 진보적 잡지 발간에 앞장서며 여성의 조혼이 횡횡하는 사회 분위기를 격렬히 비판한다.

자신의 여성관을 담아 여성성을 주제로 소설을 발표하기도 하고 귀국 후 여성운동을 펼치다가 투옥되기도 한다. 진부한 인습에 사로잡혀 여성을 가사만 도맡는 존재로 보거나 주체성 결여의 대상으로 보는 견해에는 가차 없이 메스를 가한다.

신여성의 길을 개척하려는 정신이 누구보다 강렬했거니와 연애, 결혼, 출산에

나혜석(1896~1948)

대한 기존의 사고나 규범에 구애받지 않았다. 그런 만큼 그녀를 곱지 않게 보는 시선들이 적지 않았다. 호사가들의 입방아에도 오르내렸다. 하지만 나혜석은 그 시대에 남성 중심 이데올로기에 정면으로 맞서 젠더 이슈를 공론화했다.

마쓰다 도키코 또한 그런 점에서 살피면 치열하게 분투한 삶을 살았다. 여성 인식의 기존 틀을 깨고 어떻게 양성평등을 실현할 것인지, 어떻게 여성의 주체성을 회복할 것인지에 대해 고뇌하는 일상이었다. 그녀는 자신의 연애와 여성성의 시점을 공공연히 밝히며 출산이나 육아, 가사 일에 얽매인 여성들의 해방을 부르짖었다.

자신의 사랑과 연애를 테마로 삼은 작품 공개를 마다하지 않았고 관련 체험담을 여러 편 집필한 것은 그러한 시점에 근거한다. 나혜석보다는 반세기를 더 살았지만 〈이혼 고백장〉 등을 발표한 나혜석과 비교, 동시대적 흐름 속에서 반추해볼 만한 사항이다.

즉 사회통념이 조장한 여성상에 끊임없이 이의를 제기하며 주체적 여성의 삶을 지향했다는 점에서 나혜석과 견주어 논해볼 수 있으리라. 일본 유학 시절의 나혜석과 시인 최승구, 그리고 마쓰다와 6살 연하 연인(화가)의 모습이 겹쳐 보이기도 하니 말이다.

실은 마쓰다 부부의 중매인은 천황 암살 모의 혐의(대역사건)로 1911년 사형을 당한 후루카와 리키사쿠(古河力作, 1884~1911)의 친동생 후루카와 미키마츠(古河三樹松, 1901~1995)였다. 미키마츠가 형의 영향으로 사상에 심취한 것은 당연지사다. 미키마츠도 아나르코 생디칼리즘을 수용해 활발한 활동을 펼쳤다. 그는 출판사(平凡社) 일도 했으며 서점을 운영하기도 했다.

그렇게 두 사람 다 아나키스트이니 조선의 자치와 독립에 공감하고 있었을 것이다. 당시 아나키스트들의 활동이 조선 독립과 인간해방 정신을 강렬히 주창한 것이었기 때문이다.

일제강점기임에도 마쓰다의 조선 이해도는 다른 작가보다 월등했다. 마쓰다는 물론 남편도 뼛속까지 노동운동가인 만큼 그런 시대적 흐름 파악에 게으르지 않았다. 후루카와 형제의 활동을 좀 더 들여다보자.

리키사쿠가 추구한 이상은 모든 권력을 거부하고 지배구조 타파를 실현하려는 자치주의다. 그는 일본 아나키스트의 대부인 고토쿠 슈스이(行德秋水)와 함께 '대역(大役)사건'을 모의한 혐의로 1911년 사형당한 12명 중 한 사람이다. 출신지는 일본 중부지방에 있는 후쿠이현(福井懸).

재미있는 것은 큰 상인(대부호)을 배출한 후루카와 집안은 대를 잇기 위해 근친결혼을 했기에 단신이라는 점(아사히신문, 2010년 1월 30일자)이다. 리키시쿠는 키가 140센티에도 미치지 못했지만 투철한 사상으로 고토쿠와 함께 평화운동에 앞장섰다. 그리고 인간을 억압하는 모든 제도를 거부하고 절대적 자유를 외치다가 요절했다. 경이로울 따름이다.

더 놀라운 것은 리키사쿠가 가쓰라 다로(桂太郎) 수상을 사살하려고 수상관저에 잠입한 일이다. 리키사쿠는 동료에게 품에서 단도를 꺼내 보이며 "이걸로 찔러서 사살하려고 했다"고 말한 바 있다. 이 자백은 순식간에 아나키스트들 사이에 퍼져 고토쿠 슈스이와 같이 활동하는 계기가 된다(미즈카미 쓰토무, 《후루카와 리키사쿠의 생애》, 문예춘추,

1978).

이리하여 1909년 리키사쿠는 고토쿠와 그의 애인 간노스가(管野 スガ, 같은 혐의로 사형)가 창간한 《자유사상》의 명의인으로 이름을 올린다. 안중근 의사가 세상을 뜬 2개월 후인 1910년 5월에는 동료와 함께 폭발물단속 위반 혐의(천황 암살계획)로 검거된 바 있다. 하지만 실은 1909년부터 그 계획을 진행해온 것으로 드러났다(안중근 거사 8일 후에 시험폭발 등,《소세키와 조선》, 2010).

동생 후루카와 미키마츠는 형이 사형을 당하자, 가족을 떠나 상경, 같은 활동에 매진했다. 그런 와중에 마쓰다와 오누마 와타루(大沼 涉)의 만남을 주선해 부부의 연을 맺어주었다. 장소는 아나키스트 오스기 사카에(大杉榮)의 거점이던 노동운동사였다.

당시 안중근 의사가 일본 아나키즘 활동가의 정신에 적지 않은 영향을 끼친 게 사실이다. 고토쿠의 소지품 속에서 안중근의 거사와 기개를 찬양한 한시가 안중근 사후 발견됐고(안중근 의사와 고토쿠 슈스이, 2005년 5월 5일자 경향신문), 고토쿠와 아나키즘 활동을 하던 평민사(平民社) 일행이 안중근의 사진이 들어간 그림엽서를 제작해 배포한 것도 이미 알려져 있다.

한편 고토쿠는 단재 신채호 선생의 정신에 영향을 미쳤다. 중요한 한일교류의 선례로 끊임없이 되새김해야 하는 이유이다.

반전과 평화수호를 위한
행보와 함께 시 발표

미일안보조약 반대에 앞장서

해방 이후 마쓰다 도키코가 예민하게 반응한 것은 미국의 개입이었다. 일본의 패전으로 미국은 영향력을 확대, 1951년 샌프란시스코에서 제2차 세계대전 연합국들과 일본이 평화조약을 체결하는 데 주도적 역할을 했다.

샌프란시스코 평화조약 속에는 미국과 일본 사이의 별도 특약이 담겼다. 이에 근거해 요시다 시게루(吉田茂) 수상은 '미일안전보장조약'에 서명한다. 이 조약은 재일 미군이 일본에 주둔하는 계기가 되며 일본의 미국 종속화에 기름을 붓는다.

여러 차례 언급했듯 마쓰다 도키코는 해방 이후 일본의 가해행위로 피해를 본 이국 노동자들의 지원과 구제, 역사 복원 활동에 매진했다. 1950년대 이후 그녀 활동은 일본의 침략전쟁이 부른 이국 희생자들에 대한 회개와 반전의식 고취를 위한 실천적 행보였다고 해도 과언이 아니다.

미일안보조약은 50년대 후반 다시 본격적으로 논의 테이블에 올랐다. 1958년부터 미국과 일본 사이에 개정 협의가 이루어져 1960년에는 기시 노부스케(岸信介) 수상이 미국을 방문, 아이젠하워 대통령과 신안보 조약을 체결한다.

그 내용은 미일 공동 방위를 명문화한다는 명목하에 일본 전역을 미군이 수호하는 만큼 재일 미군을 향한 어떠한 공격에도 일본 자위대와 미군이 공동으로 대처한다는 것이었다. 그리고 재일 미군의 배치와 장비에 대해서 미일 정부가 사전에 협의 시스템을 구축한다는 내용이었다.

하지만 일본 내에서는 미국 종속화와 전쟁 재발의 소지를 우려하는 견해가 적지 않았다. 안보 반대를 외치는 데모 집회나 행렬이 끊임없이 이어졌다. 시민들은 안보 개념을 미국의 전쟁에 일본이 참여한다는 뜻으로 이해하고 양국 정부에 격렬히 항의하며 반정부, 반미투쟁을 전개한다.

노동자 계급의 처지에서 반전 평화의 가치를 중시하던 마쓰다 도키코는 안보 반대 투쟁에 누구보다 앞장서는 모습을 보였다. 마쓰다는

1960년 6월의 일본 국회 앞 안보투쟁

20차 행동의 날에 나카노(中野駅)역에서 다음과 같은 시를 발표한다.

6·22

- 안보 반대, 제20차 행동의 날, 나카노역에서 -

긴장하며 그대를 기다리고 있었네

그대 하늘은 이미 쇠퇴해

새까맣게 오가는 구름 사이는 어둠

미지근한 수은(水銀) 비를

모인 36개 산업별 단일조합 노동자 뺨에

흐르게 해주었네.

그대 비에 젖으며 노동자들은

'민족 독립행동대'를 노래했지

학생들도 소녀들도 어머니들도 그 노래를 불렀고

그대 비가 장단을 맞췄지

무수한 수은주가 이 땅을 치고

사나운 바람이 빗방울과 노랫소리를 흐르게 했네.

하지만 이 땅의 자식인 노동자들은 의연히 일어나

미명의 그대를 지켰네

6·4에서 6·22로

이곳 나카노 샤쇼구(車掌區)와 덴샤구(電車區) 노동자들이

일본 노동자 계급의 마음을 힘으로 표현할 수 있을까

그대여 6·22라는 날 속에서?

호우가 되어 물보라 치는 그대 비

질풍이 되어 휘날리는 그대 바람

그 비바람을 뚫고 응원하는 노동자들은

북에서 남으로 대열을 이곳까지 펼쳤네.

억눌린 분노 해고의 노여움

하지만 또

아이젠하워 방일을 저지한 신념

기시 수상 퇴진·안보 타파의 새로운 결의

그대 비바람과 그대 자식 노동자들이

세찬 박수로 그 대열을 맞이했네.

그대여 밝을 때가 왔네

그대 두꺼운 구름층을 태양이 안쪽에서 타오르기 시작해

새벽녘 구름 낀 하늘이

노동자 부인 뺨처럼 장밋빛으로 물든 순간

응원하는 노동자들은 남북에서 애태우다가 동쪽을 향했네

샤쇼구로 센샤구로

정지한 차체와 레일

질풍과 비가 때려 부수고

그 틈 속에서 남북으로 돌진하는 대열의 손에는 깃발

깃발은 붉은 혓바닥으로 빗방울을 튀기며
질풍을 거슬러 그날의 결의를 펄럭였네.

그대 대지와 강철 레일이 빗방울을 멈춰 세워
지금 그 위를 스쳐 지나가는 열차는 없네
그대 순간순간이 이 땅에 녹아
이 땅이 그대에게 소리도 없이 볼을 비볐네
"6·22 그대 숨결은 지금 따뜻한지
그 숨결은 민중 숨결과 맞닿는지
우리 어머니 같은 이 땅의 호흡과도……"

그대는 그때 깊숙이 민중 품에 안겼네
나카노 덴샤구와 샤쇼구가 수십 줄의 레일 저편을 향해
팔을 들어 올렸네.
― 1960년

마쓰다가 노래한 이 '6·22'는 중국의 《세계문학》 7월호에 중국어
로 실렸다. 또한 지난 3월에는 안보 개정 움직임을 소재로 〈살리는
도장과 죽이는 도장〉이라는 시가 《인민일보》에, 4월에는 안보 반대
통일 행동을 강조한 〈열(咧)〉이라는 시가 중국의 《세계문학》에 연이
어 번역, 발표됐다. 시를 통한 그녀의 평화수호 의지와 국제연대를 호
소하는 목소리 톤이 얼마나 높았는지, 익히 짐작하고 남는다.
　조선과 중국의 이국 노동자 피해에 대한 자책과 성찰의 마음이

각별한 것이었기에 중국 내 잡지 게재가 가능했거니와 그녀의 메시지를 주목하는 중국인도 적지 않았음을 입증하는 증거이리라. 또한 동아시아 헤게모니를 의식한 중국 처지에선 안보 개정에 항의하는 마쓰다의 메시지를 일본 양심적 시인의 발신으로 수용했을 터다.

10년 후인 1970년에도 마쓰다는 이 안보 투쟁에 나서는 여성들의 내면세계를 테마로 〈용담색의 불꽃노래〉를 비롯한 단편 4편을 연작소설로 발표했다. 1960년 6월의 제1차 투쟁에 560만 명의 일본 시민이 참여한 일본 역사상 전무후무한 대규모 데모 운동이었다. 그런 만큼 생애를 관통하는 기억으로 그녀 뇌리에 똬리를 틀고 있었음이 틀림없다.

다시 하나오카 현장으로 달려가

한편 안보 투쟁에 불이 붙은 이듬해 4월 오다테시 시민단체로부터 마쓰다에게 긴급전화가 걸려 온다. '중국인포로순난자 위령실행위원회'로부터 10여 년 전 조선인 징용자이자 하나오카 자유노조 위원장이던 김일수의 안내로 방문한 현장에서 또 유골이 발견됐다는 것을 알리는 소식이었다.

중앙위령실행위원회는 하나오카 중국인 새 유해 발견사건의 조사를 마쓰다 도키코와 현지 중·일우호협회 관계자에게 의뢰하고(하나오카 사건 50주년 기념지), 아키타현민 대표들과 진보 성향 시민단체가 주체가 되어 유골 발견 조사단을 결성, 마쓰다는 단장이 되어 현지 조사에 임하게 된다.

광산관계자에게서 이전 유골안치소인 하나오카 신쇼지(信正寺)에서 증언을 얻어 공양탑을 파헤치자, 머리뼈를 비롯한 인골이 발견되었다. 그 후 마쓰다는 관계자들과 함께 주변 동산과 구덩이 터를 찾아 조사에 나선다. 이 발굴체험을 토대로 〈뼈〉라는 작품을 집필한 것은 익히 알려진 사실이다.

다년간 마쓰다 도키코 연구에 몰두하며 마쓰다 도키코 생애와 문학세계를 분석, 고찰한 와타나베 스미코(渡邊澄子, 1930~, 다이토분카대학 명예교수)는 《기골의 작가 마쓰다 도키코 100년의 궤적》(사키가케문고, 2014)에서 "위령실행위원회에 보내기 위해 도키코는 8천 자의 조사 보고를 하룻밤에 완성", 그 보고서에 근거해 완성한 작품이 〈뼈〉임을 지역에서 하나오카 사건과 마쓰다 도키코 활동을 줄곧 주목해온 '일·중불재전(不再戰) 우호비를 지키는 모임' 대표였던 오쿠야마 쇼고(奧山昭五)의 증언을 인용해 밝힌 바 있다.

1950년 당시에는 조선인 김일수가 사건 현장을 안내해 그때부터 마쓰다는 하나오카 사건 피해자 지원과 구제 활동을 펼치는 일에 앞장서 왔다. 길일수는 60년 초 고국으로 귀국해 이젠 자신이 단장을 맡아 사건 수습에 나서야 할 처지였다. 안내자이자 동지인 김일수에 대한 그리움을 어찌 말로 다 할 수 있었으랴.

마쓰다와 관계자들은 발굴 작업을 위한 노력과 조사를 거듭하고 가해 기업인 가지마구미와도 합의해 1963년 인원 500여 명을 동원해 무려 12상자의 중국인 피해자 유골을 발굴하기에 이른다.

이에 대해 《하나오카 사건 50주년 기록지》는 "중앙과 아키타의 양 위령제 실행위원회는 전국에 '괭이 한 자루 운동'을 호소해 500여 명이 참가한다. 하나오카 사건 생존자 이진평(李振平), 임수림(林樹林)

두 사람도 18년 만에 하나오카를 방문해 옛 동료의 유골을 줍고 참가
자와 중일 우호, 중일전쟁 반대를 선언하는 악수를 했다”고 새겼다.

전쟁이 부르는 피의 살육을 저지하고 평화 의지를 보여준 실례
다. 도쿄의 규단(九段)회관에서 개최된 유골 500여 명의 위령제에서
마쓰다는 다음과 같은 헌시를 여자배우에게 낭독하게 했다.

중국인 포로순난자 열사 영령에

그 세월이 버거웠다

특히 당신들 사이에선

꿈속에서도 못 잊을 고국 전답

전쟁에 그을린 길모퉁이와 길바닥

무수한 동포가 분노를 무기 삼아 일어선

대륙에서

당신들은 헤어지고 붙잡히고

일본제국주의의 덤불 속에 처박혔다

그곳은 지옥 속의 지옥

살의에 휘둘리는 곤봉과

끔찍한 기아와 노역이 기다리는

홋카이도에서 규슈까지 이르는 탄광과 광산

댐 현장

항만

수로 공사

그 모든 곳에 당신들 피가 서려

당신들 눈물이 흘러

사랑하는 가족이 기다리는 고국(하략)

인간 내면의 정서에 대한 고찰 필요성

고토쿠 슈스이 서재에서 천황 암살 연습

앞에서 천황 암살계획에 가담했다는 이유로 1911년 사형당한 고토쿠 슈스이(幸德秋水)와 그의 일행에게 안중근 의사가 영향을 끼친 점에 대해 언급했다. 마쓰다 도키코 부부연을 맺어준 후루카와 미키마츠(古河三樹松)의 친형 후루카와 리키사쿠(古河力作)도 관여한 사건이니 그 내막을 좀 더 들여다보자.

일찍이 대역사건 진상규명에 매진해 업적을 남긴 일본의 평론가 간자키 교시(神崎清)는 메이지 천황 암살계획 핵심 인물인 미야시타 다키지(宮下太吉)가 아카시나(明科)의 오아시산(大足山)에서 밀조한 폭열탄 시험에 성공한 것은 1909년 11월 3일이라고 명시한 바 있다(《혁명전설 대역사건 3》). 안중근 의사가 이토 히로부미를 저격한 10월 26일로부터 8일 후의 일이다(가메다 히로시).

미야시타는 그 성공의 기쁨을 알리기 위해 도쿄 센다가야(千駄ヶ谷)의 고토쿠 슈스이와 평민사 동지들에게 비밀통신을 보낸다. 그리고 가까운 시일 내에 상경해 상세히 보고하겠다는 편지도 덧붙인다(같은 책).

그 후 미야시타가 직접 상경해 평민사를 방문한 것은 연말연시였다. 미야시타는 1910년 1월 1일의 일기에 평민사에서 1박을 하며 고토쿠와 그의 내연의 처 간노 스가코(菅野須賀子), 고토쿠의 비서(서생) 니무라 다다오(仁村忠雄) 등과 술잔을 나누며 유쾌하게 담화를 나누었다고 기록했다.

주목하지 않을 수 없는 대목은 이때 미야시타가 폭열탄 케이스와 화약을 넣은 검은 가방을 들고 왔다는 사실이다(조서). 천황 암살계획을 재촉하기 위한 목적이었다. 미야시타는 고토쿠 서재에서 가방을 열고 폭열탄의 작은 양철 케이스 2개와 종이에 싼 흰 분말(과염소산칼륨)을 꺼낸다.

그리고 놀랍게도 미야시타는 물론, 고토쿠, 간노, 니무라 네 사람이 돌아가며 폭열탄의 빈 케이스(직경 약 3센티, 길이 6센티)를 쥐고 다다미 위로 내던지는 연습을 한다(같은 책). 간자키는 네 사람이 연습후 폭열탄 형태에 대해 감상을 토로하지만, 암살계획을 실행하자고 발언하는 이는 없었고 평민사 내부의 동요도 있었다고 증언했다.

허나 네 사람이 그 자리에서 연습하며 이심전심의 교감을 나눈 것은 부인할 수 없는 사실이다. 중요한 사건이 또 있다. 연초를 맞이해 센다가야의 평민사로 찾아온 아이진샤(愛人社)의 가와다 구라키치(川田倉吉)는 사내에서 열릴 신년회를 위해 고토쿠에게 뭔가 써달라고 부탁한다.

그런데 의뢰받은 고토쿠는 천황 시해를 암시하는 단가를 주홍색 당지(唐紙)에 붓으로 써서 건넸다. (같은 책)

폭탄이 나는 모습을 본(새해) 첫 꿈은
지요다(千代田) 소나무에 쌓인 눈에 가지 부러지는 소리

고토쿠는 1월 5일 동료 이시카와 산시로(石川三四郎)와 신슈(信州)의 아카하네 간케츠(赤羽巖穴)에게도 이 자극적인 단가를 연하장에 적어서 보내기도 했다. 고토쿠의 뇌리에는 메이지 천황이 거주하는 지요다성의 설경이 깊게 새겨져 있었던 셈. '가지 부러지는 소리'는 과연 무엇을 뜻하는 것일까? 이에 대해 간자키는 다음과 같이 설명한다.

폭열탄 재료를 검은 가방에 넣어서 신슈에서 상경한 미야시타 다키치가 천황 암살계획에 대해 상담하려 했을 때 자신을 억제하며 위험한 구체적(상황)을 피했던 슈스이였다. 그 냉정한 슈스이에게 이 폭발적인 풍자적 노래가 있음은 다다미 위로 내던지는 폭열탄의 빈 깡통을 쥔 손바닥의 감촉과 흥분이 불러온 결과일까?(《혁명전설 대역사건 3》)

고토쿠의 단가, 암살 모의 분위기에 자극

고토쿠의 내면을 들여다볼 때 안중근의 기개와 거사를 상찬한 한시와 더불어 빠뜨릴 수 없는 단가다. 대역사건을 얘기할 때 미야시타 다키치가 핵심 인물이고 고토쿠는 천황 암살계획 실행 단계에서는 배

제된 것으로 알려져 있다.

여러 자료와 법정 증언 등으로 확인된 사실이다. 하지만 그것으로 논의 끝일까? 고토쿠 내면의 정서에 대한 고찰은 빠져 있다.

고토쿠의 단가가 모의 분위기를 더욱 자극했음 직하다. 실제로 천황 암살을 위한 폭열탄 투척 배치도가 등장한 것은 1월 23일. 사전에 협의 후 후루카와 리키사쿠가 고토쿠의 자택(평민사)을 찾아온 때다. 고토쿠는 뱃속이 좋지 않아 옆방에서 누워 있었고 고토쿠 자택에서 니무라 다다오가 자신의 노트에 연필로 도면을 그리며 설명한다.

제5회 조서에 따르면 니무라는 각자가 위치를 정하고 있다가 서로 사인을 주고받은 뒤 먼저 갑(甲)이 폭열탄을 천황 마차에 던지고, 이어서 을(乙)도 던진다. 계속 마차가 움직이면 병(丙)과 후방에 있는 정(丁)도 순서대로 폭열탄을 투척한다는 집단적 공격 방법을 제시했다.

리키사쿠는 자신의 옥중 수기에 니무라가 주도한 것을 세 사람이 모의한 것으로 재판장이 몰아간 점에 대해서 지적한 바 있다. 게다가 현장에서 최초로 투척하는 갑의 위치를 두고 의견이 맞지 않아 투척 순서가 결정되지는 않았고, 급습 장소의 현장 조사를 담당하기로 한 리키사쿠가 실행에 옮기지 않은 것으로 알려진다.

고토쿠 슈스이 일행이 활동하던
평민사(1907년)

그렇지만 무엇보다 이렇게 도면을 마련하고 모의하기 위해 회합한 것이 사실임이 밝혀졌다. 고토쿠는 과연 알고 있었을까? 그는 엿듣고 있었으리라.

고토쿠의 단가가 촉매제가 된 셈이다. 고토쿠는 미야시타 주도의 폭열탄 투척 연습을 계기로 단가를 통해 동료들과 천황 시해에 대해 교감을 나누었다. 그의 단가가 분위기 조성에 일조했음을 부인할 수 없다. 결과적으로 폭열탄 투척 모의에 앞선 신년 초 예고문이 된 것이다. 내무성 경보국에 근무하던 구보 사부로(久保三郎, 나중에 지바시의 시장)도 단가가 불온했다고 지적한 바 있다.

어떻게 천황 절대주의에 정면으로 반기를 드는 일이 가능했을까? 고토쿠의 사상 변화에 주목할 필요가 있다. 제국주의 일본을 두둔하기도 했던 기자(만조보) 시절이나 평민사 이전과는 확연히 다르다. 평민사 활동을 하면서는 황실 부정의 시점을 견지한다. 1906년 이후엔 행동론에 방점을 찍고 아나키즘 운동을 펼쳤다.

허나 1910년 미야시타의 평민사 방문 후 주변 회유와 당국의 감시 등으로 고토쿠는 결의를 굳히지 못했던 것 또한 팩트다. 최종적으로 메이지 천황 암살계획 모의자는 미야시타 다키치, 간노 스가코, 니무라 다다오, 후루카와 리키사쿠인 것으로 판명되었다.

1910년 3월 고토쿠가 유가라온천에 머무르게 되자 니무라는 평민사에서 물러나기 직전 천황 암살계획이 그들 사상에 이익일지 불이익일지를 고토쿠에게 묻고 매듭을 지으려 했다. 그 시점에서 고토쿠가 소극적인 태도를 보였다는 것에 대해 이론의 여지가 없다.

그러나 한 해 전(1909년) 천황 암살 얘기가 나온 뒤 폭열탄 제조에 개입할 때는 달랐다. 고토쿠는 오랜 친구인 오쿠노미야 겐시(奧宮健之)를 평민사 자택으로 부른 적이 있다(간노 스가코의 일기). 오쿠노미야는 사회주의자가 아니었지만, 고토쿠에게 폭열탄의 구조를 가르쳐 줬다고 해서 대역사건 피고의 한 사람이 돼 처형당했던 인물이다.

고토쿠는 오쿠노미야에게 폭열탄의 구조를 배운 사실을 고백했다(예심조서). 고토쿠가 폭열탄 제조법에 대해서 오쿠노미야에게 들은 뒤 서생 니무라를 통해서 미야시타에게 가르쳤던 것이다(츠지노 이사오, 《동지사법학 48권》, 1996).

따라서 고토쿠가 배제된 뒤의 결과만이 대역사건 모든 것을 대변할 수는 없을 것이다. 고토쿠는 천황 암살에 대해서 항상 의식은 하고 있었다고 여겨지기 때문이다.

안중근 의사 서거 후 고토쿠가 안중근 의거를 기린 한시와 안 의사 사진이 새겨진 엽서를 품고 다닌 그 정신이 곧장 어떤 행위로 나타날 수 있는 것은 아니었을지 모른다. 하지만 단가처럼 다분히 의식적인 필터링을 거친 것 아니었을까.

천황 암살계획에 주도적으로 나서는 일에서는 물러섰지만, 고토쿠는 안 의사 거사를 기린 한시와 단가를 되뇌면서 절친한 동료들의 행보를 주시하고 있었다. 안 의사에게 깊은 감명을 받은 터라 그 행위를 동경하고 있었으며, 내면 깊숙이 잠재한 혁명의 꿈도 버리지 않고 있었으리라.

마쓰다에게 반려자를 소개한 후루카와 미키마츠의 형 리키사쿠는 이러한 고토쿠의 사상에 공감해 평민사의 일원이 되었다. 천황 암살모의에 후루카와 리키사쿠는 뒤늦게 합류했지만, 그도 대역죄를 범했다는 이유로 형장의 이슬이 되었다. 고토쿠와 모의자 4명을 포함해 12명이 사형을 당했다.

마쓰다 도키코 장녀 하시바 후미코는 어머니가 대역사건 사형수 동생 후루카와 미키마츠의 권유로 실업자 운동을 하던 오누마 와타루와 결혼했는데, 아버지 와타루는 아나키스트로서 구로하타(黑旗)사의 간판이 걸려 있는 2층에서 숙식했다고 증언한 바 있다(《어머니 마쓰다 도키코가 그린 궤적》, 《해풍》, 2007).

시대적 암운이 드리운 시대에 일어난 일이다. 마쓰다의 가족을 얘기할 때 화제가 되는 내용이다.

한·일 여성의 교육위원 선거 투쟁을 작품화

마쓰다 도키코가 조선의 민족교육에 남다른 열정을 보인 것에 대해서는 언급한 바 있다. 이 사실은 마쓰다가 일본 내지의 일본인 교육과 조선인 교육을 분리해 생각하지 않았다는 점을 입증한다. 그녀는 조선 역사와 언어를 배우는 민족학교를 찾았을 뿐만 아니라, 민족교육 수호 집회에 참여하고 남북통일의 당위성에 대해서도 역설했다.

"급진적 부르주아에 의하여 주도되던 과거의 문학에서 현장성이 강한 노동계급의 리얼리즘… 이 프롤레타리아 문학 논쟁을 가열시키고 있으며… 이러한 현장성이 강한 노동 계층의 민족적 리얼리즘이 결코 계급성에 함몰되는 것이 아니라는(문병란, 《민족문학 강좌》, 남풍출판사, 1991)" 것을 새삼 인식하게 된다.

일본 내에서 마쓰다 정도로 '노동계급의 리얼리즘'을 추구하고 '조선의 자주독립 노선'을 지지한 이는 흔치 않다. 우리네 시점에서 보더라도 그의 문학은 유의미하다.

〈R에 관한 일〉

마쓰다가 교육 현장을 바라보는 시선을 조선인을 비롯한 인물들을 통해 작품에 투영시킨 것은 해방 후였다. 일본 내에서는 민주화운동을 재일조선인과 손을 맞잡고 전개한 때가 있었다(에자키 준),

마쓰다는 처음으로 도쿄에서 교육위원 선거가 벌어지는 상황에 조선인 여성과 함께 선거 투쟁을 벌이는 사건을 소재로 삼아 집필한다. 작품명은 〈R에 관한 일〉. 그녀는 〈R에 관한 일〉을 1949년 잡지 《나의 대학》 13호에 발표했다. 단편소설이지만 조선인 여성 'R'이 주인공으로 등장한다는 점에서 눈길을 끈다.

작품 속에 등장하는 '나'가 'R'을 주목하며 그녀를 중심으로 펼쳐지는 얘기를 전달한다는 점에서 일인칭 관찰자적 시점으로 볼 수 있겠다. 하지만 '나'라는 화자=일본인 여성은 'R'에 대한 자신의 감정이나 느낌을 곳곳에 드러내고 있어서, 등장인물들의 연대와 공조가 두드러지는 측면이 있다. 따라서 '나'는 단순히 관찰자적 시점에만 머무르지 않는다. 때때로 전지적 시점을 내보이며 얘기에 개입한다는 점을 우선 거론하고 싶다.

소설 속에서 '나'라는 화자가 조선인 여성 'R'을 처음 본 것은 진보적 활동가들의 모임이 열린 날 저녁이었다. 화자가 한여름 다른 모임에서 돌아와 자기 집에서 열리고 있는 회의에 참여하는 장면이 펼쳐지며 소설의 막은 열린다. 방 입구까지 가득 찬 동료들 속에서 화자는 후미에 앉은 젊은 미인 두 사람을 발견한다.

일본인 여성인 화자='나'는 자신을 두 사람보다 두 배쯤 나이 든 여성으로 소개한다. 그러기에 두 사람에게 더 관심이 있다고 서술하면서 젊음과 외모를 동경하는 시선을 그들에게 보낸다. "나도 여자이므로, 게다가 나이를 먹었으니 이 새로운 얼굴의 여성들을 특히 따뜻하게 대해야"라고 말하는 것이다.

하지만 이 장면이 일찌감치 독자 마음을 사로잡기 위한 작가의 장치로 읽히는 것은 왜일까? 불온, 불순하다는 말을 듣는 코뮤니즘 추구 활동에 젊은 여성들이 모습을 보이는 자체가 경이로운 일이지만, 주목받을 만한 출신이었기 때문이다.

회의를 주도하는 의장의 소개로 젊은 미인 두 사람의 정체는 밝혀진다.

"소개할게요. 당신 곁에 있는 분은 R씨, 그 옆 분이 H씨입니다. R씨는 조선분으로 전에 중부 조직에 계셨는데 이참에 이쪽 4 가로 이사하셔서 우리 조직에 소속하게 됐어요. H씨는 C구의 신식 중학교 교사였죠."

의사진행 중에 의장이 화자에게 두 사람을 소개하자 화자는 젊은 동지를 만난 기쁨을 숨기지 않는다. 그런데 화자가 더욱 각별한 감정을 드러낸 것은 R이 조선인 여성이었기 때문이다. 그녀에게는 그날 밤 첫 만남이 예상외의 일로 새롭게 느껴졌다. 화자는 그 이후로 R에게 유달리 관심을 쏟는다.

회의는 도쿄 교육위원 선거를 앞두고 조직 자금 모금 운동을 급속히 펼치기 위한 목적이었고, 그 구체적인 방법을 숙의하기 위한 것이었다. 깃발과 플래카드, 서명부를 준비하고 러시아워 때 역 개찰구 앞에서 조직 선전을 하면서 행인의 관심을 끄는 일이 필요했다. 또한 R과 S 등의 조직원이 가가호호를 방문해 일용품을 팔고 그 수익을 조직 자금으로 사용하는 안이 채택됐다.

R이 동료인 S에게 온정을 베푼 것은 두 번째 회의 때다. 장교 출신 아버지가 세상을 떠 어머니와 둘이 지내는 신세이기에 S는 자신에게 결혼만을 강조하는 어머니에게 알리지 않고 조직 활동을 한다. 그래서 S가 밤의 활동이 불가능하고 주말 낮의 활동만 가능하다는 얘기를 듣고 R은 S의 일정에 자신의 일정을 맞추는 것이다.

R을 배려심 깊은 조선인 여성으로 그리는 작가의 필치가 돋보인다. 나아가 R과 S가 신분을 초월해 우정을 나누는 모습을 묘사하려는 작가의 의도 또한 엿보인다.

한편 작가가 화자에게 듣는, 혹은 독자에게 얘기를 전하는 역을 수행케 하면서도 회의 장소(조직 사무소)를 그의 집으로 설정, 중견 조직원으로서 두 사람을 지원하는 역할을 부여했다.

"얼마나 가련한 이들인가, 그 감탄의 독백 속에 나도 모르게 R을 주요 인물로 정했다"라는 화자의 표현은 이 소설의 방향을 제시하는 표식이었던 것이다.

조선 의복 통제하는 일본 정부 비판

그럼 화자에 비치는 조선인 여인 R의 얼굴은 어떻게 비칠까? 아니 작가 마쓰다는 조선 여인의 얼굴을 어떻게 그렸을까?

"R의 얼굴은 전혀 꾸밈이 없었고 고대 불상을 근대화한 것 같았다. 둥글고 긴 눈썹과 그 밑의 한 꺼풀 눈의 부푼 상태가 특히 그 모습을 생각나게 했다. 하지만 열릴 때나 다물 때의 입매는 그리스 여자 조각상과 닮아 있었다. 그리고 이마, 뺨, 턱 등의 전체적인 윤곽은…… 전형적인 동양 여인의 비할 데 없이 둥근 선이었다."

최근 마쓰다가 1954년 목격한 조선 처녀의 춤사위를 보고 집필한 시 〈조선 처녀의 춤〉에 견줄 수 있는 장면이다. 조선 여인의 아름다운 선의 극치를 묘사했으니 말이다. 마쓰다에게는 그 5년 전인 1949년 조선 여인의 모습을 바라보는 그녀만의 감상이 이미 내재하고 있었던 셈이다.

나아가 R을 통해서 조선인의 의복마저 탄압하는 일본 정부와 경찰을 비판하는 대목을 들추었기에 주목하지 않을 수 없다. R의 볼멘 목소리를 작가는 다음과 같이 새겼다.

조선 여인의 선을 연출하는 춤사위
(마쓰다 도키코 강연회에서)

"조선인은 주로 흰 옷을 입죠. 조선의 부인들은 남편이 설령 토목 일을 하는 노동자일지라도… 하루 입으면 시커멓게 변할 줄을 알면서도 그날 밤 반드시 새하얗게 세탁해 풀 먹여서… 다음 날 아침 새하얀 옷을 입히죠. 그런데 일본 정부는 조선인이 조선옷을 입어서는 안 된다는 법률을 내세워요. 입고 있는 게 발견되면 일본 경찰이 검은 먹물을 등에 가득 뿌려 ××(금지) 표시하는 겁니다. 그렇게 여인들이 잠을 자지 않고 깨끗이 세탁했는데 너무나 지독해요."

일제강점기 조선 의복까지 통제하는 제국주의의 만행을 R이 고발하는 장면이다. 이는 조선의 문화 탄압, 아니 모든 조선 여인에 대한 학대다. 화자는 위의 언설 뒤에 "일본인이 일본의 지배계급에 대해서 갖는 반감과는 어딘지 질이 다른, 완전히 조선인이 아니면 품을 수 없는 종류의 증오가 그때 R의 모든 표정에서 활화산의 연기처럼 피어오르고 있었다"고 묘사한다. R이 품은 분노의 정도를 가늠할 수 있을 터이다.

그런데 화자의 시선은 그러한 처지의 R에게 적극적으로 동정을 표하지 않는 동료를 질타하는 곳까지 미치기에 언급하지 않을 수 없다. "만일 R이 조선인이 아니라 일본인이라면 동지들도 더욱 열정적으로 R의 얘기를 듣지 않았을까?……나는 대부분 남성인 일본인 동지들이 더욱 강하게 R에게 동감을 표해주기를 원했다"고 서술하니 말이다.

이곳에 조선인에게 무관심한 일본인 동지들에게 경고 신호를 보내며 R의 얘기를 휴머니즘 그득한 메시지로 적극적으로 수용하는 화자의 시점이 잘 드러나 있다. 하지만 화자가 단지 일본인 동지들만을 청자로 삼아 한 얘기는 아니었을 것이다. 지배계급인 모든 일본인에게 발신하는 경고장이 아니었을까?

조선인 마음을 전혀 헤아리지 못하는 일본인을 책망하는 동시에 이심전심으로 R과 공감을 나누는 화자의 목소리는 다름 아닌 마쓰다의 발신음이다. 화자=나의 서사에 마쓰다의 목소리가 항상 겹쳐 있기 때문이다.

〈R에 관한 일〉의 뒷부분에는 일본의 진보세력과 재일조선인들이 합세해 '반전 평화'의 슬로건을 내거는 장면이 펼쳐진다. 도쿄 교육위원 선거 투쟁 와중에 R 일행은 "일본은 포츠담선언으로 전쟁을 포기했으니 무기는 없다 이승만!", "혁명 압살의 무기를 매입하려고 오는가 이승만!"이라는 글귀가 새겨진 전단을 뿌리며 이승만 방일 저지 운동을 전개한다.

R 일행이 이승만 방일 전후로 '재일조선인 민주단체'의 일에 더욱 몰입한 것은 당연하다. 마쓰다 도키코는 그것을 재일동포 모두에게 호소하는, 통일조선 민주 정부를 의식한 활동으로 소개했다. 당시의 시대상을 반영한 것임은 강조할 나위조차 없다.

재일조선인과 메이데이 투쟁에 나서다

1948년 〈메이데이 참가기〉 집필

마쓰다 도키코의 해방 후 활동을 돌이킬 때 그냥 지나칠 수 없는 기록이 있다. 재일조선인과 함께 메이데이 투쟁을 펼치며 목격한 현장 분위기와 실상을 전하는 내용이다. 마쓰다는 이것을 〈메이데이 참가기〉라는 제목으로 집필해 1948년 《노동평론》 6월호에 발표했다.

메이데이의 역사는 130여 년 전으로 거슬러 올라간다. 1886년 당시 미국 시카고에서는 노동자들이 하루 12시간 이상의 노동에 시달렸다. 도저히 견디지 못한 그들은 5월 1일 전국적으로 투쟁을 벌이며 8시간 노동 실현을 요구했다. 하지만 5월 4일 헤이마켓 광장에 모인 시위참가자에게 무장 경관이 주먹을 휘둘러 다수의 사상자가 발생하고, 자본가 측에서는 이를 계기로 8시간 노동제 약속을 파기한다,

"첫째 8시간은 일을 위해, 둘째 8시간은 휴식을 위해, 그리고 남

은 8시간은 우리가 좋아하는 것을 위해”라고 호소, ‘8시간 노동의 노래’를 부르면서 투쟁해 이룬 ‘8시간 노동제’다. 헌데 파기하다니 용납할 수 있겠는가. 노동자들은 더욱 조직적으로 시위 운동을 전개함과 동시에 세계를 향해 공동행동에 나설 것을 요구한다.

이 움직임이 확산하자 노동조합과 사회주의 운동 국제조직인 제2인터내셔널은 1889년 7월 창립대회를 개최해 “하루 8시간 노동을 법률로 인정, 5월 1일을 국제데몬스트레이션 날로 지정한다”고 공표한다. 이리하여 1890년 각국에서 제1회 메이데이 행사가 열리게 되는 것이다(민노총 자료 등 참조).

국내에서는 일제강점기인 1923년 ‘조선 노동 총연맹’이 주도해 노동절 행사를 최초로 개최했다. 이후 ‘노동시간 단축, 임금인상, 실업방지’ 등의 표어를 내걸고 국제적 분위기에 호응했다. 조선총독부 감시 아래의 체제에서도 노동자의 권익 향상을 위한 주장을 굽히지 않았던 것이다.

해방을 맞자 ‘조선노동조합전국평의회’가 결성되었고 1946년 20만여 명이 참가하는 대대적인 메이데이 행사가 열렸다. 1950년 후반엔 정부가 대한노동조합총연맹(한국노총의 전신) 창립일인 3월 10일을 노동절로 정하고 행사를 진행했다. 1963년 노동법 개정 시에는 명칭도 ‘근로자의 날’로 바꾸어 정했다. 이에 반발한 노동단체들은 노동절 되찾기 운동과 투쟁을 전개해 1994년 5월 1일로 재지정했으나 ‘근로자의 날’이라는 명칭은 그대로 사용되고 있다(같은 자료).

일본에서는 1920년 5월 2일 우에노(上野) 공원에서 약 5천 명이 참가한 가운데 최초로 메이데이 행사가 열렸다. 이 행사에서 시위를 탄압하는 '치안유지법 17조 철폐, 실업 방지, 최저 임금제 확립, 8시간 노동제, 도쿄시전(市電) 쟁의지원' 등의 안건이 참가자들의 동의를 얻었다.

그 후 1935년 16회까지 각지에서 열리다가 36년 육군 청년 장교들의 쿠데타 미수사건(2·26사건)으로 계엄령이 선포됐다. 그후 행사개최가 금지됐다. 하지만 해방 후인 1946년 다시 17회 메이데이 행사가 치러진다. 당시 도쿄의 황궁 앞 광장에 약 50만 명이 모여 '민주 인민 정부 즉시 수립'과 '임금 인상'을 외쳤다고 하니 그 기세를 가늠할 수 있을 것(《아카하타》 2005년 4월 30일자 등 참조)이다.

마쓰다 도키코 〈메이데이 참가기〉는 48년 19회의 메이데이 투쟁의 기록으로, 해방 후 3번째 열린 행사에 관한 체험적 서사다. 마쓰다는 당시 메이데이 투쟁 안건이 '고용 불안, 노골적인 자본가 횡포, 정부 측 가해행위'이었음을 밝힌다. 그리고 다수의 노동자가 황궁 앞 인민광장으로 속속 운집하는 풍경을 묘사한다.

도쿄역과 유락쿠초(有樂町)에서 광장까지 펼쳐지는 그 풍경이 두려울 정도로 거센 기세를 보이는 것이었다고 적는다. 나아가 "광장으로 몰려드는 노동자들의 얼굴빛과 육체에 들러붙은 영양부족과 과로와 남루한 옷"과 "저 높은 빌딩을 우뚝 세운 거리의 많은 통행인이 과시하는 일종의 득의양양함"을 대조하는 필치로 담아낸다.

60만 명 참가자, 조선인 대표 연설에 우레 박수

마쓰다가 주시한 것은 플래카드다. 47년 18회째 메이데이 투쟁과 비교해 '전쟁 반대, 세계평화!'라는 글귀가 압도적으로 많이 등장, 그게 일본은 물론 그해 세계가 내건 공통 테마임을 지적한다. 마쓰다의 시선은 거기에 머무르지 않는다. 쓰라린 패전을 경험했음에도 일본 시민이 원하는 평화는 정착될 조짐이 보이지 않거니와 노동자를 위한 정책도 반영되지 않고 있었기 때문이다.

"매국노 아시다(芦田)정부 물러나라!라는 플래카드를 들지 않은 조합 이나 단체는 찾아볼 수 없었다. 패전 후의 일본 정부 중 그 매국적 행위와 반국민적 행위에 대해 국민으로부터 지적당하지 않은 정부는 없었고 그런 까닭에 시위와 항의를 받지 않은 정부도 없었다. 노동하는 국민은 초지일관 민주적인 국민의 정부를 추구해왔다. 그 염원을 담은 플래카드와 그것을 위 한 최초의 불가결한 행보다."

플래카드에 염원을 새겨 한결같이 흔들어대는 참가자들의 모습 이 눈에 선하다. "노동전선 즉시 통일!, 노동법규 개악 반대, 관헌의 폭압 반대, 세금은 분별없는 자본가에게!, 설탕을 조미료로 배급하 라!"라는 문구에서도 알 수 있듯 근로 시민과 자영업자, 노동자·농민 의 불만이 속출하고 있었다. 어찌 비민주적 정책에 분노하지 않은 채 잠자코 있을 수 있을까. 플래카드 문구는 광장에 울려 퍼지는 노도와 같은 목소리를 대변해주고 있었던 셈이다.

거론하지 않을 수 없는 것은 그곳에 재일조선인의 목소리가 섞여 있었다는 사실이다. 결의문 속에도 "해외동포 귀환 촉진·생활 안정, 노동자의 문화창조·민족문화 수호"와 함께 "재일조선인의 자주 교육 에 대한 부당 간섭 절대 반대"라는 문구가 선명히 새겨져 있었다. 마쓰다 도키코를 비롯해 국철, 전산, 기계, 금속, 일교조, 탄광 일에 종사하는 일본 노동자들이 재일조선인의 민족교육 수호를 위한 주장에도 공감을 표한 것은 당연하다.

60만 명의 박수와 함성 속에서 재일조선인도 목청을 높여 "우리는 진정한 자유를 추구, 착취 없는 사회건설을 위해 더욱 확고한 투쟁 태세를 확립하고 끊임없이 노력해야 한다"고 천명했다. 나아가 "우리는 전 세계의 노동자와 함께 인류 행복과 평화를 파괴하는 금융 자본가·파시스트의 음모를 타파, 자유와 평화와 독립을 우리의 손으로 직접 확보해야 한다"고 선언한 것은 의미가 작지 않다.

마쓰다는 재일조선인연맹이 해방 직후 생활 안정과 고국 귀향, 자주 조선 건설을 위해 일본 내지의 조선인들이 결성한 단체임을 잘 알고 있었다. 마쓰다는 일본 농민조합, 사회당, 공산당 대표에 앞서 문화단체 연합회와 재일조선인연맹 대표가 축사 연설을 한 사실을 강조했다. 조선인 대표의 호소에 광장을 뒤흔드는 박수 소리가 울려 퍼졌다고 적시함에 주저하지 않은 이유이리라.

재일조선인연맹 중앙본부(1946년 당시)

48년 5월 1일 펼쳐진 일본 각 단체와 재일조선인의 메이데이 투쟁은 마쓰다에게 거대한 저항운동으로 받아들여졌다. 〈메이데이 참가기〉 끝에 마쓰다는 1927년 처음으로 메이데이 투쟁에 참여한 때를 회고한다. 당시 시바(芝)공원 입구의 트럭에서 턱끈을 하고 검을 찬 경관대가 행진하는 대열 한가운데로 뛰어들어 폭력을 행사하던 기억을 소환하는 것이다.

마쓰다는 참가자들이 그들과 난투극을 벌이며 시위를 강렬히 전개했다는 서술을 잊지 않는다. 메이데이 투쟁이 그들의 강경 진압에 굴하지 않고 정면으로 맞선 저항운동임을 입증하기 위해서였다.

그로부터 4년 후인 1952년 마쓰다는 〈메이데이 연시(連詩)—소녀에게—〉를 발표한 바 있다.

소녀에게

그대는 우리 앞에 서 있었다

검은 머리칼을 붉은 두건으로 두르고

스크럼은 단단히 단단히

발걸음은 강하게 빠르게

대열이여 차도든 인도든 빠져나가라

그대는 외쳤다

힘을 내라

노동자여 더욱 힘을 내라

그대 아래턱은 둥글면서도 쐐기형

흙먼지로 범벅이 된 밤색 피부

부드러운 눈빛

외치면서도 방긋

노래하면서도 생긋

그대 방향은 우리 방향

우리 저편은 우리 광장

저기 수로여 성벽이여

눈앞에 보이지만 멀기만 하구나

눈앞에 보이지만 멀기만 하구나

발걸음 밑 대지는 잿빛 머리칼을

휘날리기 시작했다

깃발 끝은 창이 되고

대열은 모로 비탈길을 가로질러

평지로 나서면 가슴 가득 우렁찬 외침

곤봉·철 투구를 곁눈질하며

이 나라 이 대열 유린의 사명을 띠고

다가오는 자들 한 사람도

그대는 놓치지 않으리

우리도 놓치지 않으리

그날을 위해 앞가슴은 경종을 치고

우리 머리칼은 깃발이 되고

우리 목숨은 강철이 되는구나

저들은 무장한 채 무장 차에서
권총을 겨누고 경적을 울리고
저 성벽 저편은 이미
저들의 화약 연기
저들의 총탄

수로 옆 잔디밭을 지나
돌 성벽을 기어오르는 대열 속 아낙들의 아래턱
소녀여 그대를 완전히 닮았구나.

우타고에 창시자 형제와의 인연

언니 돕다가 세상 뜬 세키 도시코 애도

마쓰다 도키코가 우타고에 창시자인 세키 아키코(關鑑子, 1899~1973) 형제와 막역한 사이임을 아는 이는 많지 않다. 세키 아키코와 그녀의 여동생 세키 도시코(關淑子, 1908~1935)는 사회운동으로 수미일관한 인물이다.

언니 아키코는 1929년 '일본프롤레타리아 음악가동맹'에 참가해 초대 위원장을 맡았다. 33년에는 선두에 서서 '일본프롤레타리아 음악가동맹'을 '일본프롤레타리아 음악동맹'으로 개칭했다. 이곳에서 작곡가와 연주자들은 합창곡과 가곡을 창작하고 프롤레타리아 음악 운동을 기치로 내걸었다.

우타고에 운동이 아키코의 주도 아래 진보적인 청년 노동자들을 중심으로 첫발을 내딛는 것은 해방 이후다. 1948년 이들은 중앙합창

우타고에 합창 행사(우타고에 킷사) 장면,
2010년 도쿄

단을 결성한다. 그리하여 53년 '제1회 우타고에 축전'이 열린다.

이들은 합창으로 평화운동을 펼치는 것을 목표로 내세우고 원폭이나 반전의 테마도 창작곡의 대상으로 삼았다. 그 후 우타고에 운동은 노동조합이나 직장 동호회는 물론, 일반 대중 속으로 침투했으며 세키 아키코는 이 공적으로 55년 국제평화스탈린상을 수상했다. (소학관,《일본대백과전서》등 참조)

그의 여동생 또한 투철한 사회운동가였다. 도시코는 청춘기에 언니의 운동을 돕기 위해 홋카이도에서 활동하다가 투옥된 바 있다. 그것을 계기로 도시코는 마르크시즘을 받아들여 평생 여전사의 길을 걷는다. 그녀의 반려자 사토 슈이치도 여생을 옥중에서 보냈을 정도로 가족 모두가 사회운동과 사상 무장에 몰두한 셈이다.

그런 만큼 세키 도시코는 가정에서 미망인처럼 세월을 보내야 했고 낳은 애도 조산으로 저세상으로 떠나보내야 했다. 그녀의 모습을 지켜보던 마쓰다 도키코는 애절한 마음을 담아 노래한다.

빼앗긴 자에게

(전략)

감옥 속의 당신 남편이

얼마나 갓난아이를 보고 싶어 하겠소
쐐기처럼 뾰족한 턱이랑
불꽃처럼 돋아난 배냇머리
아아, 나 또한 보여주고 싶다고 생각했다오.

하지만 갓난아기는 죽었소
피로 얼룩진 당신 몸의 바로 옆에서
단지 17시간 살더니— 죽었소
그 옆에서 당신은 일어섰소
지금 난 1월 18일자 신문 석간에 머물러 있다오
몇 번이나 머물렀는지
하지만 난 골반이 빠지더라도 당신이 구축해놓은
성을 무너뜨려서는 안 되오.

하지만 슬프오!
친구여, 언니여, 앞장서준 사람이여
어떻게 우리가 갚으면 좋겠소
눈물로
아니면 언어로
……아아, 관자놀이가 억울해서 터질 것 같소.

알았소!
땅이 꺼지더라도 당신이 구축해놓은 성을

지켜내겠소.

(마쓰다 도키코 시집《조선 처녀의 춤》, 범우사에서)

　　남편 사토의 검거로 인한 옥중생활로 세키 도시코는 홀로 출산할 수밖에 없었다. 헌데 설상가상으로 그 갓난아기가 17시간 후에 세상을 뜨고 말았으니 그녀의 심경이 어떠했겠는가. 마쓰다는 절친으로서 그녀를 위무한다.

　　마쓰다와 사상적 유착관계를 맺은 세키 도시코는 출산 전후 비합법적 운동에 앞장섰다는 이유로 유치장 생활을 하던 중에 보석으로 석방된 적이 있다. 그 후에도 재판을 앞두고 법정 출두를 거부하며 지하활동을 펼치기도 했다.

　　마쓰다는 빚을 진 마음으로 운동에 '앞장서준' 언니 아키코와 도시코 이름을 되뇌며 형제가 구축한 프롤레타리아 해방의 성을 수호하기 위한 노래 부르기를 멈추지 않겠다고 맹세하는 것이다.

　　그렇게 귀감의 표상이었는데 비운의 순간은 세키 도시코를 비켜 지나가지 않는다. 언니 뜻을 받들며 언니 돕는 일에 헌신, 지하활동에 매진하다가 노동운동 현장인 아사쿠사의 당구장에서 화재 사고를 만나 26세의 나이로 목숨을 잃고 만다.

　　앞서 소개했지만 마쓰다는 세키 도시코의 명복을 기원하는 '애도의 노래'를 발표했다. 마쓰다가 화재로 세키 도시코를 잃은 뒤 투옥과 석방을 반복하며 프롤레타리아 아트를 보전하기 위해 투쟁한 그녀의 과거 행보에 의미를 부여하고 그녀의 고결한 넋을 기리는 뜻을 담아 노래했다. 나아가 그녀가 못다 이룬 프롤레타리아 해방의 꿈과 포부를 계승하겠다는 결연한 의지를 천명했던 것이다.

언니 아키코는 우타고에 운동의 선구자로 많은 이에게 추앙받고 명성을 얻었다. 이에 반해 그녀는 안타깝게도 요절했다. 하지만 언니와 사상적 궤를 같이하는 일에서 한시도 이탈하지 않은 삶을 살았다.

그녀가 독일 영화 〈회의가 춤춘다〉라는 주제가에 매료되어 평소 읊조리던 가사 "그 아주머니가 출옥했다고!"를 어린애들이 따라 부른 것은 그녀가 그 정도로 투옥으로 알려진 여전사였음을 방증한다. 마쓰다가 어린애들이 노래 부르는 모습을 묘사한 것은 그녀의 강직한 성정과 치열한 운동의 발자취를 새기기 위함이었을 터이다. 〈애도의 노래〉에는 자신을 포함해 감옥 밖에 있는 자들이 '무력'해서 그녀에게 '내리쬐는 태양 빛을' 쐬게 해주지 못한 것을 자성하고 책망하는 목소리가 배어 있다.

마쓰다 도키코는 권력의 횡포에 수그러드는 모습을 주위에서 보아왔다. 허나 세키 도시코는 여느 때나 '결연히 투쟁을 선언'하는 혁명가였다. 동지이자 친구의 '죽음 앞에 최후의 눈물까지도' 흘려야 했던 이유다. (〈애도의 노래〉에 대해 보충해서 언급해둔다)

이러한 세키 아키코와 도시코 형제, 그리고 그녀 가족의 의지와 희생이 바탕이 돼 우타고에 운동은 국경과 시대의 경계선을 넘었다. 우타고에 합창단이 5월 광주를 찾은 지 오래고 매년 민주 성지에서 평화운동을 펼치며 시민들과 연대의 손을 맞잡고 있어서 감회가 남다르다.

그녀와의 추억을 소설과 시와 에세이로 남겨

마쓰다 도키코가 자전적 에세이 《회상의 숲》에 도시코와의 교류를 추억한 것은 78세 때(1978년)다. '일본민주주의문학회'가 발행하는 《민주문학》 1월호부터 《회상의 숲》을 연재하기 시작하는데, 그녀와의 교류를 12장에서 구체적으로 소개한다.

마쓰다는 한편 《회상의 숲》 제1회에 '태양과 빌딩'이라는 제목으로 전범 기업 미쓰비시에 대한 감정을 선연히 드러냈다. 해가 뜨는 도쿄역 앞에서 본 미쓰비시의 마루빌딩. 그 미쓰비시의 "소유물에서 너무나도 큰 압박감, 뿌리칠 수 없을 정도로 피 정복감을 느꼈다"고 토로했다.

권력과 거대자본의 카르텔 조장에 앞장선 미쓰비시가 자기 고향 광산은 물론 도처에서 노동력 수탈을 일삼는 사실을 갈파했던 것이다. (지금도 여전히 미쓰비시 계열 미쓰비시중공업은 징용피해자 문제에 인본주의를 뿌리친 채 권력만을 추종하는 우익집단 카르텔의 논리를 답습하고 있다)

마쓰다는 대표적인 소설 《오린 구전》에서도 독점자본 미쓰비시가 얼마나 노동자들의 임금을 착취하고 그들을 학대했는지, 또한 그 때문에 남편을 여의고 자식 둘을 품은 채 근근이 살아가는 여성의 삶이 어떠했는지를 리얼하게 그려내어 미쓰비시의 소행을 낱낱이 고발한 바 있다. 이런 미쓰비시 같은 거대 악덕 자본과의 결투에 세키 형제와의 교류와 인연, 그들과 맺은 사상적 자장이 면면히 관류하고 있음은 두말 할 나위 없다.

마쓰다는 1930년대 이미 그녀를 모델로 한 《여성의 고통》을 소설로 집필했었다. 그럼에도 시편을 통해 그녀의 활동을 치하하고 죽음을 애도함에 그치지 않고 에세이를 통해서도 망자에 대한 애틋한 기억을 소환해 낸 것이다. 그 정도로 마쓰다의 일생에 세키 도시코가 주요 인물로 각인되어 있었다는 근거다.

아픔 딛고 일어나 기념비적 시집 출간

도쿄전력 차별철폐 투쟁에 나서

마쓰다 도키코가 70대 중반에 이르러 자전적 에세이 《회상의 숲》을 연재하다가 노동자 문제 해결을 위해 다시 현장으로 뛰어든 것은 1978년. 도쿄전력 차별철폐 소송으로부터 2년이 지날 무렵이었다.

'도쿄전력 차별철폐'는 도쿄전력이 진보적인 종업원과 노동자에 대해 정치적 편향성을 이유로 임금이나 승진에 불이익을 주며 차별 대우를 되풀이하자 거기에 항의하며 내세운 구호다.

도쿄전력의 사상 통제는 전방위적인 압박을 일삼는 행태로 드러나고 있었다.

그들은 특정인에게 인사이동을 가하고 문예 서클 가입자에게 불이익을 주는 조치를 하기도 했다. 또한 노조의 움직임이 심상치 않자 '적정인원 대책위원회'라는 희귀한 조직을 앞세워 인사권을 남용하며 비판을 잠재우려 했다.

차별을 견디다 못한 종업원 142명은 민주주의를 외치며 일본 독점기업의 소행에 정면으로 맞설 것임을 선포한다. 나아가 그들은 도쿄전력 측에 미지급 임금 반환, 공식적인 사과를 요구하며 1976년 도쿄, 요코하마, 지바, 고후(甲府), 마에바시(前橋), 나가노(長野) 등의 6개 지방재판소에 소송을 제기한다.

2년이 지나자 제2차 총회가 열렸고 마쓰다는 다른 이들과 함께 대표위원으로 선출됐다. 그녀는 종업원들을 대변해 실천적 면모를 드러내면서도 한편 재판으로 투쟁하는 이들의 집회와 재판 경위를 철저히 취재했다. 그리고 도쿄전력의 인권침해, 임금차별에 항의하는 내용을 담아 《당신 속 위선의 모습들》이라는 작품을 약 1년에 걸쳐 신문에 연재한 뒤 출간하기에 이른다.

도쿄전력 인권침해·임금차별 철폐소송 원고단 부단장을 맡았던 스즈키 쇼지 씨는 '도쿄전력의 사상차별 문제와 마쓰다 도키코'라는 제목의 강연에서 다음처럼 회고한 바 있다.

마쓰다 씨는… "도쿄전력의 지독함을 알았다. 이제 잠자코 있을 수 없다"고 하며 투쟁 속에 말하자면 자신의 몸을 던졌죠. 함께 투쟁하는 멤버의 시각으로 지원하는 의미 이상의 행동을 보여준 사람이었습니다. 아무튼 그 작은 몸으로 참으로 열정적으로 이쪽저쪽 행동이 전개되는 곳마다 찾아다녔습니다. 특히 《당신 속 위선의 모습들》의 집필 준비 당시에는 현장에서 일하는 노동자들의 생활 전반을 알고 싶다는 생각에 사로잡혔다고 말했죠. 그러니까 그때부터 녹음기를 한 손에 쥐고 메모하기 시작했습니다. (제8회

'마쓰다 도키코를 얘기하는 모임' 강연에서 발췌, 회보 15호)

마쓰다에게 발로 뛰는 작가=족가(足家)라는 별칭이 붙은 이유를 유추해볼 수 있는 내용이다. 그녀는 반드시 사건 현장에서 들려오는 생생한 목소리에 귀를 기울이려고 애썼거니와 관계자 증언을 통해 사건 전후의 배경을 파악하고자 예민한 촉수를 곤두세우는 일을 마다하지 않았다.

마쓰다의 심상(心象)은 도쿄전력이 휘두르는 '도리에 맞지 않는' 권력에 대항하려는 세력과 함께하려는 열정으로 가득 차 있었다. 그런 만큼 투쟁하는 노동자는 물론 그 가족들을 향한 애정의 깊이를 가늠해볼 수 있는 대목이다.

장편소설《당신 속 위선의 모습들》속에서는 그러한 도쿄전력 횡포에 대해 전쟁을 연상시키는 것으로 묘사했다. 특히 지옥과 같은 곳에서 일하는 여성의 고통에 대한 무게를 도저히 감내할 수 없는 것으로도 새기기도 했으니 젠더 이슈의 관심을 담아내는 일도 빠뜨리지 않았던 셈이다.

《당신 속 위선의 모습들》의 여자주인공으로 일컬어지는 다니구치 에이코 씨는 "제가 본점에서 동료 여자애들과 문예 서클을 만들어 처음으로 잡지를 발간했습니다. 그게 완성된 순간에 저의 상사인 수력발전과 부장에게 불려 갔는데, 〈무얼 만들었나? ……이런 짓을 한다면 이곳에서 근무할 수 없어〉라고 하며……이동하라는 전근 명령이 내려졌죠. ……네리마(練磨) 지사로 갔는데 거기에서는 〈저자는 빨갱이다〉라는 꼬리표가 붙어 있었어요"라고 증언한 적이 있다('마쓰다 도키코를 얘기하는 모임'에서의 발언).

마쓰다와 관련한 화제에는 피해자나 증언자의 얘기가 종종 등장
한다. 예컨대《당신 속 위선자의 모습들》의 경우도 그렇다. 도쿄전력
차별철폐 투쟁, 그리고 기업이 정치권력과 결탁해 원자력발전소 투자
에 혈안이 된 국민 기만행위를 고발하는 지문에 소설 속 모델의 증언
이 생동감을 불어넣는 것이다.

탄광 가스폭발 사고 후 소비에트 방문

기업 종사자들의 인권 문제로 치열하게 고투하던 마쓰다에게
1980년 초 큰 시련이 찾아온다. 결혼한 장녀, 그리고 손자와 함께 시
간을 보내는 일상이었는데, 아끼던 손자가 소아암으로 8세를 넘기지
못하고 세상을 뜨고 만다.

광산 노동자의 빈한한 가정에서 태어났기에 어머니가 더욱 자신
에게 사랑을 쏟았던 만큼 그것을 잊지 못한 마쓰다는 그 사랑을 고스
란히 자기 장녀인 하시바 후미코에게 물려주는 모습을 보였다.

'도쿄전력 투쟁의 어머니'(스즈키 쇼지)로 불릴 정도로 그야말로 법
정과 현장을 오가며 피해자 지원을 위해 각고의 노력을 기울여왔던 그
녀다. 지친 몸을 이끌고 가정으로 돌아와 태어났을 때부터 귀여워한
손자 다이치로(太一郎)를 바라보는 눈빛이 어떠했을지 가히 짐작할 만
하다. 그야말로 낙심천만이라고 형용할 수밖에 없는 심경이었으리라.

그런 아픔을 견뎌내고 이룬 성과가 단편소설 〈산 벚나무의 노래〉
다. 마쓰다는 어린 시절 의붓아버지가 어머니와 자신에게 폭력을 행
사하던 상황에서 어머니에게 광산에서 탈출하자고 종용하던 기억을

도쿄전력 투쟁지원 공투 회의 후의 항의행동(1991)

소환해 1982년《아카하타》신문에 발표한다.

　물론 쓰라린 체험을 딛고 일어나는 데는 다시 노동쟁의 현장으로 뛰어든 그녀의 사회활동이 디딤돌이 되었다. 홋카이도의 후쿠탄유바리(北炭夕張) 탄광에서 일어난 가스폭발 사고로 93명이 목숨을 잃은 현장으로 관심의 눈길을 옮기지 않고는 배길 수 없었던 것이다.

　화염 진화를 위해 탄광 갱내로 물을 주입해 희생을 키웠던 이 사고는 정치권력이 원자력발전소 추진 정책을 밀어붙이다가 빚어진 인재였다. 이 사고로 탄광은 폐쇄됐고, 2천여 명의 탄광 노동자가 직장을 잃었다. 마쓰다는 사건 현장 방문기를《아카하타》에 게재해 무리한 정책을 추구한 정부의 에너지 정책을 질타하고 희생자들의 넋을 위로했다.

　이런 와중에 마쓰다에게 일본을 벗어나 새 문물을 접할 기회가 찾아온다. 마쓰다가 소비에트 여행길에 오른 것은 1984년 여름이다. 장녀 하시바도《아카하타》기자 생활을 했지만, 차남 사쿤도는《아카하타》의 모스크바 특파원으로 부임해 있었기에 마쓰다의 소비에트 여행을 지원할 수 있었다.

10대 시절 러시아문학에 심취했던 마쓰다인 만큼 톨스토이 저택 근처 버스정류장을 그냥 지나치지 않았다. 그곳에서 찍은 사진과 더불어 고리키 집 정원에 핀 자완 꽃을 보고 지은 시가 남겨진 배경이다.

자완 꽃

자완 꽃에 대해서는 한 번도 노래하지 않았던

고리키 집 정원에

자완 꽃이 흐드러지게 피어 있었다.

고리키 집 벽에 어른거리고 있던 것은

고리키 책과 여행 때 본 빈민의 굶주린 눈동자

목까지 석유 늪에 잠긴 소년 노동자

깊은 구렁 속 다수의 인간과 혁명가들

세계에 도전한 10월 혁명의 두루마리 그림이었다.

허나 이 집 정원에는 젊은 날의 고리키가

망토를 걸치고 서 있었고

한여름 소련의 푸른 하늘이

그를 온통 풀빛으로 휘감고 있었다
그의 발밑에는 실로 동양적인 자완 꽃이
피어 있었다.

이곳에서 나는 일본 탄광에서 광석을 줍던 어머니 목소리를 들었다

"얘야 와서 봐라, 자완 꽃이 피었구나!"
그건 내가 세상에서 처음으로 본 자완 꽃
광부 합숙소의 손 씻는 곳 옆 흙무덤에 핀
단 한 그루의 자완 나무에서 핀 꽃이었다.

그 자완 꽃이 고리키 집 정원에 피어 있었다
그래서 나는
고리키 집지기에게 부탁해 서너 송이를
꺾어서 받아왔다.

태어난 광산에서 고리키 '첼카시' 등을
읽은 이후
나는 고리키 팬이었다.
그래서 서너 송이의 자완 꽃은
지금도 내 노트에 계속 피어 있다
연보랏빛을 띤 채로 향기를 뿜어내고 있다.
- 1984년

　고리키 자택에서 자완 꽃에 담긴 추억을 회상하는 마쓰다의 모습이 선연히 비친다. 그녀 어머니가 고향 광산에서 손으로 가리키던 자완 꽃을 고리키를 애독하며 자란 그녀가 그의 자택에서 발견하리라고는 생각지도 못했을 터다. 그런 의미에서 보면 마쓰다에게 자완 꽃은 시간과 인연의 끈을 잇는, 즉 추억의 향기를 뿜는 매개체나 다름없다.

　다음 해 마쓰다는 80세를 맞이해 모든 시를 한 권으로 정리해《마쓰다 도키코 전(全)시집》을 출간했다. 시인 오시마 핫코(大島博光)는 "이 시집 자체가 일본 시에서 하나의 기념비"(《마쓰다 도키코 사진으로 보는 사랑과 투쟁의 99년》, 140p)라고 평가한 바 있다.

엄마들과 진폐 노동자를 대변한 활동

도쿄의 엄마들에게 평화정신 호소

마쓰다 도키코의 80년대 후반을 주목해보자.

마쓰다가 "어머니는 지상에서 핵이 아니라 낙원을 추구합니다"라는 표제를 내걸고 고베시에서 열린 일본 모친대회에서 기념 강연을 한 것은 1987년 여름이었다. 일본 모친대회는 어머니의 생명 양육 정신에 기반하여 생명의 소중함과 평화의 중요성을 내외에 알리는 운동으로 1995년 도쿄에서 열린 제1회 대회가 모태였다.

모친을 "모성을 지니는 모든 여성을 대상으로 한 통칭"으로 인식, "생명을 잉태하는 모친은 생명을 기르고 생명을 수호하는 것을 원한다"는 슬로건 아래 여성단체, 사회운동 단체, 노동조합, 교육단체, 시민단체 등으로 구성된 실행위원회가 매년 개최하는 대회였다. 성별이나 신분 등에 상관없이 다수의 시민이 그 대회에 참가했다. (일본 모작가, 노동운동가, 어머니의 삶을 살아온 마쓰다는 여러 고난을 극복하고 사회적 메시지를 발신할 수 있는 위치에 서 있었다. 그런 만큼 감회가 새로웠을 터이다. 강연자로 참석한 그녀는 1만여 명의 청중 앞에서 "세계의 인류 50억 인구가 전부 여자의 배 속에서 태어났다고 하는 사실"을 강조했다. 나아가 핵의 공포를 엄마들이 나서서 차단해야 한다고 설파했다.

히로시마, 나가사키의 재앙이 마음 한구석에 항상 트라우마로 남아 있는 일본인에게 '원폭'이나, '핵'이라는 단어는 공포 그 자체다. 마쓰다가 일본 모친대회 강연 1개월 전(87년 7월) 〈더없이 아름답고 풍부한 지구를〉이라는 시를 집필한 것은 그녀의 뇌리에도 항상 '핵의 공포'라는 단어가 깊게 새겨져 있었기 때문이다.

더없이 아름답고 풍부한 지구를

더없이 아름답고 풍부한 지구를
죽음의 상인들 손에서
우리 엄마들 손으로

엄마들이여
엄마와 할머니와 증조 할머니여
미래의 엄마인 딸들이여
5만 발 죽음의 핵병기에
그 천만 억 배의 엄마들인 우리

비핵 염원의 행위로 대항하자

그것을 위해

자식, 손자, 증손자 포함해 한 사람도 빠짐없이 손을 맞잡자

우리 동 세대 사람들 지구의 자식들

그 지구의 자식들 50억을 낳은 엄마들이여

자아! 어서

— 1987년

마쓰다는 모친대회 개최 전부터 지구의 모든 엄마에게 바치는 노래를 이미 부르고 있었던 셈이다. 피폭자들의 처참한 일상과 고통을 고발한 오에 겐자부로의 《히로시마 노트》, 주검을 헤치고 물을 찾는 이들의 참혹한 현장을 그린 한수산의 《군함도》 말미 등을 들추지 않더라도 '죽음의 핵병기'가 초래한 인류의 재앙에 대해선 상상하고도 남는다.

원폭돔(히로시마 평화기념관 내)

45년 8월 15일 모든 것이 불타 재로 변한 자신의 집터에서 물끄러미 하늘만을 쳐다볼 수밖에 없었던 마쓰다였다. 전쟁을 몸소 체험하고 그 상흔이 어떠한 것인지 처절히 맛보며 살아온 그녀에게는 두 번 다시 그런 불행을 막기 위

한 호소야말로 무엇보다 절실한 것이었다. 그런 까닭에 모친대회 2년
후에도 어김없이 엄마들에 대한 참여와 독려의 목소리를 드높였다.

도쿄의 엄마들에게

도쿄의 엄마들이여

드디어 약속한 때가 왔어요, 도(都)의원 선거네요

당신들의 한 표로 아무쪼록 도쿄의 원폭 기지를 없애 주세요

그리고 많고 많은 귀여운 애들의 40명 학급을 늘려 주세요

그리고 세계에서 제일 비싼 도쿄의 수도 요금을 대폭 인하해 주세요

하물며 지갑 속 5엔 동전 1엔 동전까지 억지로 빼앗는 소비세를

당신들의 한 표로 폐지해 주세요

우리들 피와 땀의 덩어리인 세금을 1전이라도 사람을 살육하는

군사비와 엎친 데 덮친 자민당의 악정에 사용되지 않도록

다시 한 번 다시 한 번

도쿄에

복지와 평화의 혁신 도정이 부활할 수 있도록

당신들의 한 표를 (하략)

— 1989년

강연 2년 후인 89년에 집필한 시지만 평소 일관되게 주장해온 마
쓰다의 호소가 가감 없이 반영된 작품이다. 시민들의 혈세가 무엇보
다 도쿄의 원폭 기지 유지에 쓰이는 것을 막으려는 그녀의 몸부림이
절절히 배어 있다.

마쓰다는 엄마들의 힘을 대단한 것으로 여기고 있었다. 엄마들이 야말로 전쟁이 아니라 '평화', 죽음이 아니라 '생명', 타향이 아니라 '고향'의 상징이자 대지를 비추는 태양과 같은 존재라고 믿고 있었던 까닭이다.

그녀가 모스크바 여정을 마치고 일본으로 돌아와 "고향의 넓고 넓은 푸른 하늘/ 고향의 흰 구름 피어오른 산들/ 고향 농민의 땀에 곡식이 익는다/ 광대한 논밭/ 어머니 같은 대지와 태양이여/ 태양이여 태양이여/ 이제부터라도 늦지 않다/ 익어라 비추어라"(자선집 9권에 수록)라고 노래한 것도 그와 같은 믿음과 무관하지 않다.

전쟁 전으로 돌아가서는 안 된다

엄마의 마음으로 평화를 수호하기 위한 마쓰다의 활동은 그칠 날이 없었다. 마쓰다는 누구보다도 전쟁 전으로 돌아가서는 안 된다고 주장한 작가다. 전쟁이 인간성 자체를 말살하는 동인이요, 무력을 동원해 사상과 자유를 억압하는 분위기를 형성하는 요인임을 누구보다도 뼈저리게 깨닫고 있었기 때문이다. 마쓰다는 〈전쟁 전으로 돌아가서는 안 된다〉라는 제목으로 《구원신문》(1997년 1월 5일자)에 다음과 같은 글을 발표한 바 있다.

나는 문학을 할 셈이었으므로 《무산자신문》에 시 등을 보내기도 했습니다. 시를 쓰는 여자가 그렇게 많지 않았기에 'M'이라는 이명을 썼지만 '그 여자일 거야' 하고 표적이 되었죠.

끌려간 나는 매우 협박을 당했으나 뺨을 맞는 정도에 그쳤고 금방 나올 수 있었습니다. 특별고등경찰의 격노하는 목소리가 지독했죠. 또한 그 언변이 듣기 어려울 정도였어요. "이년, 새끼"라고 말했어요. 아버지는 '놈'으로, 부인은 '년', 어린애는 '새끼'라고 호칭했습니다. "어린애를 업고 운동 따위가 가능하다고 생각하나? 이 멍청이"라고 했죠. 인간 취급을 하지 않았어요. 천황제 경찰의 빈민에 대한 대우는 훨씬 차별이 심하죠. 권력이라는 것이 더러워요.

마쓰다의 체험은 어떤 사건, 사고, 또는 그것을 불러일으키는 어떤 계기를 만나면 어김없이 되살아나서 분노와 결기로 분출된다. 굴복이나 좌절의 방향으로 꺾이지 않고 굳은 의지를 수반, 가해 주체에 대한 강력한 저항으로 현재화한다.

예컨대 자신이 자란 아라카와 탄광에서 일어난 사건에 대한 대처는 남달랐다. 83세 고령임에도 잔뜩 성난 표정과 격렬한 항의의 목소리에는 종종 탄광 노동자를 위한 거친 숨결이 담겼다. 마쓰다가 자기 고향 탄광을 떠올리며 진폐 피해자의 소송 지원에 나선 것은 알려진 일이다. 탄광 노동자가 오랫동안 탄광에서 분진 가루를 흡입한 나머지 폐 손상으로 국가와 기업을 상대로 제기한 소송을 방관하고 있을 수 없었던 것이다.

마쓰다의 탄광 노동자에 대한 지원은 만년에 이르기까지 지속되었다. 나가사키 후쿠쇼(北松) 진폐 소송, 도난(道南) 진폐 소송, 미쓰이 광산 본사 연좌, 나가사키 진폐 소송, 미야기현 호소쿠라(細倉) 광산 등 각 지역의 진폐 소송과 투쟁에 관여하고 진폐 소송 집회에 나서서 피해자들의 지원에 진력했다. 그런 지원활동에 마쓰다의 예리한 펜

측의 움직임 또한 빠지지 않았다. 그러므로 각 현장 노동자에게 큰 힘
이 되었다.

진폐 없이 21세기로

향기로운 공기와 햇볕과 땅의 풍요로움

이 아름다운 지구에 인간으로 태어나

그 혜택을 충분히 누릴 여유도 없이

밤낮없이 땅 밑에 있으면서 먼지투성이가 되어

자원을 계속 파내던 노동자를 기다리던 것,

그것은 빈곤과 전쟁과 재해와

빼앗긴 공기와 죽음의 고통을 안겨준 진폐였다.

일본의 서쪽 끝, 나가사키 후쿠쇼의 땅에서

진폐를 용서하지 말라는 외침이 전국 노동자의 혼을 불러일으켜

탄광이나 광산이나 조선(造船)이나 터널 등

많은 먼지투성이의 직장에서

진폐가 없는 21세기를 향한 투쟁은

인간 노동자의 존엄을 걸고 지금 시작되었다.

진폐 피해자로 눈을 감은 영혼이여! 편안히 잠들라.

— 2002년

마쓰다는 탄광에서 전쟁과 재해로 인간성을 박탈당한 채 오로지
일본제국주의의 전쟁을 위해 증산에 내몰리던 노동자들의 편에 서는
활동에 매진했다. '빼앗긴 공기'와 '먼지투성이'라는 표현에서 탄광 노

동자의 상흔 치유, 생존권 수호가 얼마나 급선무인지를 확인할 수 있다. '인간 노동자의 존엄' 회복을 위한 실천적 투쟁, 그와 관련한 글쓰기가 자기 소임임을 인정한 셈이다.

한편 마쓰다는 1980년 후반에 이르자 삶과 문학을 정리하는 작업에 착수한다. 지나온 과거와 활동을 토대로 쓴 시를 담아 1987년 여름《발로 쓴 시, 시화 10편》을 간행했다. 그리고 이듬해에는 〈어린애와 문학〉, 〈여성 수상(隨想)〉, 〈다키지, 유리코, 고리키〉, 〈사람과의 만남〉, 〈역사와 문학〉 등 평소 자기의 삶과 문학에 대해 되돌아본 글 37편을 엮어서《사는 것과 문학과》를 펴냈다.

부록

강연록

일본의 양심적 작가와 해방 전후
일본 내의 한·중·일 시민연대
— 마쓰다 도키코와 김일수를 중심으로 —

들어가며

마쓰다 도키코(1905~2004)는 어떠한 작가일까? 한국의 시점에서 살펴보면 일제강점기 조선인 희생 문제에 누구보다 앞장서 실천적 운동을 전개한 작가이다. 마쓰다 도키코는 태평양전쟁 말기에 발생한 하나오카 사건과 그 사건의 발단이 된 나나쓰다테 사건을 접한 뒤부터 현지 조사를 하는 등 직접 진상규명 운동에 몰두했다. 그리고 제국주의가 이국 노동자들을 학대하고 살상한 현실을 고발하기 위해 대표작《땅밑의 사람들》을 비롯해 다수의 르포와 시, 보고서 등을 집필했다.

한마디로 하나오카 사건 진상규명을 통해 일본제국주의의 가해 역사를 밝히고 평화와 민주주의를 수호하기 위해 필사적 투쟁을 펼친 작가로 볼 수 있다. 하나오카 사건을 저자 생애와 분리해 생각할 수 없을 정도다.

한편 마쓰다 도키코와는 떼려야 뗄 수 없는 동지 관계였던 김일수(金一秀, 1924~생사불명)라는 인물이 있다. 김일수는 태평양전쟁 말기 강제노역으로 일본으로 끌려가 광산에서 노동하던 조선인이다. 그런데 마쓰다의 르포 《하나오카 사건 회고문》을 통해서도 살필 수 있지만 그가 하나오카 사건 중국인 피해자 유족대표를 맡아 유골 수습에 앞장선다. 더구나 마쓰다 도키코가 1950년 가을 하나오카 사건 현지 조사를 위해 답사했을 때는 안내역을 맡는다.

조선인과 중국인 피해 실상을 낱낱이 전하는 조선인 김일수. 마쓰다 도키코는 이 김일수를 비롯한 피해자들의 증언을 참고로 대표작 《땅밑의 사람들》을 완성했다. 《땅밑의 사람들》은 하나오카 사건을 세상에 알리는 계기가 되었다. 하나오카 사건과 관련한 마쓰다 도키코와 김일수의 활약을 되짚어보면 출신지와 지위를 초월해 진정으로 인간애 정신을 발휘한 두 사람의 모습을 접할 수 있다.

하나오카 사건을 파악하기 위해서는 그 배경을 들여다 볼 필요가 있다. 전쟁에 광분하던 일본제국주의와 그 추종기업 후지타구미(藤田組)=도와홀딩스(동화광업)는 1944년 5월 하나오카 광산의 노동자들에게 전쟁 수행을 위해 증산을 강요, 중심기둥도 세우지 않은 난굴로 하나오카 강 밑을 파헤치게 했다. 갱도가 허물어져 조선인과 일본인 노동자 22명이 생매장되는 나나쓰다테 갱도 붕괴 사건이 일어나는 원인이다.

그 1개월 후 사고가 난 하나오카 강 수로 변경 공사를 위해 가지마구미(鹿島組)=가지마건설이 중일전쟁의 중국인 포로들을 끌어들였다. 포로들은 1년여 동안 중노동과 기아에 시달리다가 견디지 못하고 봉기를 일으키나 일본군과 경찰에 붙잡혀 전원 학살되었다(그때의 희생자 100여 명을 포함해 1년여 동안 419명이 사망). 이 하나오카 사건은 일제강점기 일본에서 발생한 가장 비극적이고 상징적인 사건으로 볼 수 있다.

하나오카 사건과 관련한 김일수의 행적을 살피면 역시 조선인 11명이 생매장당한 나나쓰다테 사건에 관한 관심이 중요한 동기가 된다. 1949년 6월 《해방신문》 기자 박준(朴準)이 조선인 이종응(李鍾應) 씨를 방문한 뒤 나나쓰다테 사건과 하나오카 사건에 대한 조사를 개시하고 김일수는 이에 적극적으로 협력한다(《하나오카 사건 50주년 기념지》, 하나오카 땅 일중부재전 우호비를 수호하는 회, 1995).

그 두 달 뒤인 49년 8월에는 하나오카 광산에서 김일수와 이종응(李鍾應)이 중국인 피해자 유골을 발견한다. 이 사실이 유일화교(留日華僑)민주촉진회와 일본 진보 단체에 전해져 11월에는 파견된 기자들과 협의회를 개시한다(江崎淳, 〈해제·해설〉(마쓰다 도키코 자선집 제6권, 《땅밑의 사람들》, 사와다출판, 2004年). 이리하여 다음해 초 《화교민보》와 《아카하타》 신문을 통해 세상에 알려지는 것이다.

1950년 4월경에는 김일수와 지역민 사토 와키지(佐藤和喜治)가 하나오카 우바사와(姥澤) 계곡의 흙구덩이에서 노출된 유골을 다수 발견해 신쇼지(信正寺) 뒤쪽의 납골당에 안치한다(《하나오카 사건 50주년 기념지》). 김일수가 현지 조사 때 마쓰다 도키코를 안내한 것은 같은 해 9월이다. 물론 하나오카 사건 진상규명에서 유골 송환에 이르기까지 많은 관계자의 노고와 헌신이 있었음을 무시할 수 없다.

그 점을 염두에 두면서 일본 지식인을 대표한 마쓰다 도키코, 그리고 현지 일본인과 조선인의 지도자 역할을 펼치면서 중국인 유족 대표를 맡은 김일수의 활동을 주목하고자 한다. 나아가 하나오카 사건과 관련한 해방 전 한·중·일 노동자 연대를 살펴본 후 마쓰다 도키코와 김일수를 비롯한 제 시민단체 활약으로 해방 후 어떻게 한·중·일 시민연대로 확대되는지 그 과정과 실상을 명확히 하고자 한다.

1. 친조선 작가 마쓰다 도키코의 탄생과 의미

일본 작가 중 마쓰다 도키코 정도로 일제강점기의 이국 노동자 문제와 관련해 평화와 민주주의 운동을 펼친 이는 드물다.

마쓰다 도키코의 본명은 오누마 하나(大沼ハナ). '도키코'는 1926년 하나오카 지역 초등학교 교사를 그만두고 상경한 뒤 붙인 펜네임이다. 우여곡절 끝에 취직자리를 얻은 경우에도 언제나 해고당하므로 그와 같은 이름을 붙였다고 한다(도키코를 음독하면 '해고'라는 뜻).

마쓰다 도키코는 1905년 가을 아키타현 센보쿠군(仙北郡) 아라카와(荒川) 마을에서 태어났다. 어머니의 따뜻한 품에서 유년기를 보내게 되지만 당시는 러일전쟁에 승리한 일본이 대륙침략의 발걸음을 내딛던 시기였다. 바야흐로 국가주의가 태동하고 있었다. 노동 현장에서는 자본가가 농민과 노동자의 노동력을 착취하는 일이 다반사였다. 아키타현에서도 마찬가지로 자본가 횡포로 노동자들이 얼마나 고통스러운 일상을 보내고 있었는지 말할 나위 없다.

실은 마쓰다는 초등학교 졸업 후 간호학교에 진학하고 싶어 했다. 그러나 광산사무소에서 아버지를 통해 강요해 그녀는 급사로 일할 수밖에 없었다. 그곳에서 타이피스트를 겸하며 근무한다. 아라카와 광산(니쓰비시 광산 경영)에서 광산노동자의 애처로운 모습과 육체적 고통을 느끼며 자란 마쓰다는 노동자 계급의 삶이 비참함을 누구보다도 절실히 깨닫게 된다. 광산사무소에서 타이피스트 생활을 하면서 문학에 대한 열정과 꿈을 불태우던 마쓰다의 마음 깊은 곳에 이윽고 저항과 투쟁 의식이 싹튼다.

"인간인데 어째서 그토록 혹독한 삶을 강요당해야만 하는 걸까". 문학과 사회운동에 대한 집념, 그리고 사회모순에 대한 마쓰다의 고뇌는 더욱 깊어진다. 그녀는 본격적인 활동 무대에 모습을 보이게 된다. 마쓰다는 1926년 직장을 그만두고 상경, 몸소 노동운동에 참여하는 것이다.

노동운동가 오누마 와타루(大沼渉)와의 결혼은 남편을 평생 동지로 맞이하려 한 혁명 전사 마쓰다의 투쟁 의식이 불러온 결과였다. 하지만 그녀는 전쟁 반대 계급과 국가주의에 줄기차게 저항한 세력을 말살하려 한 폭압 정권의 사회주의에 대한 대 탄압으로 1928년 오누마와 함께 체포당한다.

1928년은 일본제국주의가 불법적 폭력을 행사해 사회주의자를 소탕한 해였다. 고바야시 다키지(小林多喜二)의 《1928년 3월 15일》은 당시의 사회주의자나 노동농민당 당원들이 가족들이 보는 앞에서 특별고등경찰에게 얼마나 비참하게 연행되는지 그 모습을 생생하게 묘사한다. 마쓰다와 남편 오누마 와타루도 그런 피해자였던 셈이다.

하지만 마쓰다 도키코의 작가로서의 출발점도 1928년이었다. 이해 마쓰다는 《독서신문》의 단편에 응모, 〈출산〉이라는 작품으로 입선했다. 따라서 마쓰다의 작가 활동은, 일본제국주의가 2월 보통선거

후, 국가주의와 전쟁에 반대하는 운동을 봉쇄하기 위해 가장 악랄한 탄압을 일삼는 분위기 속에서 시작되었다고 봐도 무난하다. 거기에서 일제강점기 일본 저항작가 마쓰다 도키코의 탄생 의미를 찾을 수 있겠다.

같은 해 '일본프롤레타리아작가동맹'에도 가입, 《전기(戰旗)》에 '갱내의 딸'이라는 시를 발표하는 등 현실참여 문학 여정의 돛을 올린 사실을 상기하면 신인 여류작가 마쓰다의 운명은 그 암울한 시대 위에 발을 들여놓는 것과 다를 바 없었다. 그런 만큼 그녀의 의식 저변에서 분출하는 저항작가로서의 에너지는 분수처럼 솟구치는 강렬한 것이었다.

이를 증명이라도 하듯 1929년 《여인예술》에 《젖을 팔다》를 발표했을 뿐만 아니라 동 잡지의 '전여성진출행진곡' 응모에도 가사를 발표해 입선한다. 더욱이 그 가사는 야마다 고사쿠(山田耕筰) 작곡으로 레코드판으로도 녹음된다. 마쓰다가 〈목욕탕 사건〉을 발표한 것도 이즈음이었다. 당시 마쓰다는 소설뿐만 아니라 시, 수필, 평론 등에 이르기까지 폭넓은 창작 활동을 지향했고 그녀의 문학적 열정은 언어 형식과 장르를 초월, 작가로서 사명감에 불타는 것이었다.

그녀가 '신일본문학회'에 가입, 본격적인 민주주의 문학운동을 전개한 것은 전후였다. 때론 실천 운동가의 모습을 보이며 '마쓰카와(松川) 사건'에 관여했고, 때론 굽힘 없는 필봉으로 그 재판의 불공정함을 지적, 《진실은 벽을 뚫고》라는 피고의 수기집을 출판하기도 했다. 하나오카 사건과 중국인, 조선인 노동자 문제에도 눈을 돌려 《땅밑의 사람들》을 비롯해 〈유골을 보내며〉, 〈뼈〉 등의 작품과 르포를 통해 사건의 진상규명에 매진했다. 권력이 노동자를 탄압하는 현실을 날카로운 시선으로 고발한 것은 참으로 주목할 만한 성과였다.

그 후 마쓰다는 모친의 인생을 소재로 한《오린 구전(おりん口傳)》으로 제8회 다무라 도시코(田村俊子)상, 제1회 다키지(多喜二)·유리코(百合子)상을 받았다. 이어서 가족의 영향을 받아 사회변혁에 눈을 떠 가는 주인공의 모습을 그린《모모와레(桃割れ)의 타이피스트》라는 작품을 남겼다.

이처럼 에너지 넘치는 열정적인 삶을 산 마쓰다에게 평생 좌시할 수 없었던 것은 다름 아닌 그 하나오카 사건. 그러기에 진상규명에 착수, 사건 실상을 세상에 고발하는 운동을 몸소 실천했거니와 여러 작품과 리포트, 르포 등을 통해 그 역사적 진실을 가감 없이 기록했던 것이다.

2. 유골 수습에 앞장선 조선인 김일수

사건 현장 탐방 당시 어째서 김일수가 마쓰다 도키코를 안내하게 되었을까? 중국인 희생자 유골 발견 후인 1949년 여름 재일 중국인단체가 김일수에게 중국인 희생자 유족대표를 맡아달라고 의뢰했기 때문이다(《하나오카 사건 50주년 기념지》). 그런 경위로 조선인 징용자 출신인 그가 조선인, 일본인, 중국인 연대의 끈을 잇는 역할을 하게 되므로 주목하지 않을 수 없다.

김일수의 존재와 역할에 대해 구체적으로 증언한 이는 하나오카 자유노조 서기장이었던 동료 이우봉(李又鳳)이다. 이우봉은《재일 1세가 증언한다》('재일 1세가 증언한다'출판회, 2002)와《상흔은 사라지지 않는다》(나카도오리워프로, 1991)를 간행해 당시 김일수를 비롯한 재일 조선인들의 활약상을 상세히 서술한 바 있다(이우봉의 증언록 2권을 차타니 주로크 민족예술연구소 전 소장에서 입수, 확인).

마쓰다 도키코는 현지 조사 보고서《하나오카 사건 회고문》도입부에 김일수를 소개한다. "이날 (조사)의 선두에 선 사람은 전쟁 중에 조국에서 강제연행되어 갖은 고난을 극복하고 지금은 광산지 내의 가미야마(神山)라는 부락에서 일본인 부인, 어린애와 함께 세대를 이루고 있는 김일수 씨"라고.

해방 직후 아키타현지사가 후생성에 제출한 하나오카광업소의 조선인 징용자 명부(차타니 전 소장에게 입수)에 따르면 김일수는 1924년(24세) 7월 관 알선이라는 명목으로 일본으로 끌려왔다. 그리고 조선인 166번을 부여받고 하나오카광업소에 입소했다. 명부에는 경상북도 청도군 금천면 방지동 출신이며 갱내 운반부로 종사한 사실이 기록되어 있다.

마쓰다 도키코는 김일수가 어디에서 누구에게 어떤 식으로 연행되었는지 그 상황을 김일수에게 듣고 빠뜨림 없이 보고한다. 김일수는 자신이 강제연행된 비극적 과거를 진솔하게 마쓰다에게 고백한 만큼 그 정도로 마쓰다를 신뢰하고 있었음이 분명하다. 한편 마쓰다는 피해자에게 직접 일본제국주의의 가해행위에 대해 청취했기에 글을 쓰는 작가로서 그러한 강압적 소행을 만천하에 알려야 한다는 의무감을 느꼈을 것이다.

이우봉의 증언록《재일 1세가 증언한다》에 따르면 김일수는 3형제 중 장남이었다. 조선에서는 이발소에서 근무한 적이 있었는데 자의와는 무관하게 동생과 함께 일본으로 끌려왔다. 그 경위를 김일수는 마쓰다에게 "집이라고 해도 돌과 흙으로 벽을 둘러서 나무로 만든 여닫이문에 자물쇠를 채운 집이므로 놈들이 부수는 건 일도 아니죠. 우리 집에 쳐들어온 건 심야, 오전 2시경으로 어머니가 울며 부탁하는데도 강제로 연행됐다"라고 보고한다.

이우봉의 저서-《재일 1세가 증언한다》('재일 1세가 증언한다' 출판회, 2002)

특히 시선을 끄는 것은 김일수가 마쓰다를 안내할 때 조선인들이 기다리고 있었음은 물론 중국인 학생들도 합류하는 점이다. 김일수에 대한 신망이 두터워 현지 조사에 참여하는 모든 이들이 그의 일거수일투족을 주목하며 그가 발설하는 언어에 귀를 기울인다. 이 사실은 조선인뿐만 아니라 일본인, 중국인에게도 김일수가 노동자 권익향상에 앞장서는 인물로 인정받고 있었다는 증거다.

같은 동료 처지에서 그를 지켜본 이우봉이 이런 내용을 증언록에 기술하는 데 놓칠 리가 만무하다. 이우봉도 경상북도 상주 출신으로 1942년 5월 일본으로 끌려와 하나오카 광산에서 김일수와 함께 해방을 맞이한 조선인 징용자다. 해방 후 조선인 운동에 참가해 1950년 1월 조선인과 일본인 노동자들이 하나오카 자유노조를 결성할 당시 서기장을 맡았다. 그는 하나오카 자유노조 위원장 선출과정을 지켜보았으므로 김일수가 누구에게 지지받았고 어떻게 위원장으로 선출되었는지 그 경위를 누구보다 잘 알고 있었다.

이우봉은 "자유노조를 결성했을 때 하나오카 조합원이 백 수십 명이었는데, 조선인은 삼십 명 정도였고 일본인이 다수였죠. 하지만 임원을 선출할 때 역시 김 씨가 맡는 게 좋겠다고 일본인들이 강력하게 추천하여 자유노조의 위원장이 되었죠"(같은 책)라고 증언했다.

전술했듯이 김일수는 일본인들은 물론 중국인들로부터도 지도자로 인정받고 있었다. 김일수가 하나오카 사건 중국인 피해자 유족대표까지 역임한 배경을 이해할 만하다. 김일수와 이우봉은 하나오카 자유노조 위원장과 서기장의 관계였으므로 해방 후 하나오카 지역에서 노동운동의 선두에 서는 중책을 맡았던 셈이다. 한편 김일수가 유골 수습 작업에 강력한 리더십을 발휘한 일화가 있으니 언급하지 않을 수 없다. 조선인 조합원은 물론 하나오카 자유노조에 가입한 일본인 조합원도 모두 동원해 3일 동안 투쟁한 일화다.

이우봉의 기록(같은 책)에 따르면 김일수는 1949년 위원장으로서 조합원들에게 "모든 일을 중지하고 읍사무소로 모이도록" 명령한다. 조선인, 일본인 할 것 없이 몰려들어 100여 명 이상의 조합원이 지역 사무소에 모습을 드러내자, 김일수는 그들 앞에서 설득력 있는 목소리로 강력히 호소한다. 연설에 능한 김일수는 조합원들에게 중국인 피해자 유골이 발견되는 상황이므로 전원이 유골 수습에 협조하도록 설파한다. 나아가 조합원들을 이끌고 지역 관청을 찾아가 관청 대표에게 단체교섭에 응하도록 재촉한다. 김일수는 다음과 같이 요청했다고 한다.

"오늘 어느 쪽 어느 현장에 제가 직접 다녀왔는데, 이러이러한 상태였죠. 이 부분에 대해서는 관청에서 책임을 져야 한다고 보는데 어떻게 생각하나요? 제안하는데, 안정소(安定所) 노동자를 이 현장으로 10명, 저 현장으로 10명, 도합 20명을 투입해 하루라도 빨리 유골을 수습해서 화장한 뒤 유골함에 넣어 절에 안치해야 한다고 생각해요. 관청 대표, 당신은 이 고장 책임자로서 어떻게 생각하나요?"(같은 책)

김일수와 조합원들이 3일 동안 강력히 항의하며 유골 수습에 임하도록 압력을 행사해 관청 대표는 결국 이를 수용한다. 김일수는 100명이 넘는 조합원들과 함께 관청 대표의 방까지 점거하다시피 했다. 관청 직원들은 제대로 업무에 임할 수 없었다고 한다. 이리하여 하나오카 지역 중국인 희생자 유골 수습 작업은 본격적으로 진행되었다.

김일수는 화술과 선동에 능해 사람들을 곧잘 웃기기도 하고 동료들의 마음을 사로잡기도 했는데 강력한 지도력을 발휘해 중국인 피해자 유골 수습의 길을 최초로 트는 역사적 성과를 올린 것이다. 김일수를 해방 직후 일본 동북부 지역에서 활동한 한·중·일 노동운동의 표상으로 언급해도 과언은 아니리라.

3. 마쓰다 도키코와 김일수의 휴머니즘

마쓰다 도키코가 김일수에게 왜 신뢰의 시선을 보내며 그에게 사건 현장을 안내하도록 의뢰했는지 상상하기 어렵지 않다. 김일수의 풍부한 경험과 피해자의 처지를 꿰뚫는 통찰력, 나아가 노동자에 대한 배려의 마음을 의식했을 것이다. 마쓰다는 현장에 도착해서 그의 애기에 집중하지 않을 수 없었다.

마쓰다의 염두에는 '도대체 그 무엇이 김일수에게 조선인과 중국인 피해 사건에 눈을 돌리게 했을까'라는 의문이 뿌리를 내리고 있었지 않았을까. 증산 제일만을 부르짖는 일본제국주의가 불법 노동을 강요해 나나쓰다테 갱도에서 조선인 동료들이 희생되었고 중국인들도 연이어 목숨을 잃었다. 작가 미쓰다는 김일수를 대신해《하나오카 사건 회고문》에서 "침략적 군국주의 정부야말로(중략) 타국 국민의 생명을 빼앗고 혹은 빼앗는 행위로 돌진한 참 주인공이었다"고 기술한 바 있다.

그런데 권력에 맞서는 저항정신과는 별도로 마쓰다와 길일수에게는 천성적인 성품으로 볼 정도로 휴머니즘이 엿보이기에 주목하지 않을 수 없다. 마쓰다 도키코는 평소 노동자와 약자에 대해 각별했다고 말할 만큼 애정과 동정의 눈빛으로 그들을 대했다. 하나오카 사건과 관련한 그녀 작품은 국경과 신분을 초월한 노동자 연대가 테마이므로 한·중·일 노동자를 따로 구분하지 않았다. 그 이면에는 성장 과정에서 몸에 밴 노동자에 대한 독특한 배려의 마음이 꿈틀거리고 있었음이 틀림없다.

마쓰다는 〈하나오카 광산 참극—중국인 강제연행의 기록—〉에서 다음과 같이 토로한 적이 있다.

"그건 내 자신이 마찬가지로 아키타현 광산 출신자였기 때문일지 모르지만, 아무튼 그와 같은 신문에서 전쟁 중 일본에 강제로 연행되어 하나오카 광산에 투입된 중국인 포로가 패전 직전 폭동을 일으켜 수백 명이 학살

딩해 그 유골이 지금도 하나오카 땅에 방치되고 있나는 사실을 알았을 때,
이제부터라면 너무 늦기에 아쉬움이 있다 하더라도, 이를 철저히 규명해야
할 의무감을 느끼는 동시에 '분명 그 이전에 일본인이나 조선인 노동자도
전시체제인 만큼 노동 강화로 희생된 게 아닐까—."

광산노동자의 부모, 특히 어머니에게서 물려받은 인간애 정신은
노동자와 약자에 대한 그윽한 시선과 무산계급에 대한 차별의식 타파
의 시점을 견지한다. 무엇보다 자신의 환경과 배경을 공유하는 대상
을 향한 마쓰다의 애정은 깊었고, 그녀의 동정심 또한 거기에서 발동
하고 있었으리라 여겨진다.

노동자를 대하는 이와 같은 성심이 김일수의 뇌리 깊숙한 곳에
별반 다르지 않게 자리를 잡고 있었기에 그냥 지나칠 수 없다. 바꿔
말하면 김일수는 조선인 피해자 진상규명이든 중국인 피해자 유골 수
습이든 문제해결에 임하는 자세에서 조선인과 중국인, 그리고 일본인
을 따로 구분하지 않는다. 이러한 인간 평등과 진지한 인간성 탐구에
근거한 휴머니즘이 김일수의 의지와 활동을 부추긴다. 그 휴머니즘
이 마쓰다의 시점과 작품에도 공통분모를 형성하며 내재하고 있음을
부인할 수 없다.

현지 조사 당시 사건을 바라보는 두 사람의 인식에 격차가 느껴
지지 않는다. 조선인과 일본인 노동자의 회사 측 대처에 대한 두 사람
의 불만이 분노로 바뀐 것도 그 때문이다. 나나쓰다테 사건 현장에서
"단지 한 사람, 조선인이 구출되었는데 나머지 22명은……회사는 전
혀 구할 마음이 없었습니다. 증산 제일. 무리하게 폐쇄를 명령했으니

까……”(《하나오카 사건 회고문》)라는 김일수의 보고를 듣고 마쓰다는
김일수의 목소리에 깊은 울분이 배어 있다고 느낀다. 자신이 느낀 울
분과 별반 다름이 없었으리라.

일본군국주의는 군수산업과 증산을 위해 노동력이 필요했기에
이국 노동자들을 광산이나 조선소 등으로 강제로 연행했다. 그리고
일본군과 악랄한 자본계급은 노동자들의 인권과 자유를 유린하며 폭
력과 린치를 일삼았다. “회사는 구할 마음이 없었”고 조선인들이 붕
괴한 갱도에 갇혀 있는데도 “무리하게 폐쇄를 명령했(다)”는 김일수의
증언에서 일본군국주의와 자본가 계급의 이국 노동자에 대한 대우가
어땠는지 짐작하고도 남는다.

마쓰다는 당시 현지 조사의 기억을 살려 〈하나오카와 나〉에 “어
째서 내 가슴에 그 사건이 못처럼 박혀 있었던 것일까? 그건 내가 미
쓰비시가 운영하던 아키타현 아라카와 광산에서 태어나 어릴 때부터
광산에서 광부가 얼마나 고생하는지를 보고 들었기 때문입니다”라고
회고한 바 있다. 그런 만큼 마쓰다의 노동자에 대한 애정은 특별한 것
이었다.

한편 김일수는 직접 노동 현장에서 체험하며 노동자가 종일 광산
에서 중노동을 하는 일상인데도 빈궁한 생활을 할 수밖에 없는 모순
을 뼈저리게 느끼고 노동운동에 앞장선 인물이다. 그러므로 인간애
정신을 발휘해 노동자 처우와 권익향상에 힘을 모으는 일에 마쓰다와
인식을 같이 할 수 있었을 터이다. 노동자인 한 동등하다는 마쓰다의
시점은 현지 조사 때 김일수의 증언으로 더욱 힘을 얻어 작품 집필 의
지와 집념을 다지는 쪽으로 발전한다.

김일수의 인간을 내하는 시선은 석어도 성품과 관계가 없지 않다. 김일수가 동료와 일을 추진할 때의 모습에서 역력히 읽힌다. 현지 조사 때도 미리 마을에 사는 조선인 가족들에게 마쓰다 도키코와 중국인 학생들이 방문한다는 소식을 알리며 배려했음은 물론, 조선인, 일본인들이 사건에 대해 증언하는 회합 때에도 선두에 서서 치밀히 준비하는 자세를 보였기 때문이다.

이우봉은 김일수가 독특한 화술을 지니고 있을 뿐만 아니라 타인과의 협상에도 뛰어난 능력을 보이는 모습을 소개했다(같은 책). 테이블을 사이에 두고 상대와 마주할 때는 상대를 칭찬한 뒤 본론에 들어가서 완벽히 자신이 추구하는 바를 관철하는 사례를 들었다. 그 정도로 타인의 마음을 읽는데 탁월했다고 증언했다. 인간을 대하는 진심과 부단한 노력 없이는 불가능한 일이다.

동료 이우봉의 시선에도 김일수는 스케일이 큰 지도자로 비쳤다. 중국인 피해자 유골 발굴, 본국송환 운동이 하나오카 지역에서 다른 곳으로 확대되었을 때 김일수는 핵심 인물로서 중·일 우호, 반전 평화를 실현하기 위해 심혈을 기울였다. 지위의 높고 낮음과 상관없이 역경에 처한 약자층을 수용하는 투철한 신념과 의지 없이는 수행하기 어려움을 깨달았을 것이다.

마쓰다 도키코는 광산노동자를 목격하며 자라서 누구보다 노동자의 곤궁한 일상과 그들의 애환을 인지하고 있었다. 그러므로 고용자 측의 노동자 처우에 대한 의문을 품고 고심하는 동시에 어찌하면 노동자 주권을 회복할지에 대해 천착하지 않고는 배길 수 없었다. 상경 후 공장으로 들어가 몸소 노동운동을 전개했을 뿐만 아니라 문필

활동에 전념하면서도 직접 노동분쟁 현장을 찾아가 피해를 본 노동자 입장을 대변하기도 했다. 따라서 노동자 주권 수호를 위한 두 사람의 열정이 남다른 것이었음은 강조할 나위가 없다.

이우봉은 김일수의 집념과 인간애 정신의 근저에는 "제국주의, 군국주의를 철저히 증오하면서 권력을 두려워하지 않고 학대받는 민족, 민중 연대를 무엇보다 중요하게 생각한 그의 살아 있는 사상이 있었다"고 서술했다. 이 사상은 말할 것도 없이 마쓰다 도키코의 뇌리에도 자리를 잡고 있었고 그녀가 지향하는 휴머니즘 세계와 맞닿아 있었다고 해도 과언이 아니다.

두 사람의 사상, 혹은 휴머니즘은 힘의 논리로 팽창주의를 추구하며 인간성을 말살하는 행위도 마다하지 않고 무산계급을 억압하는 제국주의 세력에 대한 저항의식에서 출발, 국제적인 노동자 연대를 추구하는 곳에 의의를 두는 것이었다. 이 사실은 국경과 신분을 떠나 마쓰다 도키코의 정신과 김일수의 정신이 인간 공존과 평화를 지향하는 고차원적 사고에 기반하고 있었음을 뒷받침하는 증거임이 틀림없다.

4. 해방 전 한·중·일 노동자 연대

하나오카 사건과 관련한 해방 전 한·중·일 노동자 연대에 대해서는 마쓰다 도키코가 1972년 발표한 《하나오카 사건 회고문》이나 르포 소설인 《땅밑의 사람들》, 그리고 1951년 시인 세베 요시오(瀬部良夫)가 쓴 시와 니이 히로하루(新居広治)를 비롯한 조각가들이 판화작품으로 완성한 목판화집 《하나오카 이야기》 등을 통해서 확인할 수 있나.

　　우선 하나오카 사건을 체험했거나 사건 현장을 목도한 지역민들의 증언을 근거로 그들이 출간한 목파화집《하나오카 이야기》(1951년 출판) 속의 작품과 시를 살펴보자.

투쟁하는 조선인들

세베 요시오

조선의 노동자들

농부들도 징용되어 끌려왔지

그 한반도 사람들

마침내 참지 못하고

우르르 사무실로 몰려와

"임금을 올려라"

"배급을 똑바로 해라"

우리들은 마음속으로 손뼉 쳤지

조선인들이지만 용기가 대단해! (중략)

　　필자는 "〈투쟁하는 조선인들〉이 〈나나쓰다테 낙반〉이라는 작품(판화와 시) 뒤에 배치된 점으로 미루어보면 조선인들이 투쟁한 것은 나나쓰다테 사건이 일어나고 얼마 지나지 않아 발생한 일이 아닐까"(광주시립미술관, 3.1운동 및 임시정부수립 100주년 기념 하정웅 컬렉션전 도록,《잊혀진 사람들, 끝나지 않은 사람들》, 2019. 4. 광주시립미술관)라는 견해를 밝힌 바 있다.

한일연대 부분에 대해서는 "나나쓰다테 갱도가 허물어졌을 때도 한인 징용자와 일본인 노동자는 연대해 한인 징용자 1명을 구출했는데 시에서도 조선인들과 연대하는 일본인 노동자들의 심경이 묘사됐다"(《전남일보》 2019년 5월 29일자 5면)는 보도가 나오기도 했다.

한일연대를 본격적으로 거론하기 위해서는 나나쓰다테 사건 배경을 들여다볼 필요가 있다. 마쓰다 도키코는 《하나오카 사건 회고문》에서 나나쓰다테 갱에 대해 다음과 같이 설명했다.

중국인 포로가 강제연행되기 약 2개월 전—1944년 5월 29일, 전시증산을 위한, 너무나도 보안을 무시한 난굴(亂掘)로 인해 결국 갱도 바로 위를 흐르고 있던 하나오카 강의 밑바닥이 허물어져서 한순간에 강 전체가 갱내로 함몰돼 당시 갱내에 있던 일본인 노동자 11명과 조선인 노동자 11명이 생매장당한 광상(鑛床)이며, 그 갱내이다.

나아가 《땅밑의 사람들》에서는 더욱 구체적으로 표현했다.

태평양전쟁에 접어든 이후의 하나오카 갱부는 위험의 예언조차, 생명과 관계되는 위험의 예언조차 입에 올리는 것을 피했다. 갱부에게는 갱내가 전쟁터다. '그런 생각으로 임해줘.' 이게 반장이나 갱내 보안 담당을 필두로 기수와 과장에 이르기까지 조석으로 내뱉는 훈계였다. 그 훈계를 이해하지 못하고 저기가 위험하다는 등 여기가 어떻다는 등 품과 시간이 소요되는 내용을 주장하는 자는 '비국민'인 것이다. 그러므로 광부들로서는 할 말이 없

있다. 나나쓰나테 광상의 첫 번째 갱에서 여덟 번째 갱까지 있는 대로 파이고 파여서 중심주마저 남아 있지 않았다. (1장, 2)

'갱내'를 '전쟁터'라고 생각하는 제국주의 세력은 오로지 '증산'이라는 두 글자만을 외치며 갱내노동자들을 학대하며 중노동을 강요했다. 그러므로 갱도 붕괴는 예견된 참사였다. 그런데 여기서 주목하고 싶은 부분은 조선인과 일본인이 함께 생매장당했다는 사실이다. 노동 현장에서 강제로 죽음에 직면하게 되는 조선인과 일본인 22명의 얘기에는 가슴이 미어지는데, 국적, 신분, 시대적 배경을 뛰어넘어 극단적 상황에 몰린 동료를 구출하기 위한 공동투쟁, 연대, 단결을 도모하는 한일 노동자의 밀도 높은 모습을 발견할 수 있기 때문이다. 작가는 그러한 점을 충분히 의식하며 작품을 통해 독자가 읽어낼 메시지로 발신했으리라.

그리고 보면 마쓰다 도키코는 하나오카 사건에 관해 서술하며 '일본과 조선과 중국 노동자의 이처럼 연 깊은 역사'(마쓰다 도키코, 〈하나오카 그 후〉, 《일중우호신문》, 1972년 11월 3일자)란 말을 토해낸 적도 있다. 그러나 불행히도 나나쓰다테 사건은 중국인 포로들을 하나오카 광산으로 불러들이는 계기가 되었다. 마쓰다는 그런 상황을 "포로 296명이 일본 정부의 알선으로 최초로 '화북노공협회'의 손에서 그 광산의 댐이나 수로 공사를 담당하게 된 가지마구미에게로 넘어간 것은 1944년 7월"(《하나오카 사건 회고문》)이라고 증언했다.

그런데 마쓰다 도키코의 시선은 중국인 포로를 조선인 노동자가 동정하는 곳까지 닿아 있으므로 감탄하지 않을 수 없다. 거기서 또한 중국인 포로의 처지를 확실히 파악할 수 있을 것이다. 조선인 노동자의 중국인 포로에 대한 접근은 금지되어 있었기에 중국인 포로에게 '먹을 것을 떨어뜨리는' 장면이 일본인 경계(감시반)에게 목격되면 그 자리에서 곤봉으로 구타당한다. 그럼에도 조선인 노동자들은 일본인 경계의 인솔 아래 중국인 포로들이 지나는 길이나 혹은 작업장에서 우연히 그들을 만나면 지니고 있던 '감자랑 담배꽁초'를 "일부러 눈에 뜨이도록 떨어뜨리고 지나쳤"다.

여기에서 주시하지 않을 수 없는 것은 작가 마쓰다 도키코는 이런 사실을 조선인 노동자의 중국인 포로에 대한 단순한 동정으로 보고 있지 않다는 점이다. 언제나 마쓰다 도키코의 염두에는 가해자 일본과 피해자 조선, 국가권력이나 자본가와 거기에 맞서는 노동자 계급이라는 구도가 뿌리를 내리고 있다. 생각하면 국경과 지위를 초월, 조선인 노동자와 일본인 노동자가 연대하는 장면이 그녀의 작품에는 종종 등장한다. 그것은 침략전쟁에 반대하고 침략의 주체세력인 자본 권력에 저항하는 노동자끼리의 연대로도 볼 수 있으며 거기에서 의미와 가치를 찾는 일도 가능하다. 조선인 노동자가 중국인 포로에게 먹을 것을 떨어뜨리는 장면도 본질은 다르지 않을 것이다.

즉 마쓰다 도키코는 조선인 노동자들과 중국인 포로들이 협력하는 모습을 그림으로써 침략주의 일본의 가해성을 가감 없이 공격함과 동시에 노동자를 학대하는 계급에 경종을 울리고 있다. 그녀 자신도 스스로 "침략전쟁이 초래한 인위적인 소용돌이 속, 인위적 동굴 속에 차례대로 휘말린 조선인 노동자나 중국인 포로가 동승한 형태로 동시에 고통을 겪는 고뇌의 종점에서 서로 깨달은 적은 과연 누구였던가"(마쓰다 도키코, 〈민족·전쟁·역사〉, 《문학신문》, 1972년 7월 15일자)라고 표현했다. 상념에 그치지 않고 집필 행위에서도 마쓰다의 의식에는 침략과 평화, 자본과 노동이라는 격렬한 대립 구도가 잠재하고 있었음이 틀림없다.

마쓰다 도키코는 《땅밑의 사람들》에서 조선인 노동자가 중국인 포로와 교감하는 장면을 다음과 같이 묘사했다.

포로들의 얼굴에 천천히 미소가 번지기 시작했다. 눈이 기쁨으로 번뜩이기 시작했다. 임(林) 씨도 정(鄭) 씨도—짧은 중국어라면 가능한 정 씨도 그저 그리운 모습으로, 또는 괴로운 모습으로 자신들을 응시하는 한 사람 한 사람의 얼굴에 미소를 보였다. 그 미소와 미소는 두 나라의, 두 민족의 마음에 언어 이상으로 강렬한 교감을 안겨주었다.

이 장면은 《하나오카 사건 회고문》에서 조선인 노동자가 중국인 포로에게 먹을 것을 떨어뜨리며 마음을 나누는 내용을 연상시킨다. '미소와 미소', '두 나라의, 두 민족의 마음'이라는 표현은 마쓰다 도키코의 평화공존을 기원하는 절실한 염원, 권력에 대항하는 노동자끼리의 연대를 갈망하는 진심에서 우러나온 것이리라. 여기에서 이민족 노동자에 대한 따뜻한 마음과 제국주의 일본에 대해 엄격하게 질타하는 작가의 의도를 읽을 수 있다.

5. 해방 후 한·중·일 시민연대로 확대

김일수의 안내로 현지 조사를 마치고 마쓰다 도키코는 나나쓰다테 사건과 하나오카 사건의 내막과 실상을 구체적으로 되살려《땅밑의 사람들》집필에 몰두했다. 그리고 1951년《인민문학》9월~10월호에 1장, 그 이듬해 4월, 5월, 7월호에 2장을 게재했다. 53년 3월에는 3~5장을 덧붙여 세계문화사에서《땅밑의 사람들》완성본을 간행했다. 마쓰다 도키코의 집필은 하나오카 사건을 각지로 알리고 피해자 지원활동에 박차를 가하는 계기가 되었다.

물론, "중국인 피해자 유골 발굴과 수습은 조국을 잃고 일본으로 끌려온 일본 내지의 재일조선인들과 중국인들, 그리고 사토 와키지 씨를 비롯한 하나오카 지역의 진보적 일본 시민단체의 활동가들, 하나오카 노조위원장 김일수를 비롯한 조합원들의 노력과 적극적인 참여에 의한 것"(《하나오카 사건 50주년 기념지》)임을 부인할 수 없다. 하지만 그중에서도 일본 지식인의 상징적 인물인 마쓰다 도키코와 노동운동의 선두에 서서 한·일 노동자와 중국인들을 이끈 김일수가 손을 맞잡고 중심 역할을 해 연대가 확대된 사실을 강조하지 않을 수 없다.

1952년 중국인 피해자 유골 발굴은 하나오카 부근인 오사리자와(尾去沢), 고사카(小坂) 등으로 확대된다. 그리고 52년 말부터 53년 초에 걸쳐 중국홍십자회와 재중국 일본 거류민 귀국 문제를 현안으로 삼아 협의를 진행하던 귀국 3단체(일본적십자사, 일중우호협회, 일본평화연락회)의 협상이 이루어진다. 53년 2월에는 귀국 3단체와 일본노동조합총평의회, 일본불교연합회 등 15개의 시민단체가 "과거 군국주의가 범한 침략전쟁에 대한 도의적 책임을 수행하기 위해 중국인 피해자 위령, 유골 수습, 송환"을 목적으로 '중국인 포로순난자 위령실행위원회'를 결성하게 된다(《하나오카 사건 50주년 기념지》).

'위령실행위원회'의 결성은 숭국인 피해자 유골송환 운동에 불을 지피는 동기가 되었다. 53년 3월 17일 '위령실행위원회'의 유골인수단 선발대가 하나오카를 방문해 중국인 피해자 유족대표 김일수를 비롯한 관계자들과 유골 송환 준비를 시작하기 때문이다. 당일 선발대는 김일수가 선두에 서서 이끄는 재일중국인 학생들, 하나오카 자유노동조합원, 일본공산당 하나오카 지부원, 재일조선인 단체와 함께 신쇼지 뒤편에 설치되어 있던 '중국인 사망자(華人死沒者) 추선공양탑'을 개봉해 유골을 꺼냈다. 그리고 아키타현에서 제공한 새로운 유골함에 넣어서 김일수의 지휘로 중국인 학생이 각각의 유골함에 이름을 새긴 뒤 400여 명의 유골함을 신쇼지에 안치했다(《하나오카 사건 50주년 기념지》).

《하나오카 사건 50주년 기념지(1995년 6월)》 206페이지에는 '중국인 사망자(華人死沒者) 추선공양탑'에서 꺼낸 다수의 유골함 옆에 선 김일수의 사진이 크게 실려 있다. 중국인 유족대표인 김일수의 위상을 한눈에 파악할 수 있는 증거물임이 틀림없다.

유골 안치 후 유족대표 김일수는 하나오카 지역과 타 지역 사람들에게 순난자들의 유골 송환, 위령 운동에 대한 협력을 호소한다(같은 책). 유골 송환과 피해자 지원활동의 시민들 합세와 연대를 이끄는 데에 김일수가 앞장섰음은 물론이다. 김일수를 비롯한 연대 세력의 호소는 각 지역으로 확산, 각 계층의 공감을 얻으며 모금 활동으로 이어진다(같은 책).

유골 인수 대표단이 하나오카 지역을 방문한 것은 3월 25일. 이우봉의 증언록《재일 1세가 증언한다》196페이지에는 다음 날인 26

일 역사적 사실을 입증하는 중요한 사진이 실려 있다. 하나오카 사건 발상지인 오다테시(하나오카 지역)의 신쇼지에서 위령제를 지낸 후 대표단과 함께 중국인 유골함이 도쿄에 도착한 순간 찍힌 사진이다. 사진 아래에는 "53년 3월 26일 아침 우에노(上野) 역에 도착한 유골을 중국인, 조선인, 일본인들이 맞이해 아사쿠사(浅草)의 히가시혼간지(東本願寺)까지 전원 행진해 안치했다"라는 설명문이 새겨져 있으므로 그 규모와 연대 양상을 파악할 수 있다.

하지만 일본 내의 한·중·일 시민들과 사회단체의 이러한 연대운동이 순탄하게 진행될 리는 없었다. 마쓰다 도키코는 이 점을 빠뜨리지 않고 다음과 같이 기록했다.

하나오카 사건을 두 번 다시 허락해서는 안 된다고 하는 뜻으로 뭉친 사람들과 평화 우호 제 단체의 참가하에 시주(施主) 준비 총회의 주도로 하나오카 사건 희생자에 대한 최초의 위령제가 도쿄 아사쿠사 혼간지에서 거행된 것은 1950년 11월 1일. 당시의 요시다 자유당 정부는 이에 대해 경내에서 주변까지 철투구 경찰대를 투입해 방해했다.

더욱이 1953년 4월 1일, 당시 결성되어 있던 '중국인 포로순난자 위령제 실행위원회 위원장' 오타니 에준 씨를 '국민 총 시주'로 모셔서 같은 곳 아사쿠사 혼간지에서 거행된 '하나오카 사건 등 순난자 위법 대법요'에 즈음해서도 자유당 정부는 다시 철투구 경찰대를 동원해 방해했다. (《하나오카 사건 회고문》에서)

중국인 유골 송환을 위한 한·중·일 시민 연대활동은 이렇게 자유당 정부와 그 하수인 경찰내의 억압 속에서도 굴하지 않고 진행되었다는 점에서 그 의의를 강조해도 지나치지 않으리라. 그리고 이러한 과정에 이르기까지 재일조선인들의 리더로서, 다수의 일본인으로 구성된 하나오카 자유노조 위원장으로서, 중국인 피해자 유족대표로서 김일수가 선두에서 한·중·일 시민들을 이끈 점도 강조하지 않을 수 없다. 또한 김일수의 안내와 증언을 통해 하나오카 사건을 소설과 르포 등으로 알린 마쓰다 도키코의 활동이 중국인 유골 송환의 불길에 기름을 붓듯 일본 시민의 지지와 성원을 끌어내는 데 촉매제 역할을 한 것도 평가하지 않을 수 없다.

이우봉은 "하나오카의 중국인 순난자 유골 수습, 송환 운동은 조선인과 중국인, 일본인이 일체가 된 거대한 운동으로 이어졌다"고 증언했는데 충분히 납득할 수 있는 표현이다. 일본인과 중국인 부모 사이에 태어나 사회운동에 투신하며 이우봉의 증언록을 편집한 이국소(李國昭)는 "하나오카에서 중국인 강제연행 희생자 유골 발굴과 송환 운동(중략)은, 전후사에 획을 긋는 한·중·일 인민이 투쟁하는 연대의 모습"이라고 언급했다. 해방 후 일본 내지에서 중국으로까지 확산한 시민연대의 분위기를 고려하건대 과장된 수사는 아니리라.

마쓰다 도키코와 김일수가 중국인 피해자 유골 송환을 위해 처음으로 고베에서 배를 타고 중국으로 향한 것은 1953년 7월 2일. 그 배에는 하나오카 사건 중국인 희생자뿐만 아니라 고사카 광산이나 오사리카와 광산 등에서 목숨을 잃은 희생자도 포함해 560인의 유골이 실렸다.

각 단체의 일본인 대표 10명, 화교(華僑) 대표 10명이 승선했는데,

마쓰다 도키코는 부인단체 대표로, 김일수는 하나오카 지역 대표로 동행했다. 중국 도착 다음 날인 7월 7일 천진에서 유골 출영(出迎) 행사와 8일 추모대회가 개최되었다. 행사에 참여한 일본인 대표들은 하나오카 사건과 같은 비극을 두 번 다시 초래하지 않겠다는 결의와 의지를 중국 국민에게 전했다.

일본인 대표들은 귀국 당일부터 각 지역 보고회와 집회에 참석해 유골 송환 상황과 중국에서 보낸 일정 등을 시민들에게 보고했다. 마쓰다 도키코는 아키타현의 각 지역에서 열린 보고회에 김일수와 함께 모습을 보이며 중국에 전한 일본의 자성과 반전 평화의 뜻을 지역민들에게 알렸다.

마쓰다 도키코는 보고 내용에 대해 언급, "하나오카·우바사와의 땅에서 매일 굶주림에 격한 노동, 그리고 린치에 시달리다가 최후에는 백골을 드러낼 수밖에 없었던 중국 사람들 신체 하나하나의 유골을 유족 손에 전할 때의, 우리들 일본인 대표의 가슴 한복판을 꿰뚫던 부재전(不再戰)의 결의와 복받쳐 오르던 자성이었다"라고 기록했다(《하나오카 사건 회고문》).

그 후에도 마쓰다 도키코와 김일수는 긴밀히 연락을 주고받으며 미처 발견하지 못한 중국인 피해자 유골 수습에 매진함은 물론 나나쓰다테 사건과 하나오카 사건 자체의 진상규명과 일본제국주의 만행을 세상에 고발하는 운동을 펼쳤다.

마치며
마쓰다 도키코에게 하나오카 사건은 평생 짊어져야 할 멍에 같은

것이었음이 틀림없다. 그래서 항상 해결하지 않을 수 없는 과업이자
천착해야 할 대상으로 인식하였으리라. 마쓰다는 다음과 같은 말을
새겼다.

"하나오카 사건의 근본 원인이 이 국토의 땅 밑까지 점령하고 있던 일
본의 천황제와 독점 지배, 그리고 그러한 맹신에 뿌리를 내린 배타적이고
침략적인 군국주의에 있다는 사실, 그것이 안으로는 자국의 노동자 계급과
국민에게 고통을 주었고 밖으로는 노골적으로 아시아 사람들에 대한 살육
과 국토 침략을 확대했다는 사실."

이와 같은 언술은 마쓰다가 일본제국주의 전쟁으로 희생된 조선
인과 중국인의 영혼을 공양하는 마음을 지닌 작가였음을 입증한다.
그러기에 조선인, 중국인 희생에 대해 일본제국주의 가해행위를 누구
보다 민감하게 수용하며 자성하는 일생을 보냈던 것이다.

만년인 2002년 97세(2002년) 때에도 마쓰다는 〈어느 갱도〉라는
단편소설을 발표해 나나쓰다테 사건에서 희생된 조선인 11명과 일
본인 11명의 넋을 위무하는 마음을 담았다. 사건 현장의 갱도 속으로
들어가는 일본인 여자주인공 리에의 모습은 바로 마쓰다 도키코의 모
습이다. 자신의 체험과 과거 기억이 너무도 생생하게 되살아난 순간
이었으리라. 특히 조선인 11명 희생자를 생각할 때는 자신을 사건 현
장으로 안내하고 피해자 진상규명과 유골 송환 작업을 함께한 동지
김일수를 떠올리지 않을 수 없었을 터이다.

마쓰다 도키코는 1960년 김일수가 조선으로 돌아간 후에도 여

러 차례 유골 수습을 위해 사건 현장을 방문한 바 있다. 〈어느 갱도에서〉의 여주인공이 사건 현장에서 헬멧을 쓰고 갱내로 들어가는 것은 다름 아닌 마쓰다 자신이 과거로 돌아가는 일이기도 했다. 마쓰다는 증언을 들려주며 일본 권력의 가해 사건을 만천하에 고발하는 데 앞장선 인물임과 동시에, 조선인과 중국인 희생자들에 대한 참회의 마음을 만년까지 작품에 담게 한 바로 그 주인공 김일수를 잊을 수 없었을 것이다.

두 사람의 휴머니즘에 근거한 활동이 시발점이 되어 피해자 지원과 유골 송환 작업이 아키타현에서 각 지역으로, 각 지역에서 도쿄로, 도쿄에서 중국 본토까지 확대되어 한·중·일 시민연대가 이루어졌다. 동북아시아 평화와 반전을 외치는 현재의 시점에서 보더라도 시사점이 작지 않다.

마쓰다 도키코와 김일수의 연대활동은 전쟁 추종 세력에 항거해 끊임없이 투쟁을 전개하는 실천 운동이었고 평화를 헤치는 모든 폭력 세력에 대한 경고였다. 마쓰다 도키코와 김일수는 휴머니즘과 인간 평등을 추구하는 일념으로 조선인과 중국인이 희생당한 역사를 되풀이하지 말자는 뜻과 의지를 실행한 장본인이다. 그런 숭고한 정신으로 일본 사회의 독선과 부정에 맞서 정의와 평화를 실현하고자 하는 필사적인 노력을 기울였다는 점에서 그 의의를 높게 평가할 만하다.

◎ 마쓰다 도키코 사후 15주년 기념강연회(2019.11.29. 도쿄, 나카노예
능소극장. 14시)

한국에서 고찰해 본 마쓰다 도키코

연구 경위

마쓰다 도키코와 관련해 그동안 연구해 오신 분들도 많은데, 마쓰다 도키코 사후 15주년에 이렇게 여러분 앞에서 얘기하게 되어 대단히 영광스럽다. 한국에 마쓰다 도키코를 소개하고, 마쓰다 도키코를 바라보는 시각이 한국인의 마음을 대신한다고 생각해 불러주신 것 같아서 고맙다.

문학과 사회의 시점을 중시하게 된 것은 소세키와 프롤레타리아 문학 전문가이셨던 고(故) 이즈 도시히코 선생님(당시 요코하마시립대학 명예교수)과 교류하면서다. 2001년 나쓰메 소세키에 대해 학위 논문을 쓴 뒤로 한국의 대학에 재직하는 연구자로서 한국에 체류하면서 '어떻게 하면 일본 문학 자료를 얻을까, 어떻게 하면 일본인 전문가와 교류할 수 있을까'라는 문제로 고민하던 때였다.

마침 인터넷으로 고(故) 이즈 도시히코 선생님 홈페이지를 방문

하게 되었고, 나쓰메 소세키를 비롯해 고바야시 다키지나 사회문제에 대해서도 의견을 나누었다. 2007년 이즈 선생님의 사회적 시점을 반영한 문학 평론에 공감해《전쟁과 문학—지금 고바야시 다키지를 읽는다》를 번역, 한국에 소개했다.

2008년 봄이라고 생각하는데, 그 소식을 듣고 여기에 계신 당시 차타니 주로크 민족예술연구소 소장이 광주를 방문했다. "고바야시 다키지 평론을 번역했다는 소식을 들었다. 우리 고장에는 마쓰다 도키코라는 작가도 있다"고 하며, 하나오카 사건에 대해 들려주었다. 참으로 놀랐다. 그때까지 하나오카 사건과 나나쓰다테 사건에 대해 모르고 있었기 때문이다. 일제강점기 조선인 피해 사건이 은폐된 상태이며, 마쓰다 도키코가 조선인 피해의 진상규명에도 매진했다는 소식을 접하고 관심을 보이지 않을 수 없었다.

이게 마쓰다 도키코 연구에 본격적으로 뛰어들게 된 계기이다. 그 후 2009년 주최 측으로부터 의뢰를 받아 아키타현을 방문, 처음으로 한일 공동으로 개최된 나나쓰다테 사건 65년 추도식에 참가했으며 심포지엄에서 발표했다. 그리고 탄력을 받아 2011년《땅밑의 사람들》을 한국에 번역, 소개했다.

2014년 대구에서 열린 한일심포지엄에서는 차타니 주로크 소장과 함께 관련 연구에 대해 시민들에게 보고했다. 그 뒤 5년 만에 아키타현 오다테시에서 다시 열린 나나쓰다테 사건 70주년 추도식에 참가했으며 관련 심포지엄에서 발표했다. 그리고 다음 해인 2015년에는 마쓰다 도키코의《하나오카 사건 회고문》을 한국에 번역, 소개했다.

올해 2019년 5월, 5년 만에 다시 일본 현지에서 나나쓰다테 사건 75년 추도식이 개최되었다. 그에 앞서서 2월 광주시립미술관 분관인 하정웅미술관에서는 《하나오카 이야기》의 전시회가 열렸다. 마침 전시회 막이 열린 2월 28일 관련 세미나가 개최되었다. 차타니 주로크 소장과 함께 그 자리에 참여하신 광주시민들께 연구 내용에 대해 보고드렸다.

이번의 기념 강연을 위해 일본에 오기 직전에는 《마쓰다 도키코 사진집》을 번역, 출간하였다. 여러분의 배려와 관심 덕분으로 순조롭게 연구를 진행해오고 있다. 여러분께 사의를 표명하며, 마쓰다 도키코 회의 회원들을 비롯해 일본 시민 여러분과 출간의 기쁨을 나누고 싶다.

1. 하나오카 사건 접한 마쓰다의 심경과 조선인 피해 예측

하나오카 사건이 일본 신문이나 잡지에 등장한 것은 1940년대 말. 마쓰다 도키코는 〈하나오카 광산 참극—중국인 강제연행의 기록〉이라는 글에서 하나오카 사건을 알게 된 시기를 '1948년인가 49년'이라고 명시했다. 그리고 다음과 같이 토로했다.

하나오카 광산에 투입된 중국인 포로가 패전 직전에 폭동을 일으켰고 수백 명이 학살당해 그 유골이 지금도 하나오카의 땅에 방치되어 있다는 사실을 알았을 때, 지금부터라면 너무 늦기에 아쉬움이 있다 하더라도, 이를 철저히 추구할 의무감을 느끼는 동시에 '분명 그 이전에 일본인이나 조선인 노동자도 전시체제인 만큼 노동 강화로 희생된게 아닐까', 광산지대에서는 평화로울 때도 부상자나 사망자가 끊임없이 발생했으므로 그러한 생각이 강하게 들었다.(나카무라 신타로(中村新太郞) 편집,《다큐멘타리 쇼와50년 사 4권》, 汐文社, 1975년)

마쓰다 도키코가 처음으로 하나오카 사건 현지 탐방 조사에 나선 것은 1950년 가을이었다. 전국금속광산노동조합 제14회 임시대회 방청 이후의 일이다. 그때의 기억을 마쓰다 도키코는 "어째서 내 마음에 그 일이 꽂혔던 것일까? 그것은 내가 아키타현 아라카와(荒川) 광산에서 태어났고 그게 미쓰비시의 광산이었는데, 어릴 적 광산에서 광부가 얼마나 지독한 생활을 했는지 직접 보고 들었기 때문이다"(〈하나오카와 나〉,《하나오카 사건 40주년 기념집회의 기록》, 1985년 6월)고 더듬은 적이 있다.

현지 탐방 조사에 나서 그녀가 헬멧을 쓰고 갱내에 들어선 심경이 어떠한 것이었는지 짐작하기 어렵지 않다. 자신의 체험과 기억이 눈앞에 생생하게 펼쳐진 순간이었을 것이다. 광산사무소에서 타이피스트로 근무하면서 노동자들의 육체적 고통과 비참한 일상을 목격한 마쓰다 도키코에게 갱내로 발을 들여놓는 것은 자신의 과거를 회상하는 일이기도 했기 때문이다.

그런데 역시 간과할 수 없는 것은 이 하나오카 광산 현지 탐방에 앞서서 사건을 세밀히 검증하는 마쓰타 도키코의 진지한 태도이다. 바로 그 전국금속광산노동조합의 임시대회에 참가하기 위해 하나오카 지역에서 온 대표 두 사람에게 사건 전모를 확인하는 일을 잊지 않았다.

즉 "중국인 포로 문제가 일어나기 전에 일본인이나 조선인 노동자에게 무슨 일이 일어나지 않았나요? 노동 강화로 사고가 발생해 사람이 다쳤거나 목숨을 잃은 사고 말이에요"라고 질문해 "역시 일어났죠. 중국인 포로가 하나오카에 오기 2개월 전에 나나쓰다테(七ツ館)라는 갱내에서 일본인 11명과 조선인 11명이 죽임을 당했어요"(《하나오카와 나》)라는 답변을 듣는 것이다.

마쓰다 도키코는 하나오카 사건을 접해 중국인뿐만 아니라 조선인도 피해를 보았을 가능성을 예측했는데, 그 예측이 적중한 것이다. 마쓰다 도키코는 대표 두 사람을 자기 집에 데리고 가서 그들에게 나나쓰다테 사건이 발생하게 된 경위와 배경을 캐물었다.

도쿄의 교바시(京橋)공회당에서 전국금속광산노동조합의 대회가 열린 것은 1950년 8월 30-31일. 이들에게 증언을 들은 뒤 마쓰다 도키코는 하나오카 사건 현지 조사에 나섰던 것이다. 그때까지는 1944년 5월 29일에 조선인 11명과 일본인 11명이 목숨을 잃은 그 나나쓰다테 사건이 도화선이 돼 중국인 포로 대량 학살(하나오카 사건)이 벌어진 사실에 대해서는 알지 못했다.

즉, 그 사건 때문에 허물어진 하나오카 강 수로 변경 공사를 위해 다수의 중국인이 투입돼 결국 하나오카 사건을 불러오는 과정에 대해서는 숙지하지 못한 상태였다. 그러나 안광을 번뜩이며 예리하게 파고드는 마쓰다 도키코의 시선에 혀를 내두를 정도다.

"파묻힌 건 23명이었는데 우리가 회사와 싸워 구출작업을 해서 한 사람 구해낸 게 조선인 노동자였죠. ……나머지 22명도 최선을 다해 구하고 싶었는데 아무리 애썼지만 불가능했어요. 그뿐만 아니라 회사는 '전시(戰時)'라는 구실을 내세워 파묻힌 22사람의 유골도 발굴하지 않은 채… 내 남동생 아직 나나쓰다테에 묻혀있는 상태입니다."(《하나오카 사건 회고문》)

이렇게 생생한 목소리로 마쓰다에게 들려준 광산 지주공(支柱工) 다바타 씨는 이후 상당 기간 나나쓰다테 사건 희생자의 유족대표로 활약하며 희생자 유체 발굴과 정당한 보상을 위해 투쟁했다. 하지만 회사 측의 완고한 태도로 유체 발굴조차 이뤄지지 않았다.

사건을 규명해 그 실체를 만천하에 알려야 한다는 소명 의식이 마쓰다의 전신을 휘감았다. 마쓰다는 밤중에 두 사람을 집으로 불러 나나쓰다테 사건이 발발할 당시의 노동 강화 상황, 중국인 포로가 유입되기까지의 경과를 캐물었다. 그들의 증언은 마쓰다의 현지 탐방 조사를 재촉한 결정적인 요인이 됐다.

2. 마쓰다 도키코는 조선인을 어떻게 그렸나

마쓰다 도키코 정도로 일제강점기 조선인 징용자를 주시한 작가는 그다지 없을 것이다. 그가 조선인 징용자를 주의 깊게 관찰하며 조선인의 내면 그리기에 충실했다는 근거다.

차타니 주로크 씨가 제시한 자료, '후생성 명부', 즉 1946년 7월 아키타현 지사가 후생성에 제출한 보고서 〈조선인 노무자에 관한 조사건〉에 따르면 아키타현 전역의 사업장에서는 6천859명의 조선인이 명부에 이름을 새겼다. 그중 도와(同和)광업 하나오카 광업소 1천978명, 가지마구미 하나오카출장소 130명 등 총 2천108명의 조선인이 명부에 본적과 생년월일 등을 수록했다고 한다(차타니 주로크, 〈七ツ館

坑陷没災害報告書〉).

그러므로 마쓰다는 여러 경로를 통해 조선인들의 일상에 대한 소식을 접했다. 더욱이 조선인 징용이 본격화하기 전부터 고임금 일자리를 찾아 하나오카 광산에 발을 들인 뒤 힘겹게 생활하는 조선인을 목도하며 성장한 마쓰다이기에 그들의 희로애락의 사연을 충분히 이해하고 있었으리라….

그럼 마쓰다는 조선인을 어떻게 그렸는지, 그 특징을 살펴보기로 하자.

① 마쓰다는 하나오카 지역에서 노동하는 조선인 광부를 국경과 신분을 초월해 일본인 노동자와 동등한 시점에서 바라봤다.

당시 식민지에서 온 조선인을 보는 눈은 어땠을까? 마쓰다는 나나쓰다테 사건, 나아가 하나오카 사건의 배경과 내막을 실감 나게 묘사한 《땅밑의 사람들》의 도입부에 조선인에 대한 관심을 거둘 것을 외동딸 도쿠코에게 강요하는 어머니를 등장시킨다.

그녀의 어머니는 "사다키치나 임 씨하고 너, 엉덩이 흔들며 붙어 다니는 건 아니겠지? 사다키치는……하여간에 임 씨는 조선인이다.", "조선인과 실수라도 해봐라. 출세에 평생 방해가 되니까"라고 딸에게 엄중히 경고한다.

이는 광산의 세계에서도 당시 조선인과 이성 교제를 금기시한 사회적 분위기를 잘 반영한 내용이다. 광산 노동자인 딸의 거동을 그녀

신상에 드리워질지도 모르는 불행의 씨앗으로 여기는 어머니의 걱정스러운 눈빛을 읽을 수 있다.

하지만 광산에서 만난 임 씨에게 반해버린 그녀의 심경을 마쓰다는 "임 씨를 만나야 한다. 그렇게 생각하자 마음의 불안이나 슬픔과는 별도로 도쿠코의 가슴이 뛰었다. 임 씨……"라고 묘사했다. 일제강점기에 국경과 신분을 초월한 조선인과 일본인 남녀의 사랑을 사회적 통념에 맞서는 형태로 담담히 그려내는 것이다.

그러고 보면 하하키기 호세이라는 작가에게도 콜로리얼리즘의 경계를 뛰어넘는 시도가 있었음을 상기한다. 그 또한 1992년에 발표한 《해협》(신초샤)을 통해 식민지 시절의 조선인과 일본인 남녀 사랑을 아름다운 해변 배경과 함께 순수한 인간애 장면으로 승화시켰다.

일제강점기에 조선인 징용자들을 학대한 야마모토 산지가 4선 연임을 노리며 시장 선거에 출마하기 위해 징용 피해자들의 묘비가 있는 폐석 더미를 없애고 기업을 유치하려 한다는 소식(역사 지우기)을 듣고 47년 만에 해협을 건너는 주인공 하시근.

그는 일본인 여성(사토 치즈)과의 밀애로 낳은 아들(사토 도키로)에게 도움을 청해 야마모토 산지의 부정에 맞선다. 스토리는 국경과 신분을 초월한 사랑이 공고한 콜로리얼리즘의 구도를 어떻게 타파하는지를 잘 보여준다. 이 작품으로 호세이는 1993년 요시카와 에이지상을 수상했다. 출간 이후 쇄를 거듭하며 일본에서 읽히고 있는 점을 감안하면 지금의 한일관계에 비추어 아이러니한 현상이라는 해석도 나올 법하다.

국경과 신분을 초월한 한일 남녀의 사랑이라는 점에서 보면 마쓰다와 하하키기가 그린 내용에서 공통분모를 찾을 수도 있다. 허나 마쓰다의 시점은 성큼 한발 더 나아간다. "일본인과 조선인은 노동자인 한, 광부인 한 생사를 같이한다", "일본인도 조선인도 중국인도 미국인도 노동자인 한…"하고 역설하니 말이다. 성별과 나이를 뛰어넘어 자본 권력에 맞서 계급의 연대를 강조한 곳에서 마쓰다의 의도를 확인할 수 있다.

② 마쓰다 도키코가 일본제국주의와 그 하수인에게 저항하며 투쟁하는 조선인의 모습을 리얼하게 그린 점을 거론할 수 있다.

그런데 그 투쟁 또한 그녀의 대표작 중 하나인 《땅밑의 사람들》에서는 한일 노동자가 연대하는 모습으로 그려지기에 더욱 눈길을 끈다.

회사(도와광업) 측에서 증산 작업의 차질을 우려해 한일 노동자의 구출작업을 중지하고 나나쓰다테 갱도 폐쇄 작업을 하려는 것을 알아차린 한일 노동자들은 회사에 증오심을 불태우며 대들 수단을 강구했다. 그 수단은 일본인 노동자 사다키치에 의해 "당신들은 무작정 이 갱을 폐쇄할 셈이지만 부모·형제와 자식을 묻은 우리에겐 여기가 어떤 곳인지 그 마음을 알고서 그런 겁니까?"라는 격렬한 항의로 표현된다.

하지만 항의가 받아들여지지 않자, 한일 노동자는 경계(광산 측 감시자)의 눈을 피해 등이나 무릎을 쿡 찌르며 신호를 주고받는다. 그리고 일본인 노동자 사다키치는 자신들을 감시하는 니무라를 제압하여 그의 숨통을 조르기에 이른다.

이러한 투쟁 양상은 한 클럽의 방에서 제국주의 하수인들이 피로연을 즐기고 있을 때 더욱 격렬해진다. 가지마구미(가지마건설)의 고노 소장과 이세 하나오카 경찰서장, 광산장 이와부치를 비롯해 과장들이 참석한 자리였다.

그 자리를 향한 조선인들의 투쟁 수단은 다름 아닌 돌팔매. 그 돌팔매가 나나쓰다테 희생자들에 대한 복수임은 말할 나위도 없다. 마쓰다는 그 장면을 "클럽 담에 돌멩이가 후드득 튀는 소리가 났다"라고 표현한다. 소리를 내며 날아가는 돌멩이 소리를 묘사한 것이다. 그리고 그 소리를 들은 이와부치 광산장이 "돌멩이를 꽉 쥐고 어둠 속에서 둔한 호흡을 가쁘게 쉬며 시선을 모아 내던지는 광부들"의 모습을 떠올리는 장면을 새긴다. 일부러 주석을 달아 "이 지역에는 원한을 갖거나 저주하는 상대에게 직접 복수하는 대신 한밤을 틈타 상대의 집에 돌멩이를 던지는 관습이 있었다"라고 설명하는 일도 잊지 않았다.

《땅밑의 사람들》이 소설이라고는 하나 현장 조사와 현지인의 증언, 그리고 역사적 사실에 근거해 쓰인 만큼 그 설명으로 보아 그러한 관습이 있었을 터이다. 하지만 당시 조선인들이 언제 어디서 어떤 식으로 돌팔매질하면서 투쟁했는지에 대해 상세히 밝혀진 바는 없다. 조선인들이 하나오카 지역에서 돌팔매로 회사 측에 저항했는지 사실 여부를 조사해볼 여지가 있는 대목이다.

《땅밑의 사람들》에서 조선인들이 투쟁의 빛을 발하는 클라이막스는 신년 배급술을 빼돌린 회사 측 하수인들에게 복수하는 장면이다. 일본인 노동자와 함께 조선인들이 합숙소(飯場)로 쳐들어가 일본

인 하수인 20여 명을 직접 제압하기 때
문이다.

마쓰다는 그 장면을 다음과 같이
기록했다.

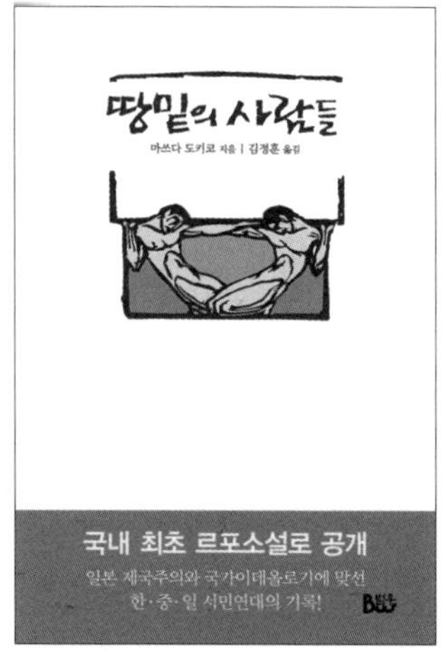

《땅밑의 사람들》
표지(범우사, 2011)

> 도둑이다. 우리의 신년 배급술이 털렸
> 다. 후지타니 경계가 훔쳐 갔다. 뒤를 쫓지
> 않으면 큰일이다. 합숙소의 모든 이가 일어
> 섰다.……
>
> 20명 정도의 경계들이 각 합숙소의 취
> 사부들에게 술을 따르게 하여 마시고 있었
> 다.……
>
> 후지타니를 비롯한 20여 명의 경계들은 그럴듯한 대사로 뛰어든 임 씨
> 일행을 지명하며 수하를 했다.……
>
> 객실로 뛰어든 일본의 노동자와 조선의 노동자들은 마침내 경계 대부
> 분을 앞쪽 출구와 뒤쪽 출구에서 한 사람도 남기지 않고 눈 위로 끌어냈다.
> 술 냄새를 풍기고 숨을 몰아쉬며 저항하는 후지타니와 다구치와 그 외의 사
> 람을 임 씨와 사다키치, 하시모토와 정 씨 등 30명 정도의 일본, 조선 노동
> 자가 제압했다.(《땅밑의 사람들》 4장, 7)

실제로 조선인들이 당시 투쟁한 상황에 대해서 마쓰다 도키코는
하나오카 사건 현장탐방보고서 《하나오카 사건 회고문》에 '조선인의
경우—일본인 경계를 적발'이라는 소제목을 달아 기록했다.

"밥은 일일이 저울에 달아 그릇에 담았다. 된장국에다 단무지가 나왔고 된장국의 내용물은 거의 파였다. 물을 많이 넣으니, 저울에 단 밥은 무거워졌으며 그만큼 쌀의 양이 줄어서 '물을 많이 넣지 말라'고 항의했다. 또한 배급술을 속여 다른 곳에서 진탕 마시고 소란 떠는 일본인 경계들을 모두가 적발한 일도 있었다"고 적시했다.

이 증언으로 보아 작가가 《땅밑의 사람들》에 픽션의 요소를 가미했다고 하더라도 조선인들이 배급술을 빼돌린 일본인을 적발한 것은 팩트임이 분명하다. 1951년 조각가와 시인 등이 현지인들의 증언을 얻어 완성한 시와 판화(하나오카 이야기)에도 한일 노동자가 연대하고 조선인들이 투쟁한 내용이 등장한다.

지난 2월 28일 광주시립미술관의 하정웅미술관에서 올해 하나오카 이야기의 전시회를 개최했다. 그것을 기념한 세미나에서 차타니 주로크 전 소장과 함께 발제한 것을 계기로 생각을 정리해, 광주시립미술관이 펴낸 《잊혀진 사람들, 끝나지 않은 이야기》 도록에 발표하기도 했다. 세미나 발표는 투쟁을 표현한 판화 두 편을 주목하는 계기가 되었다.

즉 수록된 판화 2편과 시 내용, 그리고 마쓰다 도키코가 작성한 현장취재 보고서 《하나오카 사건 회고문》 등의 내용이 모두 조선인의 투쟁을 묘사한 부분을 주목했다.

판화작가 니이 히로하루 등이 새긴 판화에는 시인 세베 요시오(본명=기타 세츠지)가 쓴 시가 딸려 있어 사건의 내막을 잘 설명해 주고 있다. 세츠지 시인은 첫 번째 판화 '나나쓰다테의 낙반'을 시로 표현해 "무너지네!/ 나나쓰다테가 무너지네!/ 공이 튀듯 광부가 나자빠지네/

아버지를 살려내라!/ 우리 애 뼈만이라도 돌려다오!/ 처절하게 통곡하며 애원하는 아낙네들/ 헌데 회사 놈들은 뭘 했는가/ 오로지 하나/ 위령제 때 돈 몇 푼 부조했을 뿐/ 산 채로 매장된 23명의/ 유골은 지금 그대로/ 44년 5월의 일일세(하략)”라고 썼다. 나나쓰다테 사건으로 땅속에 묻혔으나 유골조차 찾지 못한 조선인과 일본인의 희생에 대한 항의를 표한 것이다.

세베 요시오는 시 〈투쟁하는 조선인들〉에서는 “조선의 노동자들—/ 농부들도 끌려왔지/ 그 한반도 사람들/ 마침내 참지 못하고/ 우르르 사무실로 몰려와/ 임금을 올려라!/ 배급을 똑바로 해라!/ 우리들은 마음속으로 손뼉 쳤지/ 조선인들이지만 용기가 대단해! (하략)”라고 썼다. 이는 회사 측에서 조선인들에게 저임금에다가 배급 등을 제대로 하지 않아 투쟁한 것을 그대로 시로 표현한 것으로 보인다.

위에서도 언급했는데, 마쓰다 도키코의 현장취재 보고서를 다룬 책《하나오카 사건 회고문》에 보면 “물을 많이 넣으니 저울에 단 밥은 무거워졌으며 그 만큼 쌀의 양이 줄어서 ‘물을 많이 넣지 말라’고 항의했다”. “조선인이라고 해서 위험한 채굴장에 내몰지 말라, 같은 인간이 아닌가라고 직장에서도 차별을 용인하지 않고 투쟁했다”라고 쓰여 있다. 모두 일치된 기록이다.

이어 “우리들은 마음속으로 손뼉 쳤지”라는 표현도 주목할 필요가 있다. 나나쓰다테 갱도가 허물어졌을 때 한인 징용자와 일본인 노동자가 연대해 한인 징용자 1명을 구출했는데, 시에서도 조선인과 연대하는 일본인 노동자들의 심경이 새겨져 있기 때문이다.

③ 일본인 작가 중 조선인을 누구보다 충분히 이해하고 있었으
며 조선인의 내면을 치밀히 그린 점을 들 수 있겠다.

예컨대 마쓰다는《땅밑의 사람들》에서 도쿠코가 사랑한 임 씨의
고향을 곡성군 오곡면(梧谷面)으로 설정했다. 당시 조선인의 증언과
조선 현지 사정에 대한 이해 없이는 그려낼 수 없는 부분이다.

오곡면은 전라남도 곡성군 옥과면 소재의 전남과학대학교에서
매우 가까워 차로 금방 갈 수 있는 곳에 있다. 상기하면 나나쓰다테
사건의 유일한 생존자 '강' 씨도 오곡면에서 하나오카로 끌려온 노동
자이다.

오곡면 풍경과 그의 심경을 어떻게 그리는지 살펴보자.

오곡면에는 강 씨의 양친이 있었다. 강 씨의 형들은 만주국에서 개척
민이 되어 있었지만, 양친은 일본에서 말하는 시골뜨기 농민이었다. 재배한
쌀의 반 이상은 지주가 가져갔고, 그나마도 공출로 빼앗겼다. 공출을 재촉
할 때는 일본인 면 직원이 부추기면 농민 한둘은 물어뜯어 죽일 수 있는 세
퍼드를 앞세웠다. 봄에는 물을 머금은 소나무 줄기 내피를, 여름에는 쑥을,
가을에는 칡덩굴을 끌어안고 굶주림을 피했다. 면의 각 농부 집에는 식수를
위한 우물조차 없었다. 하지만 그 오곡면으로 강 씨는 돌아가는 것이다. 동
일한 오곡면의 농부 집에서 똑같이 징용되어 온 임 씨의 배웅을 받으며. 돌
아오는 자와 남는 자. (3장, 2)

이 장면을 그릴 당시 마쓰다는 눈을 감고 오곡면의 풍경을 상상

하고 있었을까? 그리고 조선인 노동자의 마음 깊은 곳까지 헤아릴 정도로 이국 노동자에게 동정과 이해의 마음을 표명하는 작가는 조선인의 괴로운 심경과 초라한 생활을 충분히 그려낼 만한 정보를 이미 접하고 있었을까? 리얼한 표현은 조선인 노동자의 생생한 증언을 수없이 들었을 작가 개인의 체험 없이는 생각할 수 없는 것임이 틀림없다.

강 씨는 혼자 살아남은 뒤 도저히 적응하지 못하고 귀향할 수밖에 없었다. 강 씨의 일본제국주의에 대한 증오의 마음은 누구보다 강했을 것이다. 동료인 임 씨나 정 씨와 서로 마음을 주고받았기 때문이다. "그저 감정적으로 밉다고만 생각하던 지배자 일본. 그것은 일본제국주의였고, 일제에 대한 보복이야말로 자신들 조선인 노동자의 임무라고 하는 사실을 임 씨는 정 씨의 가르침을 통해 비로소 깨달았다"(3장, 2)라는 서술이 그것을 뒷받침한다.

하지만 그가 귀향할 때의 심정은 그런 제국주의에 대한 분노와 제국주의에 탄압당하는 동료에 대한 구분이 철저한 것으로 묘사되기에 리얼리티와 설득력이 있는 것으로 느껴진다.

열차 안과 열차 밖에서 세 사람은 모국어로 짧게 이별의 인사말을 나누었다. 그리고 굳게 약속했다. 이때만은 강 씨의 창백한 얼굴에 생생하게 혈기가 비쳤다. 그리고 강 씨는 두 사람에게 요코타 사다키치에게 전할 말을 부탁했다. 그 당시 누구보다 먼저 동굴에 뛰어들어 자신을 구출해 준 지주공, 그 일본인 광부(강 씨는 그 사내가 요코타 사다키치라는 사실도 임 씨와 정 씨에게서 전해 듣고 비로소 마음에 새겼다)에게 고맙다는 말 한마디 못하고 출발하는 자신의 마음을 아무쪼록 두 사람을 통해 전하니 용서해 주도 강 씨의 마음을 그야말로 꿰뚫은 묘사이다. 제국주의에 대한 울분을 삼키며 자신을 구출해준 일본인 동료, 그리고 조선인 동료들과 끈끈한 정을 나눈 채 떠나야 하는 아쉬움과 미안함이 잘 드러나 있다. 사건에 대한 조선인의 증언과 여러 자료, 자신의 체험을 통해 조선인의 내면을 치밀히 그린 작가의 시선을 포착할 수 있다.

④《하나오카 사건 회고문》에도 소개되는데 중국인 희생자 유골 발굴에 조선인 김일수가 앞장섰다는 점을 거론할 수 있다.

회고문에도 등장하지만, 1950년 마쓰다 도키코를 하나오카 사건 현장에 안내한 김일수. 조선인 징용자였던 그가 놀랍게도 중국인 포로 유족대표를 맡아 유골 발굴에 앞장선 사실을 주목하지 않을 수 없다. 그런데 김일수는 더구나 조선인, 일본인, 중국인 노동자들의 연대의 끈을 잇는 임무를 수행했다.

마침 차타니 주루크 전 민족예술연구소 소장이 이우봉의《재일 1세가 증언한다》라는 책을 보내주어, 김일수와 당시 하나오카 지역의 조선인 이야기를 분석할 수가 있었다.

우선 김일수가 어떤 인물이었는지 살펴보자. 마쓰다 도키코는 르포《하나오카 사건 회고문》에 현장 방문 당시(1950년)의 상황을 기록했다. 김일수에 대해선 "이날 우바사와 행의 선두에 선 사람은 전쟁 중에 조국에서 강제연행돼 갖은 고난을 극복하고 지금은 광산지 내의 가미아마(神山)라는 부락에서 일본인 부인, 어린애와 함께 세대를 이루고 있는 김일수 씨"라고 언급했다.

이우봉의 증언록에 따르면 김일수는 3형제 중 장남이었다. 조선에서 이발소에서 일하다가 차남과 함께 일본으로 끌려왔다. 이 과정에 대해 마쓰다 도키코는 "집이라고 해도(略) 자물쇠를 채운 집이므로 놈들이 부수는 건 일도 아니죠.……우리 집에 쳐들어온 건 심야—오전 2시경……. 어머니가 울며 부탁하는데도 강제로 연행되었어요"라고 새긴 바 있다(《회고문》).

그렇지만 김일수의 막내도 징용피해자의 길을 걸을 수밖에 없었다니 얼마나 비극이었겠는가. 김일수는 처음에 조반(常磐)탄광에서 노역에 시달리다가 몇 년 뒤 자유노동자가 되었다. 그 뒤 형제 2명과 함께 하나오카로 들어와 결혼해 세대를 꾸렸다.

김일수가 마쓰다 도키코를 안내했을 때(1950년) 이미 입산해 유골 수습을 진행하고 있던 중국인 학생들도 합류했다. 모두 김일수의 한마디 한마디를 귀담아들으면서 현장으로 향했다.

3. 김일수와 조선인들의 역할

같은 조선인 징용자 처지에서 그를 지켜본 이우봉이 김일수를 가장 잘 아는 사람이다. 이우봉은 1924년 경상북도 상주에서 태어나 1942년 5월에 일본으로 끌려온 징용자로, 하나오카 광산에서 김일수와 함께 해방을 맞았다. 해방 후 노동운동에 참가해 1947년 조선인과 일본인이 하나오카 자유노조를 결성했을 때 서기장을 맡은 인물이다.

이때 자유노조 위원장 선출과정을 현장에서 지켜봤으니, 김일수가 어떻게 자유노조 위원장이 됐는지를 그는 잘 안다.

"자유노조를 결성했을 때 하나오카의 조합원이 백 수십 명이었는데, 조선인은 삼십 명 정도였고 일본인이 다수였죠. 하지만 임원을 선출할 때 역시 김 씨가 맡는 게 좋겠다고 일본인들이 강력하게 추천하여 자유노조의 위원장이 되었죠."(이우봉의 같은 책)

김일수는 일본인들에게는 물론 중국인들에게도 신뢰받고 있었다. 중국인 포로(희생자) 유족대표까지 맡은 경위 또한 알 만하다. 김일수와 이우봉은 위원장과 서기장의 관계였으므로 해방 후 하나오카 지역 노동운동의 리더격이었던 셈이다.

헌데 이우봉의 증언에 재미있는 일화가 있다. 김일수가 조선연맹 하나오카 지부 총무부장을 맡던 시절의 애기다. 일본인 여성과 결혼했지만, 문맹이어서 쓰고 읽는 게 불가능했던 그는 왕성한 지적 호기심을 일본인 부인을 통해 충족했다는 것이다. 매일 아침 식사 시간에 신문을 펼친 채 부인에게 정치면을 중심으로 읽어달라고 했다고 한다. 그리고 소식 하나하나를 컴퓨터처럼 비상한 두뇌에 입력해 동료들도 그에게서 정보와 지식을 얻었단다. 그의 노력에 혀를 내두를 정도다.

또한 김일수는 화술과 아지프로(선동)를 겸비해 모두를 웃기기도 하고 듣는 이를 애기 속으로 끌어들이며 그들 마음을 사로잡았다고 한다. 그 내용도 체계적이어서 학문을 접했으면 대성했으리라고 생각하며 감탄했다고 이우봉은 증언했다(같은 책).

마쓰다 노키코노 이러한 김일수에 대해 늘고 알고 있었으리라. 마쓰다 도키코는 사건 현장을 안내하는 그의 얘기에 집중하지 않을 수 없었다. 손가락으로 가리키며 "저 흰 것은 꽃이에요. 바람에 조금씩 움직이고 있는 것. 지금도 저곳에는 연중 공양의 꽃이 피어오르고 있죠……. 저 밑에 아직 22명의 유골이 그대로 있기 때문에……"라고 하는 김일수의 말을 듣고 "나는 그렇게 말하는 김 씨에게 대답할 말도 없어서 깊게 고개를 끄덕였다"(《회고문》)라고 감상을 토로했으니 말이다.

무엇이 그토록 김일수에게 조선인과 중국인 피해자 사건 해명에 앞장서게 한 것일까? 증산 제일을 외치는 일본제국주의가 불법적 노동을 강요해 조선인 동료들이 희생되었기 때문이다. 마쓰다의 언설을 빌리면 "침략적 군국주의 정부야말로 이처럼 잔인하게 자국에서 일하는 인민 한 사람 한 사람의, 또한 조선 인민 한 사람 한 사람의 생명을 빼앗고", 그러한 체제를 강요했기 때문이다.

하지만 김일수에게는 그에 앞서 타고난 성품이라고 할 정도로 철저한 인간애 정신이 배어 있었다. 그에게서 일본인 노동자와 중국인 포로, 조선인 징용자를 애써 구별하려는 시점은 보이지 않는다.

이런 인간애 정신이 마쓰다 도키코의 시선과 맞닿아 있기에 주목하게 되는 것이다. 김일수가 피해자의 유골 수습에 착수한 것도 인간애 정신의 발로였음을 부인할 수 없다. 자유노조에 가입한 조선인과 일본인 조합원 전원을 동원해 3일 동안 단체교섭을 벌인 장면(이우봉 증언, 49년경)은 그의 활동 중 압권이다.

김일수는 조합원들에게 "일은 괜찮으니까, 모든 일을 중지하고 읍사무소로 모이도록" 지시를 내렸다. 100여 명 이상이 지역 사무소로 모이자 김일수는 모든 이의 앞에서 선동적인 연설로 유골 수습의 필요성을 역설했다. 그리고 단체교섭을 명분으로 관청 대표에게 강력히 요청한다.

"오늘 어느 쪽 어느 현장에 제가 직접 다녀왔는데, 이러이러한 상태였죠. 이 부분에 대해서는 관청에서 책임을 져야 한다고 보는데 어떻게 생각하나요?

제안하는데, 안정소(安定所) 노동자를 이 현장으로 10명, 저 현장으로 10명, 도합 20명을 투입해 하루라도 빨리 유골을 수습해서 화장한 뒤 유골함에 넣어 절에 안치해야 한다고 생각해요. 관청 대표, 당신은 이 고장의 책임자로서 어떻게 생각하나요?"(같은 책)

김일수와 조합원들이 3일간에 걸쳐 항의의 목소리를 드높이자 관청 대표는 굴복하고 만다. 김일수는 100명 이상의 조합원들을 이끌고 관청 대표의 방까지 쳐들어가 관청에서는 일하지 못했다고 한다. 이우봉은 "이렇게 해서 하나오카의 강제연행, 강제노동과 45년 6월 30일의 봉기로 희생된 중국인의 유골을 발굴하는 작업이 최초로 시작되었다"라고 증언하였다. 인간애 정신에 근거한 김일수와 조합원들의 노동자 권익을 위한 활동이 하나오카 사건 진상규명의 실마리를 풀었던 것이다.

마쓰다는 1951년 간행된 《하나오카 사건—일본 포로가 된 중국인의 수기》나 1964년 출간된 《풀의 모표—중국인 강제연행 사건의 기록》을 사료로 삼았지만, 무엇보다도 김일수의 생생한 목소리를 가장 중요한 자료로 여겼다. 마쓰다가 "제1회 하나오카 조사 한도 내에서는 모든 것을 증언해줄 사람이 없었다. 하지만 나는 김(일수) 씨 일행에게서……"《회고문》)라고 흘린 독백을 염두에 둘 필요가 있다.

앞서 "조선인 징용자의 생생한 증언을 어떤 형식으로든 여러 번 접했을 작가의 체험"이라고 언급했는데, 1950년 김일수와 동행한 현지 방문 당시 마쓰다는 숙소를 하나오카 마을(花岡町)에서도 중심부에 있는 사쿠라 마을(桜町) 요시모토(吉本) 씨 집에서 광부촌(鉱夫町) 김기수(김일수 동생 이름과 동일)의 집으로 옮겼다.

그리고 다시 이다(井田) 씨 집으로 옮겼다고 밝혔다(《회고문》). 그런데 "이 사람들은 모두 조선인 노동자였고 일본인 여성과 결혼해 전쟁 중 계속된 물자 부족과 조선인으로서 괴로운 삶에 시달리면서도 협력을 잘 해줬다(같은 책)"고 기록했다. 그러므로 조선인들과 숙박을 함께하며 많은 얘기를 나누었음이 틀림없다. 숙박 장소를 알선하고 조선인들을 소개한 사람이 김일수이었음은 자명하다.

마쓰다 도키코와 김일수는 현지 조사 당시 현지에서 회합에도 참여했다. 갱도 견학 직후에 하나오카 노조대회가 교라쿠칸(共楽館 = 영사 설비를 갖춘 극장식 오락시설로, 이곳에서 중국인 포로들이 대량 학살되었음)에서 개최되었을 때였다. 하지만 이곳에선 회사의 독단적 경영에 관한 것이 의제였다.

우바사와(姥澤 = 중국인 유골이 대량 발견된 장소=하나오카 광산광업소 뒷산계곡)의 조사를 마친 뒤 열린 그날 저녁 회합 장소에서 비로소 나나쓰다테 사건과 하나오카 사건이 논의의 대상이 되었다. 회합 장소는 다름 아닌 조선인연맹 사무소. 조선인과 일본인 노동자, 주부들이 모였다. 여기에서 나나쓰사건에서부터 중국인 포로의 입산, 봉기 사건, 교라쿠칸 터에서 참살에 이르기까지 각자가 보고 들은 바를 증언했다.

마쓰다 도키코는 서브 노트를 마련해 김일수를 비롯한 조선인들, 그리고 일본인들, 중국인들의 증언을 빠뜨림 없이 기록했다. 솔직한 대화로 한·중·일 노동자와 주부들이 역사적 사건을 공유하는 시간이었다.

그곳에서 참가자들은 1945년 6월 중국인 포로들의 봉기 원인에 대해서도 논의했다. 가지마구미가 포로 학살을 합리화하기 위해 연합국의 배가 아키타에 들어와서 포로가 봉기했다고 유언비어를 퍼트린 사실도 확인했다.

그러나 포로들이 봉기한 원인은 무엇보다 식량 문제였다. 식량 배급을 맡던 일본인 4명과 포로의 식량 담당자 1명이 살해된 것도 그와 같은 이유 때문이었다. 봉기 후 중국인 포로들은 모두 산으로 탈출했다. 하지만 헌병대, 경찰, 지역 경방(警防) 대원이 5일간에 걸쳐 산을 포위하고 주위를 샅샅이 수색했다. 포로들은 무기 하나 지니고 있지 않았다. 그들은 모두 붙잡혔다. 그리고 교라쿠칸에서 전원 잔인하게 학살당했다.

봉기가 일어나자 회사 측에서는 조선인들을 철저히 감시했다. 증언록《재일 1세가 증언한다》를 집필한 이우봉은 조선인과 중국인 희생자들의 넋을 위무하기 위해 기타 세츠지가 완성한 50여 편이 넘는 서사시를 번역하기도 했다(1951년 《하나오카 이야기》로 출간). 거기에

〈조선인〉이라는 시가 있다.

조선인

장교들과 회사 측은

일본인 노동자를 산에 풀어

몰아붙였지

조선인들은 끽소리도 못 하게

갱내에 가두어 놓았지

뒤가 구린 그놈들에겐

조선인들이

"무뢰한의 무리"

언제 불이 붙을지 모르니까

— 해방의 폭탄!

봉기가 일어나자 가지마구미와 군은 조선인 징용자를 철저히 감시했다. 이우봉은 1991년 펴낸 또 다른 증언록《흔적은 사라지지 않는다(傷跡は消えない)》에서 "조선인 노동자는 강제연행, 강제노동에 반대하여 집단적 기피, 파업, 꾀병, 도망 등 여러 형태로 저항하였다"라고 밝힌 바 있다.

특히 1943년 7월 하나오카 광산에서는 조선인들의 집단폭행 사건이 일어났다. 회사 측(후지타구미藤田組=동화광업의 전신)이 고용한 조선인이, 전입 노동자들의 도박 장면을 발견하고 훈시하며 1명을 구타하는 것을 동료 조선인 200여 명이 목격했다. 그들이 분개하여 회사 측 조선인에게 전치 1주일의 상해를 입힌 사건이다. 이에 후지타구미 650명 중 205명이 참가해 조선인들에 맞섰다고 전해진다(같은 책에서 이우봉은 《쇼와특별고등탄압사》 8권 내용을 인용).

가지마구미는 이러한 조선인들의 성깔을 누구보다 잘 간파하고 있었다. 가지마구미와 진압대가 조선인 징용자들을 '무뢰한의 무리'나 '해방의 폭탄'으로 표현한 것과 절대 무관하지 않다.

이러한 상황이었기 때문에 마쓰다는 김일수 일행이 모인 조선인연맹사무소에서 그들이 하나오카 사건 전모에 대해 증언하는 내용을 하나도 놓치지 않고 기록했을 터이다. 회합 장소를 제공하고 회합의 주도에 이르기까지 김일수가 선봉에 서서 일을 진행했음은 재론할 필요도 없다.

마쓰다와 김일수의 현지 방문은 1950년 9월이었으므로 6·25전쟁 직후였다. 이우봉은 한국전쟁이 발발하자 "조선특수로 경기가 좋아졌다."고 증언했다(《재일 1세가 증언한다》). "전쟁 반대, 재군비 반대 및 요시다 내각 타도"를 외치는 움직임도 있었지만, 경찰의 엄격한 탄압을 받았다고 부연했다. 그런 뒤 다음과 같이 설명했다.

"그러한 상황에서 하나오카의 조선인들은 자유노조 등을 기반으로 생활 방어 투쟁의 선두에 서서 싸웠다. 그리고 하나오카의 중국인 순난자 유골 수습, 송환 운동은 조선인과 중국인, 일본인이 일체가 된 거대한 운동이 되어 갔다."

이우봉의 증언록 후기에 편집자 이국소(李國昭) 씨가 증언한 내용도 눈길을 끈다. 그는 "전후사에 획을 긋는 한·중·일 인민이 투쟁하는 연대의 모습"이라고 표현한다.

마쓰다 도키코와 김일수는 조선인과 중국인 피해자의 진상규명과 유골 수습, 유골의 본국송환 운동을 함께했다. 1950년 요시다 자유당 정부는 하나오카 사건 희생자에 대한 최초의 위령제가 도쿄 아사쿠사에서 열렸을 때 '철갑 경찰대'를 파견해 방해했다. 또한 1953년 같은 곳에서 '희생자 위령제 대법요'가 열릴 때도 '철갑 경찰대'를 동원해 영향력을 행사했다.

이런 권력의 탄압과 억압에 굴하지 않고 마쓰다 도키코와 김일수는 함께했다. 마쓰다 도키코와 김일수가 중국인 희생자 유골 송환을 위해 함께 고베에서 배를 타고 처음으로 중국을 향한 것은 1953년 7월 2일. 그 배에는 하나오카 사건의 중국인 희생자뿐만 아니라 고사카(小坂) 광산, 오사리자와(尾去沢) 광산 등에서 유명을 달리한 희생자들을 포함해 560인의 유골이 실렸다.

각 단체의 일본인 대표 10명, 화교 대표 7명이 승선했는데, 김일수는 하나오카 현지 대표로, 마쓰다는 부인단체 대표로 동행했다. 7월 7일에 천진에서 유골 출영식(出迎式)과 8일 추모대회 식전이 열렸다. 이 행사에 참여한 일본인 대표들은 두 번 다시 하나오카 사건과 전쟁을 되풀이하지 않겠다는 결의와 의지를 중국인들에게 전했다.

마쓰다 도키코와 김일수는 유골 송환 후에도 일본 각지 보고회와 집회 등에도 동석해 당시의 실상을 전하며 일본제국주의 만행을 고발했다. 그런 시점에서 보면 둘은 절친한 친구이자 동지였다.

마치며

마쓰다 도키코는 김일수 일행의 증언에 근거해 《땅밑의 사람들》 (1953년)을 세카이(세계)문화사에서 간행한 후에도 유체 발굴 문제 등 미해결 현안을 염두에 두고 1972년에 《하나오카 사건 회고문》을 《일중우호신문》에 연재했다.

하나오카 사건을 규명해야 한다는 마쓰다 도키코의 의무감은 문필활동과 직접적인 조사를 통해 구체화된다. 하나오카 사건의 진상을 세상에 알리고 그 사건 배경과 일본제국주의 만행을 철저히 파헤치는 곳에 양심적 작가 마쓰다 도키코의 참모습이 엿보인다.

만년에도 〈어느 갱도〉를 발표했듯이 중국인은 물론 조선인 희생자에 대한 위무의 마음을 표현하고 사건의 진상규명에 매진했다. 또한 모든 이에게 전쟁과 과거의 불행을 반복하지 말 것을 강력히 호소했다.

위령비를 세워야 하고, 조선인 희생자 유골 발굴 등 불행을 되풀이하지 않기 위한 여러 면의 실천이 중요한데 그게 이뤄지지 않고 있다고 생각했기 때문이다.

일본인 작가 중, 마쓰다 도키코 정도로 조선인 징용자와 진실한 교류를 하며 징용자의 마음을 헤아린 작가는 없을 것이다.

마쓰다는 노동자 연대의 시점, 즉 시민연대의 시점을 가장 중요시했다. 가장 어두운 일제강점기 말기와 해방 직후에도 일본 내지에서는 일본인 지식인 마쓰다 도키코와 조선인 김일수가 선두에 서서 주도해 한중일 시민연대가 이루어진 역사적 사실을 주목할 필요가 있다.

어려운 시기일수록 더욱 시민끼리의 교류가 필요하며 서로 왕래
하면서 암울한 역사도 교훈으로 삼아 공유하는 게 마땅하다고 본다.

마쓰다 도키코는 진심 어린 사과, 위령비 건립을 위해서도 과거
불행을 반복하지 않기 위한 역사교육의 필요를 역설했다. 마쓰다의
평화정신과 자성이 한일관계에 여전히 유효한 메시지가 되는 것도 그
때문이다.

◎ 마쓰다 도키코 연보(조선 관련)

1905년 7월 아키타현 센보쿠군 아라카와 광산에서 아버지 마쓰다 만
        지로와 어머니 스에의 장녀로 출생. 본명은 하나.
1912년 7세, 다이세이보통고등초등학교 입학.
1920년 15세, 초등학교 고등과 졸업. 광산사무소의 타이프 라이터로
        일하며 독학.
1923년 18세, 아키타여자사범학교 본과 입학.
1924년 19세, 아키타여자사범학교 졸업. 모교의 초등학교로 부임.
1926년 21세, 상경. 숙부의 집에 기거. 조선인 박영생을 영어학숙에
        서 만나 인간적인 교류를 나눔. 노동운동가 오누마 와타루와
        결혼.
1929년 24세, 일본프롤레타리아작가동맹에 가입.
1931년 26세, 생존권 수호를 위해 투쟁하는 조선인 시위행진과 조선인
        주인공의 심리를 치밀하게 묘사한 단편소설 〈행진도〉 집필.

1932년   27세, 조선인 부인들과 함께 '쌀 내놔라' 운동에 참가.

1933년   28세, 조선인 친일파 박춘금이 일본 권력과 결탁해 가난한 조
         선인들을 학대하는 현실을 고발. 화재로 조선인이 희생된 현장
         을 찾아 취재한 뒤 르포 〈1933년의 봄〉을 발표.

1934년   29세, 〈행진도〉를 《문학평론》 12월호에 발표.

1938년   33세, 21세 때 만난 조선인 친구 박영생과의 교류 체험을 〈외국
         인과 관련한 수상(隨想)〉이라는 제목으로 《월간 러시아》 9월호
         에 발표.

1944년   39세, 무리한 광산채굴로 하나오카강이 허물어져 조선인 11명
         과 일본인 11명이 생매장당한 나나쓰다테 사건 발생.

1945년   40세, 나나쓰다테 사건으로 붕괴한 하나오카 강 수로변경 공사
         를 위해 투입된 중국인들이 학대를 견디다 못해 봉기하다가 붙
         잡혀 대량 학살되는 하나오카 사건 발생.

1948년   43세, 재일조선인과 함께 메이데이 투쟁을 펼친 체험을 〈메이
         데이 참가기〉라는 제목으로 《노동평론》 6월호에 발표.

1949년   44세, 배려심 깊은 조선인 여성 'R'과 교육위원 선거를 테마로
         삼은 단편소설 〈R에 관한 일〉을 1949년 잡지 《나의 대학》 13호
         에 발표.

1950년   45세, 조선인 징용자 출신인 김일수의 안내로 하나오카 광산을
         방문해 조선인과 일본인이 생매장당한 나나쓰다테 사건 현장
         을 견학. 조선인숙소에 머물며 탐방. 조선인연맹사무소의 회합
         에도 참가해 증언 청취.

1951년   46세, 조선인 11명이 희생된 나나쓰다테 사건과 중국인이 대량

희생된 하나오카 사건을 다룬 르포소설 《땅밑의 사람들》을 《인민문학》에 연재. 일본이 6.25전쟁 중에 무기를 팔아 경제적 이득을 취하는 현실을 비판하고 재일조선인과 거리에 나서 반전 평화 서명을 받는 장면을 형상화한 시 〈8월의 염천에〉 발표.

1953년　48세, 《땅밑의 사람들》을 세카이이문화사에서 간행. 조선이 남북으로 갈려 전쟁을 치른 상황을 안타까워하며 통일과 평화를 염원하는 마음을 담아 시 〈조선 휴전〉을 발표. 하나오카 노조를 이끄는 김일수와 함께 하나오카 사건 유골 송환 위해 고베항에서 중국으로 출발.

1955년　50세, 도쿄의 생활 보호자대회에서 목격한 조선 처녀의 춤에 대한 감동을 담아 시 〈조선 처녀의 춤〉을 발표. 조선인 학생들의 무용과 전통춤을 보러 직접 도쿄 센다가야(千駄ヶ谷)의 체육관을 방문.

1962년　57세, 핵무장 반대, 한일회담 분쇄 데모에 참가.

1965년　60세, 베트남 침략과 한일조약 반대 집회에 참가.

1966년　61세, 5월 '재일조선인 인권을 수호하는 회'의 멤버들과 함께 펼친 연대운동을 소개하며 〈민족교육을 수호하자〉라는 르포 발표. 12월 50세 때 조선인 학생들의 무용과 전통춤을 본 기억을 되살려 〈훌륭한 단결의 힘〉이라는 제목으로 일간지에 게재.

1969년　64세, 장편소설 《오린 구전》으로 제1회 다키지·유리코상 수상.

1972년　67세, 《땅밑의 사람들》 개정판 출간. 《하나오카 사건 회고문》을 《일중우호신문》에 연재.

1974년　69세, 1932년 조선인 부인들과 '쌀 내놔라' 운동에 참가한 기억

을 살려 7월 29일 신문《아카하타》의 '수상(隨想)' 란에 〈데모행
진〉이라는 제목으로 회고문을 게재.
1984년　79세, 한국 쌀 수입 반대 투쟁을 계기로 이바라키현 서부 농촌
으로 잠입.
2002년　97세, 나나쓰다테 사건에서 희생된 조선인들의 넋을 위무하는
마음을 담아 단편소설 〈어느 갱도〉를 발표.
2004년　99세, 〈마쓰다 도키코의 회〉 결성, 급성신부전으로 서거. 99세
5개월의 생을 마침.

마쓰다 도키코와 조선

초판 1쇄 발행 2024년 5월 29일

지은이   김정훈
펴낸이   강영매(외)
펴낸곳   범우사

등록번호 제 406-2004-000048호(1966년 8월 3일)
          (10881) 경기도 파주시 광인사길 9-13 (문발동)
대표전화 031)955-6900, 팩스 031)955-6905

홈페이지 www.bumwoosa.co.kr
이메일   bumwoosa1966@naver.com

ISBN 978-89-08-12529-2 03800

＊잘못된 책은 바꾸어 드립니다.
＊이 도서의 국립중앙도서관 출판시 도서목록(CIP)은 e—CIP홈페이지
(http://www.nl.go.kr/cip.php)에서 이용하실 수 있습니다.